CLASSIQUES & CIE LYCÉE

François Rabelais

Pantagruel (1532)
Gargantua (1534 ou 1535)

Collection dirigée par
Marc Robert

Translation en français moderne, notes et dossier
Gérard Milhe Poutingon
Professeur à l'université de Rouen

Hatier

PANTAGRUEL

9 Prologue de l'auteur
13 Chapitre 1
21 Chapitre 2
25 Chapitre 4
29 Chapitre 5
35 Chapitre 8
43 Chapitre 9
51 Chapitre 15
59 Chapitre 17
67 Chapitre 18
73 Chapitre 22
81 Chapitre 24
87 Chapitre 25
95 Chapitre 27
99 Chapitre 28

GARGANTUA

109 Avis aux lecteurs
111 Prologue de l'auteur
117 Chapitre 1
121 Chapitre 3
125 Chapitre 5
133 Chapitre 13
137 Chapitre 14
141 Chapitre 16
145 Chapitre 17
147 Chapitre 19
151 Chapitre 21
161 Chapitre 22
165 Chapitre 23
169 Chapitre 24
171 Chapitre 25
177 Chapitre 31
183 Chapitre 36
187 Chapitre 38
191 Chapitre 40
195 Chapitre 43
199 Chapitre 46
203 Chapitre 47
205 Chapitre 50
209 Chapitre 51
213 Chapitre 55
215 Chapitre 56

LIRE L'ŒUVRE

223 **Questionnaire de lecture**

L'ŒUVRE DANS L'HISTOIRE

225 **La Renaissance, une période de grands bouleversements**
La découverte d'un autre monde
L'institutionnalisation de la langue française
L'invention de l'imprimerie
Le renouveau des idées religieuses

229 **Le contexte culturel : l'humanisme**
Le retour au savoir antique
L'affirmation de la grandeur de l'homme
Importance de la pédagogie
Les idées politiques
Les idées religieuses

234 **Le contexte biographique : les trois vocations de Rabelais**
L'écrivain
L'homme d'Église
Le médecin

237 **La réception de l'œuvre**

241 **Groupement de textes : l'humanisme**
TEXTE 1 J. Pic de la Mirandole, *De la dignité de l'homme*
TEXTE 2 R. Agricola, *Éloge de la philosophie et des arts*
TEXTE 3 Érasme, *Il faut donner très tôt aux enfants une éducation libérale*
TEXTE 4 G. Budé, *Philologie*
TEXTE 5 P. Boaistuau, *Bref discours de l'excellence et dignité de l'homme*

L'ŒUVRE DANS UN GENRE

247 **L'héritage du roman médiéval**
L'hommage aux romans de chevalerie
Le dépassement du roman médiéval

250 **Le traitement du modèle épique**
Rabelais et l'épopée : entre parodie et fidélité
Gargantua et Pantagruel : une épopée christique

252 **L'utilisation des genres populaires**
Présence du folklore et de la littérature populaire
Les limites de l'inspiration populaire de Rabelais

255 **La présence de trois genres secondaires**
La poésie
L'épistolaire
La satire

257 **Groupement de textes : les caractéristiques du roman rabelaisien**
TEXTE 6 *Pantagruel*, chapitre 8
TEXTE 7 *Pantagruel*, chapitre 28
TEXTE 8 *Gargantua*, chapitre 25
TEXTE 9 *Gargantua*, chapitre 40

VERS L'ÉPREUVE

ARGUMENTER, COMMENTER, RÉDIGER

260 **L'argumentation dans le *Pantagruel* et le *Gargantua***
Le rire au service de l'argumentation
La rhétorique au service de l'argumentation ?
Une défense et illustration de l'humanisme

268 **Groupement de textes : jugements critiques**
TEXTE 10 P. de Ronsard, « Épitaphe de François Rabelais »
TEXTE 11 La Bruyère, *Les Caractères*
TEXTE 12 Voltaire, *Lettres philosophiques*
TEXTE 13 Ch. Nodier, « Miscellannées, variétés de philosophie, d'histoire et de littérature »
TEXTE 14 L. F. Céline, « Rabelais, il a raté son coup »
TEXTE 15 M. Bakhtine, *L'Œuvre de François Rabelais et la culture populaire au Moyen Âge et sous la Renaissance*
TEXTE 16 D. Ménager, *Rabelais en toutes lettres*

Sujets

275 Invention et argumentation
Commentaires
Dissertations

283 EXTRAITS CÉLÈBRES EN FRANÇAIS ANCIEN

317 BIBLIOGRAPHIE

Conception graphique de la maquette :
c-album Jean-Baptiste Taisne, Rachel Pfleger
Principe de couverture : Double
Mise en pages : Chesteroc Limited
Iconographie : Hatier Illustration
Suivi éditorial : Isabelle Chave

ISBN : 978-2-218-96222-6

PANTAGRUEL
GARGANTUA

Nous proposons une translation en français moderne de l'édition de 1534 du *Pantagruel* et de l'édition de 1535 du *Gargantua*. Ces éditions présentent en effet l'intérêt de comporter certaines hardiesses que Rabelais corrigera dans les éditions ultérieures. Nous conservons néanmoins certaines expressions, ainsi que les poèmes.

Nous avons choisi de traduire l'intégralité des quarante et un chapitres essentiels des deux œuvres. Et nous donnons chaque fois un résumé des chapitres non traduits.

PANTAGRUEL

Les horribles faits et prouesses épouvantables de Pantagruel, roi des Dipsodes, composés par Maître Alcofribas Nasier, abstracteur de quintessence

Prologue de l'auteur

Très illustres et très valeureux champions, gentilshommes et autres, qui vous livrez volontiers à toutes sortes d'amabilités et nobles occupations, vous avez jadis vu, lu et su les *Grandes et Inestimables Chroniques de l'énorme géant Gargantua* et, en vrais croyants, les avez crues autant que la Bible ou les Saintes Évangiles. Vous leur avez très souvent consacré votre temps, en compagnie des honorables dames et damoiselles, à qui vous en faisiez de beaux et longs récits alors que vous n'aviez plus rien d'autre à faire. Pour cela, vous êtes bien dignes de grandes louanges.

Ah, si cela ne dépendait que de moi, chacun abandonnerait ses propres besognes, mettrait ses affaires de côté, et se consacrerait entièrement à ces *Chroniques* sans se laisser distraire, jusqu'à les savoir par cœur, afin de les enseigner de vive voix à ses enfants, pour le cas où l'imprimerie disparaîtrait, et avec elle tous les livres. Car il y a en elles plus de bénéfice que ne le pensent certains gros vantards couverts de croûtes. Ceux-là, ils comprennent encore moins toutes ces petites joyeusetés que Raclet l'*Institute*[1].

J'en ai connu, de hauts et puissants seigneurs, et en bon nombre, qui allaient chasser de grosses bêtes ou faire voler leurs faucons. S'il arrivait que la bête ne soit pas rencontrée dans les taillis, ou que le faucon se mette à planer pendant que la proie s'enfuyait à tire d'ailes, ils se sentaient bien malheureux, ce que

1. *Ils comprennent* [...] *l'*Institute : ce professeur de droit ne comprend même pas les *Institutes* de Justinien, pourtant au programme de son cours.

vous comprendrez aisément. Or, pour éviter de se lamenter, ils cherchaient du réconfort en se remémorant les inestimables faits dudit Gargantua.

Il y en a d'autres de par le monde (ce ne sont pas des fariboles) qui, étant grandement affligés du mal de dents, après avoir dépensé tous leurs biens chez les médecins, n'ont trouvé de remède plus efficace que de mettre lesdites *Chroniques* entre deux beaux tissus bien chauds, et de les appliquer sur le lieu de la douleur, en les saupoudrant d'un peu de poudre d'oribus[1].

Mais que dirai-je des pauvres vérolés et goutteux[2] ? Oh, combien de fois les avons-nous vus, à l'heure où ils étaient bien engraissés[3] ! Leur visage luisait comme la serrure d'un garde-manger, leurs dents tressaillaient comme les touches d'un clavier d'orgue quand on joue dessus, et leur gosier écumait comme celui d'un verrat que le vautrait[4] et les lévriers ont acculé dans les filets. Que faisaient-ils alors ? Toute leur consolation n'était que d'écouter lire quelque page dudit livre.

Nous en avons même vu qui se donnaient à cent pipes[5] de diables s'ils ne ressentaient pas un soulagement manifeste à la lecture dudit livre pendant qu'on les tenait dans les limbes[6], ni plus ni moins que les femmes en couches quand on leur lit la vie de sainte Marguerite[7].

Est-ce rien, cela ? Trouvez-moi un livre, en quelque langue, en quelque matière et science que ce soit, qui ait telles vertus, propriétés, et prérogatives, et je vous paierai une chopine de

1. *Oribus* : de *or* + suffixe – *ibus*, substantif à valeur péjorative : remède de peu de valeur. \ **2.** *Goutteux* : affligés de la goutte, maladie inflammatoire des articulations. \ **3.** *Engraissés* : on soignait ces maladies au moyen de pommades grasses. \ **4.** *Le vautrait* : substantif qui désigne un grand équipage de chiens pour la chasse au sanglier (le « verrat »). \ **5.** *Pipes* : la « pipe » est une ancienne unité de mesure d'environ 400 litres. \ **6.** *Les limbes* : en principe, purgatoire des enfants non baptisés, mais ici étuves dans lesquelles on faisait transpirer les vérolés pour les guérir. \ **7.** *Les femmes* [...] *sainte Marguerite* : allusion moqueuse aux croyances, dénoncées par les humanistes comme superstitieuses, selon lesquelles sainte Marguerite soulagerait les femmes en couches.

tripes. Non, Messieurs, non, il n'y en a point ! Et ceux qui voudraient maintenir que si, traitez-les de trompeurs et de falsificateurs.

Il est bien vrai que l'on trouve dans quelques livres dignes de mémoire certaines propriétés cachées. Parmi eux, *Fessepinte*, *Orlando furioso*, *Robert le Diable*, *Fierabras*, *Guillaume sans peur*, *Huon de Bordeaux*, *Monteville* et *Matabrune*[1]. Mais ils ne sont pas comparables à celui dont nous parlons. De fait, le monde a bien connu, par expérience infaillible, l'immense avantage et l'utilité de la grande *Chronique Gargantuine*, car il en a été plus vendu en deux mois par les libraires qu'il ne sera acheté de Bibles en neuf ans.

Voulant donc, moi, votre humble esclave, améliorer vos loisirs, je vous offre à présent un autre livre. Il est de même billon[2], sauf qu'il est un peu plus objectif et digne de foi que l'autre. Car ne croyez pas (à moins que vous ne souhaitiez patauger dans l'erreur) que j'en parle comme les Juifs de la Loi[3]. Je ne suis pas né sur ce genre de planète, et il ne m'advint jamais de mentir ou d'assurer une chose qui ne fût véritable. J'en parle comme saint Jean de l'Apocalypse : *quod vidimus testamur*[4]. Je témoigne donc des horribles faits et prouesses de Pantagruel, lequel j'ai servi à gages dès que je fus hors de page[5] jusqu'au moment présent, quand, avec son autorisation, je suis venu visiter mon pays de vache afin de vérifier si certains de mes parents étaient encore en vie.

Par conséquent, pour achever ce prologue, de même que je me donne à cent mille panerées de beaux diables, corps et âme, tripes et boyaux, si je mens en toute cette histoire d'un seul

1. *Fessepinte* [...] *Matabrune* : titres de romans fantaisistes ou réels, comme le *Roland furieux*, de l'Arioste. \ **2.** *Billon* : monnaie de faible valeur. \ **3.** *Comme les Juifs de la Loi* : les théologiens humanistes accusaient les Juifs de ne s'intéresser qu'à la *lettre* de la Loi divine, et d'en ignorer l'*esprit*. \ **4.** *Quod vidimus testamur* : « nous témoignons de ce que nous avons vu » (Évangile de Jean). \ **5.** *Être hors de page* : « devenir adulte ».

mot, pareillement, que le feu de saint Antoine vous brûle[1], le mal de terre[2] vous chavire, le jet de foudre, l'ulcère vous rendent boiteux, la chiasse vous vienne,

le mau fin feu[3] de riqueraque[4],
aussi menu que poil de vache,
tout renforcé de vif argent[5],
vous puisse entrer au fondement,

et, comme Sodome et Gomorrhe[6], puissiez-vous tomber en soufre, en feu et en abyme, si vous ne croyez fermement tout ce que je vous raconterai en cette présente *Chronique* !

1. *Le feu de saint Antoine* : saint Antoine était souvent associé au feu. Le « feu saint Antoine » servait alors à désigner l'ergotisme, empoisonnement dû au seigle parasité par l'ergot (champignon parasite). \ **2.** *Le mal de terre* : l'épilepsie. \ **3.** *Le mau fin feu* : maladie vénérienne. \ **4.** *Riqueraque* : onomatopée comique désignant l'acte sexuel (*être ric à ric* : « serré l'un contre l'autre »). \ **5.** *Vif argent* : le mercure (avec lequel on traitait les maladies vénériennes). \ **6.** *Sodome et Gomorrhe* : Sodome et Gomorrhe sont deux villes détruites par le soufre et le feu du ciel à cause de leur débauche.

Chapitre 1

De l'origine et de l'antique lignée de Pantagruel

Ce ne sera chose inutile ni superflue, vu que nous avons le temps, de commencer par vous rappeler l'origine du bon Pantagruel. Car je vois que tous les bons historiographes [1] ont rédigé leurs *Chroniques* de cette façon, non seulement les Grecs, les Arabes, et les païens, mais aussi les auteurs des saintes Écritures, comme monseigneur saint Luc, et saint Matthieu.

Il convient donc de noter que, au commencement du monde, peu après qu'Abel fut occis par son frère Caïn, la terre, imbibée du sang du Juste, fut une certaine année si fertile en toutes sortes de fruits produits de ses flancs, et particulièrement en nèfles, qu'on l'appela de manière mémorable l'année des grosses nèfles, car il n'en fallait que trois pour faire un boisseau [2].

Au mois d'octobre, me semble-t-il, ou bien de septembre (car je ne veux pas me tromper), advint la semaine tant renommée dans les annales, qu'on nomme la semaine des trois jeudis. En effet, il y en eut bien trois, à cause des irréguliers bissextes [3], quand le soleil trébucha quelque peu et que la lune modifia sa course de plus de cinq toises [4].

Le monde à l'époque mangeait volontiers desdites nèfles, car

1. *Historiographe* : Alcofribas est donc *historiographe* : il rapporte les exploits de Pantagruel et de sa lignée, mais, contrairement aux *historiens*, qui ne s'intéressent qu'aux faits véridiques, il puise ses informations dans les légendes, les mythes, etc. \ **2.** *Boisseau* : ancienne unité de mesure, de dix litres environ. \ **3.** *Bissextes* : le bissexte est le 29e jour ajouté au mois de février des années bissextiles, donc un jour « irrégulier ». \ **4.** *Toise* : la toise est une unité de mesure (environ deux mètres).

elles étaient belles à l'œil et délicieuses au goût. Mais de même que Noé le saint homme — auquel nous sommes reconnaissants et redevables de ce qu'il nous planta la vigne, d'où nous vient cette nectaréifique, délicieuse, gracieuse, céleste, joyeuse et déifique boisson qu'on nomme le pinard [1] — fut trompé en buvant ce pinard (car il en ignorait la grande puissance [2]), semblablement les hommes et femmes de ce temps-là mangèrent avec grand plaisir ce beau et gros fruit, ce qui provoqua divers dégâts.

Car certains enflèrent par le ventre, qui devenait bossu comme une grosse tonne. De ceux-là il est écrit : *ventrem omnipotentem* [3], et ils furent tous gens de bien et bons rigolards. De cette race naquirent saint Pansart [4] et Mardigras.

Les autres enflaient par les épaules. Ils étaient si bossus qu'on les appelait *montifères* [5], c'est-à-dire « porte-montagnes ». Vous en voyez encore de par le monde, en divers sexes et fonctions. De cette race sortit Ésope [6], dont vous disposez des beaux faits et dits.

Les autres enflaient en longueur, par le membre qu'on nomme « le laboureur de nature [7] », de sorte qu'ils l'avaient merveilleusement long, grand, gras, gros, vert et acrêté à la manière antique [8], et ils s'en servaient même de ceinture, s'en entourant cinq ou six fois le corps. Quand il était en forme, avec le vent en poupe, en les voyant vous les auriez pris pour des gens ayant leurs lances à l'arrêt pour jouter à la quintaine [9].

1. *Pinard* : Rabelais utilise le mot *piot*, du verbe *pier*, « boire, s'enivrer », expression populaire pour désigner le vin. Nous l'avons traduite par *pinard*. \ **2.** *Noé* [...] *puissance* : Noé est le premier à avoir planté la vigne. Le vin de cette vigne l'enivra lorsqu'il le goûta. \ **3.** Ventrem omnipotentem : ventre tout-puissant. Jeu parodique sur le *patrem omnipotentem* (« Père tout-puissant ») du *Credo* et allusion à saint Paul, qui condamne ceux qui ont leur ventre pour Dieu. \ **4.** *Pansart* : nom d'un saint de carnaval. \ **5.** *Montifères* : latinisme de Rabelais, qu'il traduit ensuite. \ **6.** *Ésope*, le fabuliste, était bossu. \ **7.** *Le laboureur de nature* : métaphore pour désigner le sexe masculin. \ **8.** *Acrêté à la manière antique* : dressé comme la crête d'un coq, sur le modèle de certaines statues de l'Antiquité. \ **9.** *Arrêt* : pièce du harnais où le chevalier appuyait sa lance ; *jouter* : combattre avec des lances ; *quintaine* : mannequin que le jouteur devait frapper avec sa lance.

Ceux-là, on en a perdu la race, comme le déplorent les femmes, car elles se lamentent continuellement qu'il n'en existe plus, de ces gros qui, etc. Vous connaissez le reste de la chanson [1].

D'autres croissaient par les jambes, et à les voir vous eussiez dit que c'étaient des grues, ou bien des gens marchant sur des échasses. Les petits écoliers les appellent en grammaire *jambus* [2].

À d'autres, le nez croissait tellement qu'il ressemblait au tube d'un alambic, tout diapré [3], tout étincelé de bubelettes, pullulant, purpuré, à pompettes [4], tout émaillé, tout boutonné et brodé de gueule [5]. Le chanoine Panzoult, et Piédebois, médecin d'Angers, sont comme ça. De cette race, il en est peu qui aimèrent la tisane, mais tous furent amateurs de jus septembral [6]. Nason et Ovide [7] en tirèrent leur origine, ainsi que tous ceux dont il est écrit : *Ne reminiscaris* [8].

D'autres croissaient par les oreilles. Ils les avaient si grandes, que de l'une ils se faisaient un pourpoint [9], des chausses [10] et un sayon [11], de l'autre ils se couvraient comme d'une cape, à la mode espagnole. Et l'on dit que, en Bourbonnais, cette race existe encore, d'où l'expression « oreilles de Bourbonnais ».

D'autres croissaient le long du corps. C'est de ceux-là que sont issus les géants, et notamment Pantagruel.

1. *Le reste de la chanson* : allusion à une chanson populaire de l'époque : « Les gros vis qui sont de plain poing,/Plain de veines roides charnues/Où sont-ils ? Il n'en est plus nulz/Ils sont allés ailleurs au gain… » \ **2.** *Jambus* : jeu de mots sur *jambe* et *jambus*, « ïambe », terme de poésie ancienne. \ **3.** *Tout diapré* : pour respecter le rythme de l'énumération suivante, on conservera les mots originaux, traduits en note. \ **4.** *Bubelettes* : petits boutons ; *pullulant* : éclatant ; *purpuré* : rougi ; *à pompettes* : empourpré. \ **5.** *Gueule* : dans le langage de l'héraldique, signifie « rouge ». \ **6.** *Jus septembral* : expression comique pour désigner le vin (les vendanges se font en septembre). \ **7.** *Nason et Ovide* : ces deux noms désignent la même personne, Naso étant le surnom d'Ovide, le poète latin. Cette plaisanterie prépare la suivante, car en latin *nasus* signifie « nez ». \ **8.** Ne reminiscaris : jeu sur le premier mot de *ne reminiscaris delicta nostra* (« ne prends pas en considération nos fautes »), dont la prononciation est identique à celle de *nez*. \ **9.** *Pourpoint* : partie du vêtement qui couvrait le torse jusqu'au-dessous de la ceinture. \ **10.** *Chausses* : sorte de pantalon, divisé en *bas-de-chausses* et *haut-de-chausses* \ **11.** *Sayon* : casaque, vêtement de dessus.

Le premier fut Chalbroth,

qui engendra[1] Sarabroth,

qui engendra Faribroth,

qui engendra Hurtaly[2], lequel fut un beau mangeur de soupes et régna au temps du Déluge,

qui engendra Nembroth,

qui engendra Atlas[3], lequel empêcha le ciel de tomber avec ses épaules,

qui engendra Goliath,

qui engendra Eryx, lequel inventa le jeu des gobelets,

qui engendra Titye,

qui engendra Eryon,

qui engendra Polyphème,

qui engendra Cacus,

qui engendra Etion, lequel fut le premier à avoir la vérole pour avoir dormi la bouche ouverte, comme l'atteste Bartachim[4],

qui engendra Encelade,

qui engendra Cée,

qui engendra Typhée,

qui engendra Aloe,

qui engendra Othe,

qui engendra Egéon,

qui engendra Briarée, lequel avait cent mains,

qui engendra Porphirion,

qui engendra Adamastor,

qui engendra Antée,

qui engendra Agathon,

---

1. *Engendra* [...] : Rabelais imite la généalogie du Christ telle qu'elle est narrée au début de l'évangile de Matthieu, avec la répétition du verbe *genuit* (« engendra »). \ **2.** *Hurtaly* : nom d'un géant biblique, mais les noms précédents sont fantaisistes. \ **3.** *Atlas* [...] : tous les noms suivants sont issus de la mythologie classique, sauf Goliath, géant biblique. \ **4.** *Bartachim* : jurisconsulte italien.

qui engendra Porus, contre lequel batailla Alexandre le Grand,

qui engendra Aranthas,

qui engendra Gabbara, lequel fut le premier à inventer la manière de boire en donnant raison,

qui engendra Goliath de Secundille,

qui engendra Offot, lequel eut un nez terriblement beau à force de boire au baril,

qui engendra Artachées,

qui engendra Oromédon,

qui engendra Gemmagog, lequel fut l'inventeur des souliers à poulaine [1],

qui engendra Sisyphe,

qui engendra les Titans, desquels naquit Hercule,

qui engendra Enay, lequel fut très expert dans la manière d'ôter des mains les pustules de la gale,

qui engendra Fierabras [2], lequel fut vaincu par Olivier, pair de France, compagnon de Roland,

qui engendra Morgan, lequel fut le premier au monde à jouer aux dés avec ses bésicles,

qui engendra Fracassus, duquel a écrit Merlin Coccaie [3],

d'où naquit Ferragus,

qui engendra Happemouches [4], lequel fut le premier à inventer la manière de fumer les langues de bœuf dans la cheminée, car auparavant les gens les salaient comme les jambons,

qui engendra Bolivorax [5],

qui engendra Longis [6],

---

1. *Poulaine* : souliers extrêmement longs, à bout protubérant. \ **2.** *Fierabras* : géant sarrasin dans la *Chanson de Roland*. Les noms suivants sont ceux de géants d'épopées et romans médiévaux. \ **3.** *Merlin Coccaie* : auteur des *Macaronées*, parodie des romans de chevalerie à laquelle Rabelais doit beaucoup. \ **4.** *Happemouches* : « Gobe-mouches ». La plupart des noms suivants sont fantaisistes. \ **5.** *Bolivorax* : « Mange-terre ». \ **6.** *Longis* : il peut s'agir du roi sarrasin des chansons de geste, comme du centurion romain qui transperça le Christ sur la croix.

qui engendra Gayoffe, lequel avait les couillons en peuplier et le vit en cormier[1],

qui engendra Machefain[2],

qui engendra Brûlefer,

qui engendra Engoulevent[3],

qui engendra Galehaut[4] lequel fut l'inventeur des flacons,

qui engendra Mirelangault,

qui engendra Galaffre[5],

qui engendra Falourdin[6],

qui engendra Roboastre[7],

qui engendra Sortibrant de Coïmbre[8],

qui engendra Brushant de Mommière,

qui engendra Bruyer, lequel fut vaincu par Ogier le Danois, pair de France,

qui engendra Mabrun,

qui engendra Foutanon,

qui engendra Hacquelebac[9],

qui engendra Vitdegrain[10],

qui engendra Grandgousier,

qui engendra Gargantua,

qui engendra le noble Pantagruel mon maître.

Je comprends bien que, en lisant ce passage, vous formuliez en vous-même un doute bien raisonnable, et que vous vous demandiez : « Comment est-il possible que cela soit ainsi, vu qu'au temps du déluge tout le monde périt, sauf Noé et sept personnes qui se trouvaient avec lui dans l'arche, au nombre desquelles ne figure pas ledit Hurtaly ? »

---

1. *Vit en cormier* : vit, c'est-à-dire sexe masculin, en bois de cormier. \ **2.** *Machefain* : « Mâche-foin ». \ **3.** *Engoulevent* : « Avale-vent ». \ **4.** *Galehaut* : nom d'un roi dans le *Lancelot*. \ **5.** *Galaffre* : dans les chansons de geste, nom de roi sarrasin. \ **6.** *Falourdin* : homme grossier. \ **7.** *Roboastre* : géant des chansons de geste. \ **8.** *Sortibrant de Coïmbre* : ce nom, et les deux suivants, est celui d'un sarrasin dans les chansons de geste. \ **9.** *Hacquelebac* : nom d'une galerie du château d'Amboise. \ **10.** *Vitdegrain* : nom obscène (sur *vit,* autre nom du sexe masculin), comme Foutanon (sur *foutre*).

La demande est bien formulée, sans nul doute, et bien claire. Mais la réponse vous contentera. Et puisque je ne vivais pas en ce temps-là et que je ne peux vous en parler à ma convenance, j'alléguerai l'autorité des Massorètes[1], interprètes des saintes écritures hébraïques. Ces derniers affirment que, véritablement, ledit Hurtaly n'était pas dans l'arche (il n'aurait pu y entrer, car il était trop grand) mais dessus, à cheval, jambe de-ça, jambe de-là, comme les petits enfants sur les chevaux de bois. De cette façon, il empêcha ladite arche de faire naufrage, car il lui donnait la secousse avec les jambes, et du pied la dirigeait où il voulait, comme on se sert du gouvernail d'un navire. Ceux qui étaient dedans, reconnaissants du bien qu'il leur faisait, lui envoyaient beaucoup de vivres par une cheminée. Et parfois ils discutaient ensemble, comme le faisait Icaroménippe avec Jupiter, selon ce que rapporte Lucien[2].

1. *Massorètes* : savants juifs, interprètes de la Torah. \ **2.** *Ce que rapporte Lucien* : allusion à l'*Icaroménippe* de Lucien, où Jupiter écoute les propos des humains par une trappe.

Chapitre 2

De la naissance du très redouté Pantagruel

Gargantua, à l'âge de quatre cent quatre-vingt-quarante-quatre ans, engendra son fils Pantagruel, grâce à sa femme nommée Badebec, fille du roi des Amaurotes, en Utopie[1]. Badebec mourut en couches, car l'enfant était si extraordinairement grand, et si lourd, qu'il ne put venir à la lumière sans étouffer sa mère.

Pour comprendre pleinement la raison de son nom, qui lui fut donné à son baptême, vous noterez que, en cette année-là, il y eut une sécheresse si grande dans tout le pays d'Afrique, qu'il se passa trente-six mois et davantage sans pluie, avec une chaleur de soleil si véhémente que toute la terre en était aride. Même au temps d'Élie[2] elle ne fut pas plus échauffée qu'elle ne le fut alors. Car aucun arbre sur terre n'avait feuille ou fleur. Les herbes étaient sans verdure, les rivières taries, les sources à sec. Les pauvres poissons privés de leur élément erraient et gémissaient horriblement sur la terre. Les oiseaux tombaient faute d'humidité[3]. Les loups, les renards, cerfs, sangliers, daims, lièvres, lapins, belettes, fouines, blaireaux et les autres bêtes, on les trouvait mortes dans les champs, la gueule ouverte.

---

1. *Utopie* : allusion à l'ouvrage de l'humaniste anglais Thomas More, *Utopia* (1516). En grec, *utopie* signifie « nul lieu » et *amaurote* « indistinct ». \ **2.** *Au temps d'Élie* : à la demande d'Élie, Yahvé fit sévir une grande sécheresse durant trois ans. Il faut savoir aussi que l'année 1532 fut marquée par une très grande sécheresse. \ **3.** *Les oiseaux tombaient faute d'humidité* : à l'époque, certains pensaient que la partie inférieure de l'atmosphère était épaissie par des vapeurs humides, ce qui permettait aux oiseaux de se maintenir en vol.

Pour les hommes, c'était la grande pitié. Vous les auriez vus, tirant la langue comme des lévriers après avoir couru six heures ! Plusieurs se jetaient dans les puits. D'autres se mettaient sous le ventre d'une vache pour être à l'ombre (Homère les appelle *Alibantes*[1]). Toute la contrée était à l'ancre[2], c'était un spectacle pitoyable de voir la souffrance des hommes pour se protéger de cette horrifique altération[3]. Car il y avait beaucoup à faire pour sauver l'eau bénite dans les églises et veiller à ce qu'elle ne fût consommée. Mais on prit de telles dispositions, sur le conseil de messieurs les cardinaux et du Saint Père, que nul n'osait en prendre plus d'une lampée. Et encore, quand quelqu'un entrait dans l'église, vous auriez vu les pauvres assoiffés[4] venant par vingtaines derrière celui qui la distribuait, la gueule ouverte pour en avoir quelque gouttelette, comme le mauvais riche[5], afin que rien ne se perdît. Oh comme il fut bienheureux celui qui, en cette année-là, eut une cave fraîche et bien garnie !

Le Philosophe[6] raconte (en mouvant la question[7] *pourquoi est-ce que l'eau de la mer est salée ?*) que, au temps où Phébus laissa la conduite de son chariot lucifique[8] à son fils Phaéton, ledit Phaéton, inexpérimenté et ne sachant suivre la ligne écliptique[9] entre les deux tropiques de la sphère du soleil, varia de son chemin et s'approcha tellement de la terre, qu'il mit à sec toutes les contrées subjacentes, brûlant cette grande partie du

---

1. *Alibantes* : en grec, « desséchés ». \ **2.** *À l'ancre* : immobile comme un navire qui a jeté l'ancre. \ **3.** *Altération* : voir note suivante. \ **4.** *Assoiffés* : il est très important de savoir que Rabelais écrit ici *altérés*. Le verbe *altérer* vient du latin *alterare* : « rendre autre, transformer » (de *alter*, « autre », comme dans *altérité*). C'est au XVIe siècle que le verbe prend le sens d'« assoiffer ». Les lecteurs ont donc à l'esprit les deux acceptions. Ici, les gens sont assoiffés mais ils subissent également une transformation. \ **5.** *Le mauvais riche* : parabole biblique. Le mauvais riche en enfer supplie Lazare pour qu'il trempe le bout de son doigt dans l'eau et lui rafraîchisse la langue. \ **6.** *Le Philosophe* : cette expression désigne en général Aristote. \ **7.** *En mouvant la question* : en posant la question. Parodie d'une expression typique de l'enseignement scolastique : *movere quaestionem*. \ **8.** *Chariot lucifique* : littéralement « qui produit de la lumière ». \ **9.** *Ligne écliptique* : orbite de la terre autour du soleil.

ciel que les philosophes[1] appellent *via lactea*, et que les lifrelofres[2] nomment *le chemin de saint Jacques*[3]. La terre fut alors tellement échauffée qu'il lui vint une sueur énorme et sua toute la mer, laquelle, de ce fait, est salée, car toute sueur est salée. Ce que vous constaterez être vrai si vous voulez bien goûter la vôtre, ou bien celle des vérolés quand on les fait suer[4] ça m'est égal.

Un phénomène quasi semblable arriva cette année-là. Car, un jour de vendredi, alors que tout le monde s'était mis en dévotion et faisait une belle procession, avec force litanies et beaux chants, implorant Dieu omnipotent[5] de bien vouloir les regarder avec clémence en cette détresse, on vit distinctement sortir de terre de grosses gouttes d'eau, comme quand on sue copieusement. Le pauvre peuple commença de se réjouir, en pensant que cela lui serait profitable, car certains disaient qu'il n'y avait la moindre goutte d'humidité en l'air dont on pût espérer de la pluie, mais que la terre suppléait au manque. Les savants, eux, disaient que c'était la pluie des Antipodes, comme le raconte Sénèque au quatrième livre des *Quaestiones naturales*, lorsqu'il parle de l'origine et source du Nil. Mais ils furent tous bien trompés car, la procession finie, alors que chacun voulait recueillir cette rosée et en boire à pleins godets, ils constatèrent que ce n'était que de la saumure, plus mauvaise et plus salée que l'eau de la mer.

Et, parce que ce fut en ce jour même que naquit Pantagruel, son père lui imposa[6] son nom. Car *panta* en grec signifie « tout », et *gruel*, en langue mauresque signifie « assoiffé[7] »,

1. *Les philosophes* : les savants. \ **2.** *Lifrelofres* : mot comique désignant ici les hommes ordinaires. \ **3.** *Le chemin de saint Jacques* : les pèlerins suivaient la voie lactée pour se rendre à Saint-Jacques-de-Compostelle. \ **4.** *Suer* : voir le Prologue, note 6, p. 10. \ **5.** *Omnipotent* : tout-puissant (voir chap. 1, p. 14, note 3. \ **6.** *Imposa* : aucune idée de contrainte ici ; l'imposition du nom est le fait de donner un nom (sur *imposer* au sens de « poser un sceau avec la main »). \ **7.** *Assoiffé* : voir p. 22, note 4. Pantagruel est donc celui qui assoiffe, mais aussi celui qui a le pouvoir de transformer les gens.

suggérant ainsi que, à l'heure de sa naissance, le monde était tout assoiffé, et voyant, par esprit de prophétie, qu'il serait un jour le dominateur des assoiffés. Cela lui fut montré à cette heure même par un autre signe, encore plus évident. Car, alors que sa mère Badebec l'enfantait, et que les sages-femmes attendaient pour le recevoir, sortirent d'abord de son ventre soixante-huit muletiers, chacun tirant par le licol un mulet tout chargé de sel. Après eux sortirent neuf dromadaires chargés de jambons et de langues de bœuf fumées, sept chameaux chargés de petites anguilles, puis vingt-cinq charrettes de poireaux, d'aulx, d'oignons et de ciboules. Cela épouvanta bien fort les sages-femmes. Mais certaines d'entre elles dirent : « Voici de bonnes provisions. Tout ceci n'est que bon signe, ce sont des aiguillons de vin [1]. » Et comme elles caquetaient ces menus propos entre elles, voici sortir Pantagruel, tout velu comme un ours, ce qui fit dire à l'une d'elles, en esprit de prophétie : « Il est né à tout le poil [2], il fera des choses merveilleuses et, s'il vit, il aura de l'âge [3]. »

Résumé du chapitre 3 : *Badebec, la mère de Pantagruel, meurt au moment de l'accouchement. Gargantua se console en décidant qu'« il vaut mieux pleurer moins et boire davantage ».*

1. *Aiguillons de vin* : des pousse-au-vin, c'est-à-dire qui donnent envie de boire. \ 2. *À tout le poil* : jeu de mots. L'expression traditionnelle *à tout le poil*, signifiant « énergique, capable de tout », est comprise aussi au sens propre : « poilu » (comme un ours). \ 3. *Il aura de l'âge* : expression traditionnelle qui signifie « vivre vieux ».

Chapitre 4

De l'enfance de Pantagruel

TEXTE 17

Je trouve chez les anciens historiographes et poètes que plusieurs personnes sont nées de façons bien étranges et qui seraient trop longues à raconter. Lisez le livre VII de Pline [1], si vous avez le temps. Toutefois vous n'avez sûrement jamais entendu parler d'une naissance aussi extraordinaire que celle de Pantagruel. Car c'était une chose difficile à croire, comment il grandit en corps et en force en peu de temps.

Ce que fit Hercule au berceau, lorsqu'il tua les deux serpents [2], n'était rien, car lesdits serpents étaient bien petits et fragiles. En revanche, Pantagruel au berceau fit des choses bien épouvantables. Je renonce ici à dire comment, à chacun de ses repas, il buvait le lait de quatre mille six cents vaches. Et comment, pour lui faire une poêle à cuire sa bouillie, on réquisitionna tous les poêliers de Saumur en Anjou, de Villedieu en Normandie, de Bramont en Lorraine ; et comment on lui donnait ladite bouillie dans une grande auge qui est encore actuellement à Bourges, près du palais (ses dents étaient déjà si grandes et fortifiées qu'il rompit un grand morceau de ladite auge, comme cela se voit encore très bien [3]).

Un certain jour, vers le matin, alors qu'on voulait lui faire téter une de ses vaches (car de nourrice il n'en eut jamais

---

1. *Le livre VII de Pline* : ce livre de l'*Histoire naturelle* est consacré aux naissances prodigieuses. \ **2.** *Il tua les deux serpents* : Hercule étouffa deux serpents envoyés par Héra, épouse de Zeus, pour l'étrangler. \ **3.** *Qui est* [...] *très bien* : il y avait effectivement à Bourges, près du palais de Jean de Berry, une grande auge de pierre ébréchée, nommée « écuelle du géant ».

d'autre, comme le dit l'histoire), il libéra un de ses bras des liens qui le retenaient au berceau, vous prend ladite vache par-dessous le jarret, puis lui mange les deux tétins et la moitié du ventre avec le foie et les rognons. Il l'eût toute dévorée si elle n'avait crié horriblement, comme si les loups l'avaient tenue aux jambes. À ce cri tous arrivèrent et ôtèrent ladite vache à Pantagruel. Mais ils ne purent empêcher que le jarret lui reste entre les mains, et il le mangea très facilement, comme vous feriez avec une saucisse. Quand on voulut lui ôter l'os, il l'avala aussitôt, comme un cormoran avale un petit poisson. Puis il se mit à dire : « Bon, bon, bon », car il ne pas savait encore bien parler, voulant ainsi faire comprendre qu'il l'avait trouvé fort bon et qu'il lui en fallait autant.

Voyant cela, ceux qui le servaient le lièrent avec de gros câbles comme ceux que l'on fait à Tain pour le voyage du sel à Lyon, ou comme ceux de la grande nef *Françoise*[1] qui est au port de Grâce en Normandie. Mais, un jour un grand ours qu'élevait son père s'échappa et vint lui lécher le visage, car les nourrices ne lui avaient pas suffisamment torché les babines. Il se défit desdits câbles aussi facilement que Samson parmi les Philistins, puis vous prit monsieur de l'ours et le mit en pièces comme un poulet, en en faisant une bonne gorge chaude[2].

À la suite de quoi Gargantua, craignant qu'il ne se blessât, fit fabriquer quatre grosses chaînes de fer pour le lier, comme des arcs-boutants bien solidement fixés à son berceau. De ces chaînes, vous en avez une à La Rochelle : on la lève le soir entre les deux grosses tours du port. L'autre est à Lyon, l'autre à Angers. Et la quatrième fut emportée par les diables pour lier

1. *La grande nef* Françoise : ce navire, achevé en 1527, ainsi nommé en honneur du roi, était le plus gros jamais construit. En raison de sa taille, il s'échoua dans la baie du Havre-de-Grâce. \ **2.** *Gorge chaude* : terme de chasse : morceau pris sur la proie encore chaude et que l'on donne aux oiseaux de volerie pour les récompenser.

Lucifer, qui se déchaînait en ce temps-là à cause d'une colique qui le tourmentait extraordinairement après avoir mangé l'âme d'un officier de justice en fricassée à son déjeuner. Aussi pouvez-vous bien croire ce que dit Nicolas de Lyre, sur le passage du *Psautier* où il est écrit : *Et Og regem Basan*[1], à savoir que ledit Og, encore petit, était si fort et robuste qu'il fallait le lier avec des chaînes de fer dans son berceau. Pantagruel demeura ainsi calme et tranquille, car il ne pouvait rompre si facilement lesdites chaînes, d'autant qu'il n'avait pas assez de place dans son berceau pour le secouer avec les bras.

Mais voici ce qui arriva le jour d'une grande fête, alors que son père Gargantua donnait un beau banquet à tous les princes. Je crois bien que les officiers de la cour étaient si occupés au service du festin que personne ne se souciait du pauvre Pantagruel et qu'il demeurait ainsi *a reculorum*[2]. Que fit-il ? Il essaya de rompre les chaînes du berceau avec les bras. Mais sans succès, car elles étaient trop solides. Alors il trépigna tant des pieds qu'il rompit le bout de son berceau (qui toutefois était fait d'une grosse poutre de sept empans[3] au carré) et dès qu'il eut ainsi mis les pieds dehors, il se laissa glisser du mieux qu'il put. Puis, avec grande puissance, il se leva et emporta son berceau sur l'échine, comme une tortue qui grimpe contre une muraille. À le voir on avait l'impression que c'était une grande caraque[4] de cinq cents tonneaux qui se tenait debout.

Il entra de cette façon dans la salle où l'on banquetait, et si hardiment qu'il épouvanta l'assistance. Mais comme il avait les bras liés à l'intérieur, il ne pouvait rien prendre à manger, et donc il s'inclinait à grand-peine pour prendre avec sa langue

1. Et Og regem Basan *: « Et Og, roi de Basan… » (Psaumes).* Mais le théologien Nicolas de Lyre ne dit pas que Og ait été attaché à son berceau. Noter que Og est ce personnage que Rabelais nomme Hurtaly au chap. 1. \ **2.** A reculorum : laissé dans un coin. \ **3.** *Empan* : l'empan fait plus de vingt centimètres. \ **4.** *Caraque* : grand bateau italien.

quelque lippée. Voyant cela, son père comprit qu'on l'avait laissé sans nourriture et, suivant le conseil des princes et des seigneurs de l'assistance, il ordonna qu'il fût délié desdites chaînes (d'autant que, d'après les médecins, si on le retenait ainsi au berceau, il resterait toute sa vie sujet à la gravelle[1]). Lorsqu'il fut déchaîné[2], on l'asseya et le rassasia fort bien, puis il brisa son berceau en plus de cinq cent mille pièces d'un coup de poing qu'il asséna au milieu par colère, en faisant protestation[3] de ne jamais y retourner.

1. *Gravelle* : calculs rénaux, que l'on pensait dus à la chaleur externe, ici, l'emmaillotement. \ **2.** *Déchaîné* : libéré de ses chaînes, comme Lucifer, *supra*. \ **3.** *En faisant protestation* : à l'époque, idée d'engagement solennel. Voir chap. 9, p. 48, note 5.

Chapitre 5

Des faits et gestes du noble Pantagruel en son jeune âge

Ainsi croissait Pantagruel de jour en jour, et profitait à vue d'œil. Son père s'en réjouissait, par affection naturelle. Pour s'amuser avec les oisillons, il lui fit faire une arbalète, qu'on appelle à présent *la grande arbalète de Chantelle*[1]. Puis il l'envoya à l'école pour apprendre et passer son jeune âge.

Ainsi Pantagruel se rendit à Poitiers pour étudier, et il profita[2] beaucoup. Voyant que les étudiants de ce lieu avaient quelquefois des moments de loisir et qu'ils ne savaient comment passer leur temps, il en éprouva de la compassion. Un jour il prit d'un gros rocher que l'on nomme Passelourdin[3] une grosse roche, d'environ douze toises[4] au carré et d'une épaisseur de quatorze empans[5], puis il la mit sur quatre piliers au milieu d'un champ, bien à son aise, afin que lesdits étudiants, quand ils n'auraient rien d'autre à faire, s'amusent à monter sur cette pierre, à y banqueter avec force bouteilles, jambons, et pâtés, et à écrire leurs noms dessus avec un couteau. À présent on l'appelle la *Pierre levée*. En mémoire de cela, nul n'est aujourd'hui immatriculé dans les registres de l'université de Poitiers avant de boire à la source caballine[6] de Croutelles, de passer à Passelourdin, et de monter sur la Pierre levée.

---

1. *La grande arbalète de Chantelle :* probablement un engin qui se trouvait sur les remparts du château de Chantelle (Allier). \ **2.** *Profita* : voir chap. 8, p. 35, note 1. \ **3.** *Passelourdin* : grotte creusée dans une falaise près de Poitiers. \ **4.** *Toises* : voir p. 13, note 4. \ **5.** *Empans* : voir note 3, p. 27. \ **6.** *Source caballine* : allusion à la source Hippocrène, jaillie d'un coup de sabot du cheval Pégase et dont l'eau est censée donner l'inspiration poétique à celui qui la boit.

Ensuite, en lisant les belles chroniques de ses ancêtres, il découvrit que Geoffroy de Lusignan, dit Geoffroy à la Grand'-dent[1], grand-père du cousin germain de la sœur aînée de la tante du gendre de l'oncle de la bru de sa belle-mère, était enterré à Maillezais. Il prit donc un jour de congé pour lui rendre une visite de courtoisie. Partant de Poitiers avec quelques-uns de ses compagnons, ils passèrent par Ligugé, par Lusignan, par Sansay, par Celles, par Saint-Lygaire, par Colonges, par Fontenay-le-Comte, et de là arrivèrent à Maillezais, où il visita le sépulcre dudit Geoffroy à la Grand'dent. Il éprouva quelque frayeur en voyant son portrait, car il y est représenté comme un homme en furie, sortant à demi son grand sabre courbe du fourreau. Il demanda la cause de cela, mais les chanoines dudit lieu répondirent qu'il n'y avait d'autre cause que *pictoribus atque poëtis*[2], etc., c'est-à-dire que peintres et poètes ont la liberté de peindre selon leur bon plaisir ce qu'ils veulent. Il ne se contenta pas de cette réponse, et dit : « Il n'est point ainsi peint sans cause. J'ai l'impression que, à sa mort, on lui a fait quelque tort dont il demande vengeance à ses descendants. Je vais m'en enquérir plus amplement et en ferai ce qui sera juste[3]. »

Ainsi s'en retourna-t-il, mais pas à Poitiers, car il voulait visiter les autres universités de France. Passant à La Rochelle, il embarqua sur un navire et se rendit à Bordeaux, sans toutefois y trouver grande activité, sinon celle des gabarriers[4] qui jouaient aux cartes sur la grève. De là il vint à Toulouse, où il

1. *Geoffroy de Lusignan, dit Geoffroy à la Grand'dent* : ce baron détruisit l'abbaye de Maillezais au XIIIe siècle. Le chroniqueur Jean d'Arras (XIVe s.) en fait l'un des fils de la fée Mélusine. \ **2.** Pictoribus atque poëtis : « les poètes de même que les peintres ont toujours eu le juste pouvoir de se livrer à toutes les audaces ». Très célèbre citation d'Horace posant l'équivalence entre création picturale et création littéraire du point de vue de la liberté d'inspiration. \ **3.** *Et en ferai ce qui sera juste* : texte original : « et en ferai ce que de raison », *raison* exprime ici les idées de justesse, justice, légitimité, etc. \ **4.** *Gabarriers* : ceux qui déchargent les « gabarres », navires italiens.

apprit fort bien à danser et à jouer de l'épée à deux mains, comme c'est l'usage parmi les étudiants de ladite université. Mais il n'y demeura pas longtemps quand il vit qu'on faisait brûler leurs professeurs[1] tout vifs comme des harengs saurs. Il dit : « Plaise à Dieu que jamais je ne meure ainsi, car je suis de nature assez assoiffé sans qu'on me chauffe davantage. »

Puis il vint à Montpellier[2], où il trouva de fort bons vins de Mireval et une joyeuse compagnie. Il songea étudier la médecine, mais il considéra que c'était là un métier bien trop ennuyeux et mélancolique, et que les médecins sentaient les clystères[3] comme de vieux diables. C'est pourquoi il décida d'étudier le droit. Toutefois, voyant que là ne se trouvaient que trois teigneux et un pelé de juristes, il s'en alla. En chemin il édifia le pont du Gard en moins de trois heures, ce qui semble une œuvre plus divine qu'humaine.

Puis il vint en Avignon, où il ne resta que trois jours avant de tomber amoureux, car les femmes y jouent volontiers du serre-croupière. Voyant cela, son pédagogue nommé Épistémon l'en fit partir et le mena à Valence, en Dauphiné. Mais il constata qu'il n'y avait là pas beaucoup d'activité et que les vauriens de la ville battaient les étudiants, ce dont il éprouva une certaine colère. Un beau dimanche, alors que tout le monde dansait à un bal public, un étudiant voulut entrer dans la danse. Lesdits vauriens voulurent l'en empêcher. Pantagruel les pourchassa alors jusqu'aux bords du Rhône et voulut tous les noyer. Mais ils se dissimulèrent sous terre, une bonne demi-lieue[4] sous le Rhône, comme des taupes. Le trou y est encore visible[5].

1. *Brûler leurs professeurs* : allusion au supplice de Jean de Caturce, professeur de droit, brûlé en 1532 pour ses idées protestantes. \ **2.** *Montpellier* : Rabelais s'y inscrivit en septembre 1530 pour des études de médecine. L'année suivante, il y assurait un cours sur Hippocrate. \ **3.** *Clystères* : lavement administré avec une seringue. \ **4.** *Demi-lieue* : la lieue est une ancienne mesure : 4 km environ. \ **5.** *Le trou y est encore visible* : allusion à un souterrain qui passait sous le Rhône, depuis l'église Saint-Pierre, dans les faubourgs de Valence.

Puis il s'en alla, et en trois pas et un saut arriva à Angers, où il se trouva fort bien. Il y serait demeuré quelque temps si la peste ne l'en avait pas chassé [1]. Il alla ensuite à Bourges, où il étudia bien longtemps et profita beaucoup à la faculté de droit. Parfois il disait que les livres de droit ressemblaient à une belle robe d'or, magnifique et précieuse à merveille, mais brodée de merde ; car, disait-il, il n'y a au monde de livres aussi beaux, aussi ornés, aussi élégants que les textes des *Pandectes* [2], mais leur brodure, en l'occurrence la glose d'Accurse [3], est si sale, si infâme et si infecte que ce n'est qu'ordure et vilenie.

Partant de Bourges, il vint à Orléans, et là trouva force bons rustres d'étudiants qui lui firent grande chère à sa venue. En peu de temps, il apprit si bien à jouer avec eux à la paume [4], qu'il y passa maître. Car les étudiants du lieu en font une belle activité. Ils le conduisaient parfois aux îles pour s'amuser au jeu du poussavant [5].

Pour ce qui était de se rompre la tête en étudiant, il ne le faisait guère, de peur que sa vue ne diminue. Surtout qu'un quidam parmi les professeurs disait souvent durant ses cours qu'il n'y a chose si contraire à la vue que la maladie des yeux. Et un jour où l'un des étudiants de sa connaissance, qui n'avait pas plus de science qu'il n'en pouvait porter, mais en revanche savait fort bien danser et jouer à la paume, reçut son diplôme de droit, il composa le blason [6] et la devise des licenciés de ladite université :

1. *La peste ne l'en avait pas chassé* : allusion à l'épidémie de peste à Angers en 1530-1532. \ **2.** *Pandectes* : ouvrage de droit romain très commenté au Moyen Âge. Rabelais fait allusion à la beauté des enluminures ornementales. \ **3.** *Accurse* : le plus célèbre commentateur des *Pandectes*. La *brodure* est la *bordure* (jeu de mots avec la robe *brodée*), autrement dit la marge \ **4.** *La paume* : ancêtre du tennis. \ **5.** *Poussavant* : jeu de boules, mais on peut y voir un sens plus libre \ **6.** *Blason* : en poésie, le blason est un court poème. Mais il peut aussi avoir ici son sens héraldique, comme le suggère son emploi avec *devise* : devise et armoiries constituent en héraldique le blason.

Un esteuf[1] en la braguette[2],
En la main une raquette,
Une loi en la cornette[3],
Une basse danse[4] au talon,
Voi vous là[5] passé coquillon[6].

Résumé des chapitres 6 et 7 : *Pantagruel est à Paris, avec ses compagnons, pour parfaire son éducation. Là, il rencontre un étudiant limousin. Ce prétentieux préfère à sa langue natale un jargon incompréhensible à base de latin, destiné à impressionner ses interlocuteurs. Le géant le punit sévèrement en le « tenant à la gorge » et en l'« altérant[7] », de sorte qu'il finira par mourir de soif. Puis Pantagruel se rend dans la bibliothèque de l'abbaye Saint-Victor, haut lieu de l'enseignement scolastique, opposé aux idées de l'humanisme. Le chapitre 7 est presque entièrement constitué du catalogue des livres de cette abbaye, aux titres burlesques et ridicules.*

1. *Esteuf* : balle du jeu de paume. \ **2.** *Braguette* : à l'époque, partie du costume masculin, de forme triangulaire, attaché au-devant du haut-de-chausses (ancêtre du pantalon), et pouvant servir de poche, comme ici ; mais évidemment, le sens de *esteuf* comme balle est très libre. \ **3.** *Cornette* : écharpe portée par les diplômés. \ **4.** *Basse danse* : une danse sans sauts. \ **5.** *Voi vous là* : vous voilà. \ **6.** *Coquillon* : chaperon porté par les docteurs en droit. \ **7.** *Altérant* : voir chap. 2, p. 22, note 4.

Chapitre 8

Comment Pantagruel, à Paris, reçut une lettre de son père Gargantua, et la reproduction de celle-ci

Pantagruel étudiait fort bien, comme vous le comprenez assez, et profitait[1] de même, car il avait l'intelligence à double rebras[2] et une capacité de mémoire à la mesure de douze outres et tonneaux d'huile d'olive.

Alors qu'il demeurait là, il reçut un jour une lettre de son père dont la teneur est telle que s'ensuit :

« Très cher fils,

Parmi les dons, grâces et prérogatives dont le souverain plasmateur[3] Dieu tout-puissant a doté et orné la nature humaine à son commencement, il en est un qui me semble unique et excellent : celui par lequel elle peut, bien que mortelle, acquérir une sorte d'immortalité et, au cours de sa vie transitoire, perpétuer son nom et sa semence. Cela se fait au moyen d'une lignée issue d'un mariage légitime.

De cette façon, il nous est d'une certaine façon rendu ce qui nous fut enlevé[4] après le péché de nos premiers parents[5], auxquels il fut dit que, parce qu'ils avaient désobéi au commandement de Dieu le créateur, ils mourraient, et que, par

---

1. *Profitait* : au sens de « faire des progrès, s'améliorer intellectuellement et moralement, réussir, etc. » Notion récurrente, jusqu'aux derniers mots de ce chapitre. \ **2.** *À double rebras* : à double repli, métaphore signifiant « à un haut degré ». \ **3.** *Plasmateur* : terme de théologie, tiré du grec, signifiant « créateur ». Voir p.36, note 1. \ **4.** *Enlevé* : au lieu de « rendu » et « enlevé », Rabelais dit *instauré* et *tollu*. \ **5.** *Premiers parents* : Adam et Ève, après avoir commis la Faute, perdirent leur immortalité.

cette mort, la si magnifique plasmature [1] en laquelle l'homme avait été créé serait réduite à néant. Car c'est par la propagation séminale que demeure dans les enfants ce qui fut perdu dans les parents, et dans les descendants ce qui dépérit dans les enfants, et ainsi de suite jusqu'à l'heure du jugement dernier, quand Jésus-Christ aura rendu à Dieu le père son royaume pacifié, libéré de tout danger et de la souillure du péché, que cesseront toute génération et toute corruption [2], que les éléments seront libérés de leurs transmutations continues [3], que la paix tant désirée sera atteinte, et que toutes choses seront stabilisées en leur fin et achèvement.

Donc, non sans juste et équitable raison, je rends grâces à Dieu mon Protecteur de ce qu'il m'a permis de voir ma vieillesse chenue refleurir en ta jeunesse. Car quand, par le plaisir de Dieu qui tout régit et ordonne, mon âme laissera cette habitation humaine [4], je ne me considérerai pas totalement mourir, mais plutôt passer d'un lieu à un autre, puisqu'en toi et par toi mon image demeurera visible en ce monde, vivant, voyant et conversant [5] avec mes amis et autres gens d'honneur, ainsi que j'en avais l'habitude. Cette conversation [6] qui est mienne aura été, moyennant l'aide et la grâce divine, peut-être pas sans péché, je le confesse (car nous péchons tous, et en permanence nous demandons à Dieu qu'il efface nos péchés), mais en tout cas sans reproche.

De même qu'en toi demeure l'image de mon corps, si les mœurs de mon âme n'y reluisaient pas également on ne te

1. *Plasmature* : voir p. 36, note 3. \ **2.** *Corruption* : au sens d'Aristote, pour qui le monde terrestre obéit au cycle de la génération (« naissance ») et de la corruption (« mort »), contrairement au monde céleste, règne de l'éternité. \ **3.** *Transmutations continues* : pour Aristote, le monde terrestre repose sur quatre éléments opposés (feu/eau, terre/air) ne pouvant coexister que par des transformations perpétuelles. \ **4.** *Mon âme* [...] *humaine* : Rabelais cite saint Paul (« si cette demeure où nous habitons sur terre est détruite, nous avons dans le ciel une demeure éternelle »). \ **5.** *Conversant* : au sens de « fréquenter ». \ **6.** *Conversation* : au sens, cette fois, de « manière de vivre ».

considérerait pas comme le gardien et trésorier de l'immortalité de notre nom. Le plaisir que je prendrais alors serait vraiment petit si je voyais la partie la moins importante de moi, à savoir le corps, rester ici-bas, et la meilleure, l'âme (par laquelle notre nom demeure en bénédiction parmi les hommes), s'appauvrir et se dégrader. Je ne dis pas cela par méfiance envers ta vertu, car celle-ci m'a déjà été prouvée, mais pour t'encourager plus fortement à profiter de bien en mieux.

Pour achever cette entreprise, tu peux assez te souvenir que je n'ai rien épargné. Bien plus, je t'ai aidé comme si je n'avais eu d'autre trésor en ce monde que celui de te voir durant ma vie accompli et parfait, tant en vertu, noblesse et prudhommie [1] qu'en savoir libéral [2] et honorable, et de te laisser ainsi après ma mort comme un miroir représentant ma personne à moi, ton père ; un miroir excellent, sinon dans les faits (comme je le souhaite), du moins dans les intentions.

Mais bien que mon feu père Grandgousier, présent dans toutes les mémoires, eût consacré tous ses efforts à ce que je profitasse en toute perfection et savoir politique [3] et que mon labeur et mes efforts correspondissent très bien, et même outrepassassent ses intentions, le temps, comme tu peux le comprendre, n'était pas aussi propice ni favorable à l'étude des lettres qu'à présent, et je n'avais pas une abondance de précepteurs comme toi. Les temps étaient encore ténébreux, ils se ressentaient de l'infortune et de la calamité des Goths qui avaient mis à sac toute forme de savoir [4].

Mais aujourd'hui, par la bonté divine, prestige et dignité ont été rendus aux lettres. Je constate une telle amélioration,

1. *Prudhommie* : valeur essentielle au Moyen Âge, elle condense les idées de sagesse, de savoir pratique et de noblesse de conduite. \ **2.** *Savoir libéral* : propre à un homme libre. \ **3.** *Savoir politique* : utile à la vie de la cité. \ **4.** *Goths* [...] *de savoir* : les humanistes assimilèrent le Moyen Âge à une période d'ignorance et de « ténèbres » ; le Goth, figure du barbare, en est un des symboles.

qu'à présent c'est avec difficulté que je serais admis en classe élémentaire avec les petits écoliers, moi qui en mon âge mûr étais (non à tort) réputé le plus savant du siècle. Je ne dis pas cela par vaine vantardise – encore que je puisse le faire sans démériter, comme te le montrent l'autorité de Marcus Tullius [1] dans son livre sur la vieillesse, et la sentence de Plutarque au livre intitulé *Comment on peut se louer sans encourir de blâme* [2] – mais pour te donner le désir de tendre plus haut.

Maintenant toutes les disciplines sont restituées [3], et l'étude des langues instaurée : le grec, sans lequel c'est une honte que quelqu'un se prétende savant, l'hébreu, le chaldéen [4], le latin. L'imprimerie, qui fournit des livres si élégants et si corrects, inventée de mon vivant par inspiration divine, est en usage, comme, au rebours, l'artillerie, inventée par suggestion diabolique. Le monde entier est plein de gens savants, de précepteurs très doctes, de bibliothèques très vastes, de sorte que selon moi, ni au temps de Platon, ni au temps de Cicéron ou de Papinian [5], il n'y avait telle facilité d'étude qu'à présent. Désormais on ne pourra plus se trouver en public ni en société si l'on n'a pas été bien affiné auparavant dans l'officine [6] de Minerve [7]. Je vois les brigands, les bourreaux, les aventuriers, les palefreniers d'aujourd'hui plus doctes que les docteurs [8] et les prédicateurs de mon temps. Dirai-je plus ? Même les femmes et les filles ont pu aspirer à cette glorieuse et céleste manne qu'est la connaissance.

1. *Marcus Tullius* : autrement dit Cicéron, *De la vieillesse*. \ **2.** *La sentence* [...] *de blâme* : Plutarque explique qu'il faut être indulgent avec les vieillards qui se vantent, lorsqu'ils ont réputation et vertu. \ **3.** *Toutes les disciplines sont restituées* : le thème de la *restitution* des *bonnes lettres* est au cœur de l'humanisme. \ **4.** *Chaldéen* : langue variante de l'hébreu, parfois employée dans la Bible. \ **5.** *Papinian* : jurisconsulte (expert en questions juridiques) du IIIe siècle, très respecté des humanistes. \ **6.** *Officine* : à la fois « école » et « atelier ». \ **7.** *Minerve* : déesse romaine du savoir. \ **8.** *Docteurs* : au sens large : ceux qui ont un doctorat.

C'est au point qu'à l'âge où je suis, j'ai été contraint d'apprendre le grec, que je n'avais pourtant pas méprisé comme Caton, mais que je n'avais pas eu la possibilité de découvrir en mon jeune âge. À présent je me délecte volontiers à lire les *Œuvres morales* de Plutarque, les beaux *Dialogues* de Platon, les *Monuments* de Pausanias[1] et les *Antiquités* d'Athénée[2], en attendant l'heure où il plaira à Dieu mon créateur de m'appeler et de m'ordonner de quitter cette terre.

C'est pourquoi mon fils je t'engage à employer ta jeunesse à bien profiter en étude et vertus. Tu es à Paris, tu as ton précepteur Épistémon. L'un (par recommandations verbales) comme l'autre (par de louables exemples) vont t'éduquer.

J'attends et je veux que tu apprennes les langues parfaitement. Premièrement le grec, comme le veut Quintilien[3]. Deuxièmement le latin. Et puis, pour les saintes écritures, l'hébreu, le chaldéen et l'arabe. Et, quant au grec, que tu formes ton style à l'imitation de Platon ; quant au latin, à celle de Cicéron. Qu'il n'y ait d'histoire[4] que tu ne tiennes présente en ta mémoire. Pour cela tu t'aideras de ceux qui ont écrit sur la cosmographie[5]. Les arts libéraux[6], géométrie, arithmétique et musique, je t'en ai donné le goût quand tu étais encore petit, entre cinq et six ans. Poursuis le reste et, de l'astronomie, saches-en toutes les règles. Laisse-moi de côté l'astrologie divinatrice[7], ainsi que l'art de Lulle[8], comme autant de

1. *Pausanias* : allusion à la *Description de la Grèce*, de Pausanias (IIe siècle ap. J.-C.) \ **2.** *Les* Antiquités *d'Athénée* : allusion au *Banquet des sophistes* d'Athénée (IIIe siècle ap. J.-C.) \ **3.** *Quintilien* : référence absolue en matière de rhétorique pour les humanistes, il recommande l'apprentissage du grec dans la formation de l'orateur. \ **4.** *Histoire* : « récit d'événements historiques » et « résultat d'une recherche ». \ **5.** *Cosmographie* : signifie à la fois « astronomie » et « géographie ». Les principaux auteurs sont alors Strabon et Ptolémée. \ **6.** *Arts libéraux* : astronomie, musique, arithmétique, géométrie. \ **7.** *Astrologie divinatrice* : astrologie qui prétend dire l'avenir, condamnée par de nombreux humanistes. \ **8.** *Lulle* : Raymond Lulle, théologien et mystique du XIIIe siècle. L'allusion est assez vague : Gargantua peut viser l'alchimie, à laquelle Lulle était réputé s'adonner, comme sa célèbre méthode d'argumentation censée pouvoir tout démontrer.

supercheries et de futilités. Du droit civil, je veux que tu saches par cœur les beaux textes, et que tu me les mettes en parallèle avec la philosophie.

Et quant à la connaissance des phénomènes naturels, je veux que tu t'y adonnes soigneusement. Qu'il n'y ait mer, rivière, ni fontaine dont tu ne connaisses les poissons. Tous les oiseaux dans le ciel, tous les arbres, arbustes et buissons des forêts, toutes les herbes de la terre, tous les métaux cachés au ventre des abîmes, les pierreries de tout l'Orient et du Midi, que rien ne te soit inconnu. Ensuite, relis soigneusement les livres des médecins grecs, arabes et latins, sans mépriser les talmudistes et les cabalistes [1] puis, par de fréquentes dissections, acquiers une parfaite connaissance de cet autre monde [2] qu'est l'homme. Pendant quelques heures du jour, commence par étudier les saintes Écritures. Premièrement, en grec, le Nouveau Testament et les Épîtres des apôtres. Et puis, en hébreu, l'Ancien Testament.

En somme, que je voie un abîme de science. Car, à présent que tu deviens un homme et que tu grandis, il te faudra sortir de cette tranquillité et repos de l'étude, pour apprendre la chevalerie et les armes, afin de défendre mon domaine et de secourir nos amis dans toutes leurs difficultés contre les assauts des malfaisants. Je veux que, bientôt, tu vérifies combien tu as profité. Tu ne pourras mieux faire cela qu'en soutenant des conclusions [3] en tout savoir, publiquement, envers tous et contre tous, et en fréquentant les lettrés, de Paris comme d'ailleurs.

Mais, parce que, selon le sage Salomon, sapience n'entre point en âme malivole [4], et science sans conscience n'est que ruine de l'âme [5], il te convient de servir, aimer et craindre Dieu, de mettre

1. *Cabalistes* : le Talmud est un recueil des enseignements des plus grands rabbins. La *cabale* est la tradition ésotérique juive. \ **2.** *Autre monde* : l'homme est le microcosme, le monde est le macrocosme. \ **3.** *Conclusions* : discussions publiques. \ **4.** *Malivole* : malveillante. \ **5.** *Science* [...] *ruine de l'âme* : cette formule, qui n'est pas de Rabelais, est un célèbre axiome scolastique.

en lui toutes tes pensées, et tout ton espoir. Puis, par une foi formée de charité[1], être adjoint à lui, de sorte que jamais tu n'en sois séparé par le péché. Tiens pour suspectes les tromperies du monde. Ne prends pas à cœur ce qui est futile, car cette vie est transitoire alors que la parole de Dieu demeure éternellement. Sois serviable envers tous tes proches, et aime-les comme toi-même. Révère tes précepteurs. Fuis la compagnie des gens auxquels tu ne veux point ressembler. Et les grâces[2] que Dieu t'a données, ne les reçois pas en vain. Enfin, quand tu t'apercevras que tu as acquis là-bas tout le savoir, reviens vers moi afin que je te voie et te donne ma bénédiction avant de mourir.

Mon fils, que la paix et la grâce de notre Seigneur soient avec toi. Amen.

D'Utopie, ce dix-septième jour du mois de mars.

Ton père, Gargantua. »

Après avoir reçu et lu cette lettre, Pantagruel reprit courage et s'enflamma plus que jamais à profiter ; de sorte que, le voyant étudier et profiter, vous eussiez dit que son esprit était entre les livres comme le feu au milieu des brandes, tant il l'avait infatigable et strident.

1. *Formée de charité : forme* est pris au sens ancien de « principe vital » : en théologie, la foi doit être « formée », c'est-à-dire animée par la charité. \ **2.** *Grâces* : voir *supra* la première phrase de la lettre.

Chapitre 9

Comment Pantagruel rencontra Panurge, qu'il aima toute sa vie

Un jour Pantagruel, se promenant hors de la ville vers l'abbaye Saint-Antoine, devisant et philosophant avec ses gens et quelques étudiants, rencontra un homme, beau de stature et d'une silhouette élégante, mais pitoyablement blessé en divers endroits, et si mal en point qu'il semblait avoir échappé à une meute de chiens ou, mieux, ressemblait à un cueilleur de pommes du pays du Perche.

D'aussi loin que Pantagruel le vit, il dit à ses compagnons : « Voyez-vous cet homme qui vient par le chemin du pont de Charanton ? Par ma foi, il n'est pauvre que par fortune [1], car je vous assure que, d'après sa physionomie, Nature l'a fait naître d'une riche et noble lignée ; mais ce sont les aventures des gens curieux [2] qui l'ont réduit en une telle misère et indigence ». Ainsi, lorsqu'il arriva à hauteur de leur groupe, Pantagruel lui demanda : « Mon ami, je vous prie de vous arrêter ici un instant et de répondre à ce que je vous demanderai. Vous ne vous en repentirez point, car vous me faites pitié et, dans la calamité où je vous vois, j'ai grande envie de vous apporter toute l'aide que je pourrai. C'est pourquoi, mon ami, dites-moi : qui êtes-vous ? d'où venez-vous ? où allez-vous ? que cherchez-vous ? et quel est votre nom ? »

---

1. *Fortune* : au sens de « hasard », « malchance ». Mais jeu de mots, car le sens de « richesses » existe dès le XVe siècle. Voir p. 48, note 4. \ **2.** *Les aventures des gens curieux* : les aventures qui arrivent aux gens curieux.

Le compagnon lui répondit en langue germanique : « *Juncker, Gott geb euch Glück und Heil. Zuvor, lieber Juncker, ich lass euch wissen, dass da ihr mich von fragt, ist ein arm und erbärmlich Ding, und wer will davon zu sagen, welches euch verdrüsslich zu hören, und mir zu erzählen wer, wievol die Poeten und Orators vorzeiten haben gesagt in iren Sprüchen und Sentenzen, dass das Gedächtnis des Elends und Armut vorlängst erlitten ist ein grosser Lust*[1]. »

À quoi répondit Pantagruel : « Mon ami, je ne comprends point ce barragouin. Par conséquent, si vous voulez qu'on vous comprenne, parlez un autre langage. »

Le compagnon lui répondit donc : « *Al barildim gotfano dech min brin alabo dordin falbroth ringuam albaras. Nin porthzadilkin almucathim milko prin al elmin enthoth dal heben ensouim ; kuthim al dum alkatim nim broth dechoth morth min michais im endoth, pruch dal maisoulum hol moth dansrilrim lupaldas im voldemoth. Nin hur diavosth mnarbotim dal gousch palfrapin duch im scoth pruch galeth dal chinon, min foulchrich al conin butathen doth dal prim*[2]. »

– Y comprenez-vous quelque chose ? dit Pantagruel à ses compagnons. À quoi Épistémon répondit : « Je crois que c'est le langage des Antipodes. Le diable n'y pigerait rien ». Alors Pantagruel dit : « Compère, je ne sais si les murailles vous comprendront, mais parmi nous, nul n'y comprend le moindre mot. »

Alors dit le compagnon : « *Signor mio, voi vedete per exemplo che la Cornamusa non suona mai, s'ella non ha il ventre pieno ; cosi io parimente non vi saprei contare le mie fortune, se prima il tribulato ventre non ha la solita refezione, al quale è avviso che le mani e*

1. Juncker [...] grosser Lust : en allemand : « Seigneur, que Dieu vous donne bonheur et prospérité. Tout d'abord, cher seigneur, sachez que ce que vous me demandez est triste et pitoyable, et il y aurait à en dire des choses ennuyeuses à entendre pour vous et à raconter pour moi, quoique les poètes et orateurs d'autrefois aient dit dans leurs adages et dans leurs sentences que le souvenir de la misère et de la pauvreté est une grande joie. ». \ **2.** Al barildim [...] prim : langue imaginaire de type hébraico-arabe, on reconnaît quelques noms propres : Falbroth, Nembroth (« nim broth »), Frapin, Galeth, Scot, Chinon.

li denti hanno perso il loro ordine naturale e del tutto sono annichillati[1]. »

À quoi Epistémon répondit : « C'est du pareil au même. »

Alors Panurge dit : « *Lard, gest tholb be sua virtiuss be intelligence ass yi body schal biss be naturall relvtht, tholb suld of me pety have, for nature hass ulss egualy maide ; bot fortune sum exaltit hess and oyis deprevit. Non ye less viois mou virtiuss deprevit, and virtiuss men discrivis, for, anen ye lad end, iss non gud*[2]. »

À quoi dit Carpalim : « Par saint Treignan, foutys-vous[3] d'Écosse, ou ai-je mal entendu ? »

Alors répondit Panurge : « *Prug frest strinst sorgdmand strochdt drhds pag brleland Gravot Chavygny Pomardière rusth pkallhdracg Devinière près Nays ; Bouille kalmuch monach drupp delmeupplistrincq dlrnd dodelb up drent loch minc stzrinquald de vins ders cordelis hur jocststzampenards*[4]. »

À quoi dit Épistémon : « Parlez-vous chrétien, mon ami, ou langage patelinois[5] ? »

Alors Panurge dit : « *Here, ie en sprerke anders gheen taele, dan kersten, taele : my dunct nochtans, al en seg ie u niet een wordt, mynen noot verklaart ghenonch wat ie beglere ; gheest my unyt bermherticheyt yet waer un ie ghevoet mach zunch*[6]. »

---

1. Signor mio… annichillati : en italien : « Mon seigneur, vous voyez par exemple que la cornemuse ne sonne jamais sans avoir le ventre plein. Moi pareillement je ne vous saurais raconter mes aventures si d'abord mon ventre troublé n'a sa réfection habituelle. Il lui est avis que les mains et les dents ont perdu leur fonction naturelle et sont complètement annihilées. » \ **2.** Lard [...] non gud : en écossais : « Milord, si vous êtes aussi puissant par l'intelligence que vous êtes naturellement grand de corps, vous devez prendre pitié de moi, car la nature nous a faits égaux, mais la fortune en a élevé quelques-uns et abaissé d'autres. Cependant, la vertu est souvent dédaignée et les vertueux méprisés, car avant la fin dernière, nul n'est bon. » \ **3.** *Foutys-vous* : êtes-vous (jeu de mots entre *être* et *foutre*). \ **4.** Prug [...] jocststzampenards : autre langue imaginaire. On reconnaît certains toponymes : *Gravot*, *Chavigny*, *Pomardière*, Devinière et les mots monach, vin, cordelis. \ **5.** *Patelinois* : allusion à la *Farce de Maistre Pathelin*, pièce de théâtre du XVe siècle, où l'avocat Pathelin utilise divers langages étranges pour duper son créancier. \ **6.** Here [...] zunch : en hollandais : « Seigneur, je ne parle pas une langue qui ne soit pas chrétienne : il me semble néanmoins que sans que je vous dise un seul mot, mes haillons vous indiquent suffisamment ce que je souhaite. Soyez assez charitable pour me fournir de quoi me restaurer. »

À quoi répondit Pantagruel : « *Idem* pour celui-là. »

Donc Panurge dit : « *Señor, de tanto hablar yo soy cansado. Por que supplico a vuestra Reverentia que mire a los preceptos evangelicos, para que ellos movan Vuestra Reverentia a lo qu'es de consciencia ; y, si ellos non bastaren para mover Vuestra Reverentia a piedad, yo supplico que mire a la piedad natural, la cual yo creo que le movrá como es de razón, y con esto non digo màs*[1]. »

À quoi répondit Pantagruel : « Par Dieu, mon ami, je ne doute absolument pas que vous ne sachiez bien parler divers langages. Mais dites-nous ce que vous voudrez en une langue que nous puissions comprendre. »

Alors le compagnon dit : « *Myn Herre, endog ieg med inghen tunge talede, Iygesom boeen, ocg uskuulig creatner ! Myne Kleebgon och myne legoms magerhed uudviser allygue klalig huvad tynd meg meest behoff girereb, som aer sandeligh mad och drycke : hwarfor forbarme teg omsyder offvermeg : och bef ael at guffuc meg nogeth ; aff huylket ieg kandstyre myne groeendes maghe lygeruss son mand Cerbero en soppe forsetthr. Soa schal tue loeffue lenge ochlyck salight*[2]. »

– Je crois (dit Eusthènes) que les Goths parlaient ainsi. Et si Dieu le voulait, ainsi parlerions-nous du cul.

Alors le compagnon dit : « *Adoni, scolom lecha. Im ischar harob hal habdeca, bemeherah thithen li kikar lehem, chancathub : "Laah al Adonai chonen ral."* [3] »

1. Señor [...] digo màs : en espagnol : « Seigneur je suis fatigué de tant parler. C'est pourquoi je supplie Votre Révérence de considérer les préceptes évangéliques pour qu'ils amènent Votre Révérence à ce qu'exige la conscience et s'ils ne suffisaient pas à émouvoir Votre Révérence à la pitié, je supplie que vous considériez la piété naturelle, laquelle je crois vous touchera comme de raison et sur ce je me tais. » \ **2.** Myn Herre [...] salight : en danois : « Monsieur, même dans le cas où, comme les enfants et les bêtes brutes, je ne parlerais aucune langue, mes vêtements et la maigreur de mon corps montreraient clairement ce dont j'ai besoin, à savoir manger et boire. Ayez donc pitié de moi et faites-moi donner de quoi maîtriser les abois de mon estomac, comme on place une soupe devant Cerbère. Ainsi vous vivrez longtemps et heureux. » \ **3.** Adoni [...] ral : en hébreu : « Monsieur, la paix soit avec vous. Si vous voulez faire du bien à votre serviteur, donnez-moi immédiatement une miche de pain, ainsi qu'il est écrit : "Celui-là prête au Seigneur qui a pitié du pauvre." »

À quoi répondit Épistémon : « À cette heure l'ai-je bien compris : c'est la langue hébraïque, bien rhétoriquement prononcée. »

Alors dit le compagnon : « *Despota ti nyn panagathe doiti sy mi uc artodotis ? horas gar limo analiscomenon eme athlios. Ce en to metaxy eme uc eleis udamos, zetis de par emu ha u chre, ce homos philologi pantes homologusi tote logus te ce rhemata peritta hyrparchin, opote pragma asto pasi delon esti. Entha gar anancei monon logi isin, hina pragmata (hon peri amphisbetumen) me phosphoros epiphenete*[1]. »

– Quoi ? dit Carpalim, le laquais de Pantagruel. C'est du grec, je l'ai compris. Et comment as-tu vécu en Grèce ?

Alors dit le compagnon : « *Agonou dont oussys vous denaguez algarou, nou den farou zamist vous mariston ulbrou, fousquez vous brol tam bredaguez moupreton del goul houst, daguez daguez nou croupys fost bardounnoflist nou grou. Agou paston tol nalprissys hourtou los echatonous, prou dhouquys brol panygou den bascrou noudous caguons goulfren goul oust troppassou*[2]. »

– J'ai l'impression de comprendre, dit Pantagruel, car c'est le langage de mon pays d'Utopie, ou alors il lui ressemble quant aux sonorités.

Et comme il voulait commencer quelque propos, le compagnon dit : « *Jam toties vos per sacra perque deos deasque omnes obstetatus sum, ut, si qua vos pietas permovet, egestatem meam solaremini, nec hilum proficio clamans et ejulans. Sinite, quaeso, sinite, viri impii, quo me fata voacant abire, nec ultra vanis vestris interpellationibus*

1. Despota [...] epiphenete : en grec : « Excellent maître, pourquoi ne me donnez-vous pas de pain ? Vous me voyez pitoyablement dépérir de faim et cependant vous ne me témoignez aucune pitié et vous me posez des questions hors de propos. Pourtant tous les amis des lettres reconnaissent que les discours et les paroles sont superflus quand les faits sont évidents pour tous. Les discours ne s'imposent que là où les faits sur lesquels nous discutons ne se montrent pas évidents. »\ **2.** Agonou [...] troppassou : autre langue imaginaire.

obtundatis, memores veteris illius adagii quo venter famelicus auriculis carere dicitur[1]. »

– Par dieu, mon ami, dit Pantagruel, ne savez-vous parler français ?

– Si bien sûr, seigneur, et très bien, Dieu merci, répondit le compagnon. C'est ma langue maternelle, car je suis né et ai été nourri jeune au jardin de France, à savoir la Touraine.

– Donc, dit Pantagruel, dites-nous quel est votre nom, et d'où vous venez. Car, par ma foi, je vous ai déjà pris en amour si grand, que si vous condescendez à mon vouloir, vous ne bougerez jamais de ma compagnie, et vous et moi ferons une nouvelle paire d'amitié, comme celle qui fut entre Énée et Achates.

– Seigneur, dit le compagnon, mon véritable et propre nom de baptême est Panurge[2]. À présent j'arrive de Turquie, où je fus emmené prisonnier lorsqu'on alla à Mytilène[3] en un triste jour. C'est volontiers que je vous raconterais mes fortunes[4], qui sont plus extraordinaires que celles d'Ulysse. Mais puisqu'il vous plaît de me retenir avec vous, j'accepte volontiers l'offre, en protestant[5] de ne jamais vous abandonner, combien même iriez-vous à tous les diables. Nous aurons, en d'autres temps plus favorables, tout le loisir d'en parler. Pour l'heure, il y a nécessité urgente que je me nourrisse : dents aiguës, ventre vide, gorge sèche, tout y est. Si vous voulez me mettre à

1. Jam [...] dicitur : en latin : « Déjà je vous ai tant de fois conjuré par les choses sacrées, par tous les dieux et déesses de soulager ma misère, si quelque pitié vous émeut, mais mes cris et mes plaintes ne m'avancent nullement. Laissez, je vous en prie, laissez-moi, hommes sans pitiés, aller où m'appelle le destin et ne me fatiguez plus de vos inutiles apostrophes, vous rappelant le vieil adage où il est dit "ventre affamé n'a pas d'oreilles". » \ **2.** *Panurge* : nom tiré du grec, extrêmement riche en significations positives et négatives, exprimant globalement les idées de ruse, aptitude à tout faire, absence de scrupules, etc. \ **3.** *Mytilène* : capitale de l'île de Lesbos, occupée par les Turcs et assiégée par les Français en 1502 lors d'une croisade. Ces derniers furent vaincus, laissant une trentaine de prisonniers. \ **4.** *Fortunes* : cette fois au sens de « ce qui advient d'heureux ou de malheureux ». Voir la note 1, p. 43. \ **5.** *En protestant* : voir chapitre 4, p. 28, note 3.

l'œuvre, ce sera un plaisir de me voir bâfrer. Par Dieu, donnez-en l'ordre !

Alors Pantagruel ordonna qu'on le mène à son logis et qu'on lui apporte force vivres. Ce qui fut fait. Il mangea très bien ce soir-là, puis il alla se coucher comme les poules et dormit jusqu'à l'heure du déjeuner du lendemain.

Résumé des chapitres 10 à 14 : *Pantagruel devient célèbre pour son savoir, il juge équitablement une controverse entre les deux seigneurs Baisecul et Humevesne (chapitres 10 à 12). Ensuite, c'est à Panurge d'occuper le devant de la scène : il raconte longuement comment il s'est échappé des Turcs dont il était le prisonnier (chapitre 13), puis il enseigne à Pantagruel une manière nouvelle de bâtir des murailles (chapitre 14).*

Chapitre 15

Des mœurs et façons de vivre de Panurge

Panurge était de stature moyenne, ni trop grand ni trop petit. Il avait le nez un peu aquilin[1], fait en manche de rasoir. Et il était alors âgé de trente-cinq ans environ, facile à dorer comme une dague de plomb[2], bien galant[3] homme de sa personne, sinon qu'il était quelque peu paillard, et sujet par nature à une maladie qu'on appelait en ce temps-là *faute d'argent, c'est douleur non pareille*[4] ; toutefois il avait soixante-trois manières d'en trouver toujours selon son besoin, la plus honorable et la plus commune étant par larcin furtivement accompli ; malfaisant, batteur de pavé, chapardeur s'il en était à Paris ; et toujours manigançant quelque chose contre les officiers de justice et contre le guet[5].

Certaines fois il rassemblait trois ou quatre bons rustres et les faisait boire toute la soirée comme des Templiers[6]. Après, il les menait en bas de Sainte-Geneviève[7] ou près du collège de Navarre et, à l'heure où le guet montait par là – ce qu'il savait en mettant son épée sur le pavé avec son oreille dessus (lorsqu'il entendait son épée trembler, c'était le signe infaillible

1. *Aquilin* : fin et recourbé en bec d'aigle. \ **2.** *Dague de plomb* : une dague faite dans un métal impossible à dorer à l'or, c'est-à-dire que l'on ne peut pas changer Panurge, on ne peut pas l'améliorer. \ **3.** *Galant* : au Moyen Âge, *galant* signifie « vif, entreprenant ». Ce n'est qu'au XVIe siècle qu'il prend le sens de « distingué, poli ». Les deux sens sont possibles ici. \ **4.** *Faute d'argent, c'est douleur non pareille* : refrain d'une chanson célèbre du XVe siècle ; *faute* signifie « manque, absence ». \ **5.** *Le guet* : la police. \ **6.** *Boire comme des templiers* : expression proverbiale signifiant « boire immodérément ». \ **7.** *Sainte-Geneviève* : la rue Sainte-Geneviève à Paris est en pente.

que le guet était proche) –, à cette heure-là donc, lui et ses compagnons prenaient un tombereau et lui donnaient une secousse, le poussant à grande force vers le bas. Ils mettaient ainsi tous les pauvres policiers par terre comme une bande de porcs. Puis ils s'enfuyaient de l'autre côté, car, en moins de deux jours, il savait toutes les rues, ruelles et traverses de Paris comme son *Deus det*[1].

Une autre fois il répandait, en quelque belle place où le guet devait passer, une traînée de poudre à canon. À l'heure où ce dernier passait, il mettait le feu dedans, puis il prenait du bon temps à regarder la bonne grâce que ces policiers avaient en fuyant, croyant que le feu de saint Antoine[2] les tenait aux jambes.

Pour ce qui était des pauvres maîtres ès arts[3] et des théologiens[4], il les persécutait plus que tous les autres. Quand il les rencontrait dans la rue, il ne manquait jamais de leur faire quelque méchanceté, soit en leur mettant un étron dans leurs chaperons à bourrelets[5], soit en leur attachant de petites queues de renard ou des oreilles de lièvre par-derrière, ou quelque autre mauvais tour.

Un jour où l'on avait convoqué en Sorbonne tous les théologiens afin d'examiner les articles de la foi[6], il confectionna une tarte bourbonnaise, composée de beaucoup d'aulx, de *galbanum*, d'*assa fœtida*[7], de *castoreum*[8] et d'étrons tout chauds qu'il fit détremper dans le pus d'inflammations chancreuses.

---

1. Deus det : formule de grâces rendues après le repas (*Deus det nobis suam pacem*). \ **2.** *Le feu de saint Antoine* : voir Prologue, note 1, p. 12. \ **3.** *Maîtres ès arts* : les diplômés de la faculté des arts. Ces « arts » sont les sept disciplines enseignées dans les universités : grammaire, rhétorique, dialectique (*trivium*), arithmétique, astronomie, géométrie, musique (*quadrivium*). \ **4.** *Théologiens* : dans les éditions ultérieures, Rabelais supprime la mention des théologiens, par prudence, car ils ont le pouvoir de censurer les livres et d'envoyer au bûcher quiconque ne suit pas la stricte orthodoxie catholique (*cf.* chap. 5, p. 31, note 1). \ **5.** *Bourrelets* : ornement entourant le bonnet des maîtres ès arts. \ **6.** *Les articles de la foi* : les divers points de la doctrine catholique \ **7.** *Galbanum, assa fœtida* : résines d'odeur désagréable. \ **8.** *Castoreum* : excrétions du castor. Ces produits étaient utilisés en médecine, comme antispasmodiques.

De fort bon matin, il en graissa et en enduisit théologalement [1] tout le parquet de la Sorbonne, de sorte que le diable n'y aurait pas résisté. Et ces bonnes gens rendirent là leur estomac devant tout le monde, comme s'ils avaient écorché le renard [2]. Il en mourut dix ou douze de peste, quatorze en devinrent lépreux, dix-huit en furent goutteux [3], et plus de vingt-sept en eurent la vérole. Mais il ne s'en souciait guère.

Il portait ordinairement un fouet sous sa robe, avec lequel il frappait sans pitié les pages qu'il voyait porter du vin à leurs maîtres, pour les faire avancer plus vite. Dans son sayon [4] il avait plus de vingt-six petits sacs et pochettes toujours pleines. L'une d'un petit dé de plomb et d'un petit couteau affilé comme l'alêne d'un pelletier, avec lequel il coupait les bourses. L'autre de graterons [5] emplumés de petites plumes d'oisons ou de chapons, qu'il jetait sur les robes et les bonnets des bonnes gens ; et souvent il leur en faisait de belles cornes qu'ils portaient dans toute la ville, parfois toute leur vie. Derrière les chaperons des femmes, il en mettait aussi parfois, faits en forme de membre d'homme.

Dans l'autre, un tas de cornets tout pleins de puces et de poux, qu'il empruntait aux gueux de Saint-Innocent [6] et qu'il jetait, à l'aide de belles petites sarbacanes ou avec des plumes à écrire, sur les cols des demoiselles les plus raffinées qu'il trouvait, et surtout à l'église. Car il ne se tenait jamais dans le chœur, en haut, mais toujours dans la nef, parmi les femmes, tant à la messe qu'aux vêpres et au sermon.

Dans l'autre, force provisions d'hameçons et de crochets, avec lesquels il accouplait souvent les hommes et les femmes dans les foules où ils étaient serrés, et particulièrement celles

1. *Théologalement* : conformément aux vertus théologales (foi, espérance et charité). \ **2.** *Écorché le renard* : expression courante, signifiant « rendre gorge, vomir », probablement de l'odeur nauséabonde que dégagerait le renard quand on l'écorche. \ **3.** *Goutteux* : voir Prologue, p. 10, note 2. \ **4.** *Sayon* : voir chap. 1, p. 15, note 11. \ **5.** *Graterons* : comme des têtes de chardons. \ **6.** *Saint-Innocent* : le cimetière des Innocents, lieu de refuge pour les pauvres.

qui portaient des robes de taffetas léger : au moment où elles voulaient s'en aller, elles déchiraient toutes leurs robes.

Dans l'autre, un briquet garni d'amorce, d'allumettes, de pierre à feu, et toutes sortes d'instruments idoines.

Dans l'autre, deux ou trois miroirs solaires, avec lesquels il faisait quelquefois enrager hommes et femmes et leur faisait perdre contenance à l'église, car il disait qu'il n'y avait qu'une contrepèterie entre *femme folle à la messe*, et *femme molle à la fesse*.

Dans l'autre, il avait provision de fil et d'aiguilles, avec lesquels il faisait mille petites diableries.

Une fois, à la sortie du Palais [1], dans la Grand'Salle, alors qu'un cordelier [2] devait dire la messe des Messieurs [3], il aida ce dernier à s'habiller et se vêtir. Mais, en l'habillant, il lui cousit l'aube avec sa robe et sa chemise. Puis il se retira quand ces Messieurs de la Cour vinrent s'asseoir pour entendre la messe. Quand ce fut l'*ite missa est* [4] et que le pauvre *frater* [5] voulut se dévêtir de son aube, celui-ci retira l'habit et la chemise, qui étaient bien cousus ensemble, et se retroussa jusqu'aux épaules, montrant son *calibistri* à tout le monde, lequel n'était pas petit, sans doute. Le *frater* tirait toujours mais il ne faisait que davantage se découvrir, jusqu'à ce qu'un de ces Messieurs de la cour dise : « Eh quoi, ce beau père nous veut-il ici faire l'offrande et baiser son cul [6] ? Que le feu saint Antoine le baise ! » Dès lors il fut ordonné que les pauvres beaux pères ne se dépouilleraient plus devant les gens, mais dans leur sacristie. Surtout en présence des femmes, car ce leur serait occasion du péché d'envie.

Les gens se demandaient pourquoi ces *fratres* avaient la couille si longue. Mais Panurge résolut très bien le problème

1. *Palais* : le Parlement de Paris. \ **2.** *Cordelier* : religieux de l'ordre des franciscains. \ **3.** *Messieurs* : les membres du Parlement. \ **4.** Ite missa est : formule finale de la messe. \ **5.** *Frater* : frère en latin, moine. \ **6.** *Baiser son cul* : parfois, au moment de l'offrande, le prêtre donne à baiser aux fidèles un petit récipient à hostie.

en disant : « Si les oreilles des ânes sont tellement grandes, c'est parce que leurs mères ne leur mettent point de béguin [1] sur la tête, comme dit de Alliaco [2] dans ses *Suppositions*. Pour la même raison, ce qui fait la couille des pauvres beaux pères si longue, c'est qu'ils portent des chausses [3] sans fond : leur pauvre membre s'étend en toute liberté, à bride abattue, et se trimballe ainsi sur leurs genoux comme les patenôtres [4] des femmes. En outre, s'ils l'ont gros en proportion, c'est parce que, dans ce trimballement, les humeurs [5] du corps descendent audit membre. Car, d'après les juristes, agitation et mouvement continuel sont causes d'attraction [6]. »

De même, il avait une autre poche pleine d'alun de plume [7] qu'il jetait dans le dos des femmes les plus acrêtées [8], les obligeant ainsi, les unes à se dévêtir devant tout le monde [9], les autres à danser comme coq sur braise ou bille sur tambour, les autres à courir dans les rues (et lui, il courait après !). À celles qui se dévêtaient, il leur mettait sa cape sur le dos, comme tout homme courtois et poli.

De même, dans une autre, il avait une petite guedoufle [10] pleine de vieille huile. Quand il trouvait une femme ou un homme portant quelque vêtement élégant, il en engraissait et abîmait tous les beaux endroits, en faisant semblant de les toucher, et disait : « Voici de la belle étoffe, voici du beau

1. *Béguin* : bonnet, mais surtout coiffe portée par les béguines (ordre religieux). \ **2.** *De Alliaco* : Pierre d'Ailly (XIVe siècle), théologien, chancelier de l'Université de Paris. \ **3.** *Chausses* : voir chap. 1, p. 15, note 10. \ **4.** *Patenôtres* : chapelets (de *pater noster*). \ **5.** *Humeurs* : la médecine de l'époque est essentiellement *humorale* : elle accorde une grande importance aux humeurs, quatre supposés liquides organiques (bile, atrabile, flegme, sang) dont dépendraient la santé et le tempérament. \ **6.** *Causes d'attraction* : en fait, il s'agit d'un axiome de physique, non de droit. Mais la plaisanterie s'explique d'une part, par le lieu de l'anecdote (le Parlement), d'autre part, et surtout, par un jeu de mots (le *droit* est le sexe masculin). \ **7.** *Alun de plume* : sulfate utilisé en médecine. À haute dose, il provoquait des brûlures. Ici, sorte de poil à gratter. \ **8.** *Acrêtées* : voir chap. 1, p. 14, note 8. \ **9.** *Devant tout le monde* : notons l'obsession de Panurge pour l'humiliation publique, récurrente dans ce chapitre. \ **10.** *Guedoufle* : flacon, vocable du Languedoc.

satin, du beau taffetas ; ma Dame, que Dieu vous accorde tout ce que votre noble cœur désire. Vous avez un habit neuf, mon nouvel ami, que Dieu vous y maintienne[1]. » Tout en disant cela, il leur mettait la main sur le col. Du coup, la mauvaise tache y demeurait perpétuellement, si énormément gravée en l'âme, au corps et en la renommée, que le diable ne l'eût point ôtée. Puis, à la fin, il leur disait : « Ma Dame, prenez garde de tomber, car il y a ici un grand et sale trou devant vous[2]. »

Dans une autre, il avait tout plein d'euphorbe[3] bien subtilement pulvérisé. Là-dedans, il mettait un beau mouchoir bien ouvragé qu'il avait dérobé à la belle lingère des Galeries de la Sainte-Chapelle en lui ôtant un pou sur son sein (pou qu'il avait toutefois placé lui-même). Quand il se trouvait en compagnie de quelques bonnes dames, il amenait alors la conversation sur la lingerie et leur mettait la main au sein, en demandant : « Et cet ouvrage de broderie, est-il de Flandre ou du Hainaut ? » Puis il tirait son mouchoir en disant : « Tenez, tenez, voyez-en ici, un ouvrage ! Il est de Foutignan, ou de Foutarabie[4] », et il le secouait bien fort sous leur nez, les faisant éternuer quatre heures sans interruption. Pendant ce temps, il pétait comme un bourrin, et les femmes riaient en lui disant : « Comment, vous pétez, Panurge ? – Pas du tout, ma Dame, répondait-il, je m'accorde en contrepoint à la musique que vous sonnez avec votre nez. »

Dans une autre, une pince, un rossignol, un crochet et quelques autres outils avec lesquels il n'y avait aucune porte ni coffre qu'il ne crochetât. Dans une autre, tout plein de petits

1. *Maintienne* : jeu de mots avec *main tenir*. \ **2.** *Un grand et sale trou devant vous* : allusion sexuelle. \ **3.** *Euphorbe* : substance au goût âcre, surtout utilisée comme purgatif. \ **4.** *De Foutignan, Foutarabie* : déformation obscène de *Frontignan* (dans l'Hérault) et de *Fontarabie* (en Espagne).

gobelets, qu'il maniait avec beaucoup d'habileté, car il avait les doigts comme ceux de Minerve ou d'Arachné [1]. Et il avait autrefois crié la thériaque [2]. Quand il changeait un teston [3] ou quelque autre pièce de monnaie, le changeur eût été plus fin que Maître Mouche [4], si Panurge n'eût fait disparaître chaque fois cinq ou six grandes pièces d'argent, visiblement, ouvertement, manifestement : l'escamotage se faisait sans douleur ni blessure, le changeur n'en eût pas été effleuré d'un souffle.

Résumé du chapitre 16 : *Panurge reprend la parole. Il raconte à Alcofribas ses mauvais tours, ses escroqueries, l'argent perdu en procès, etc. « En fin de compte, il avait soixante-trois manières de trouver de l'argent, mais il en avait deux cent quatorze de le dépenser. »*

1. *Arachné* : Arachné avait défié Athéna dans un concours de tissage. Pour la punir, la déesse la transforma en araignée. \ **2.** *Crié la thériaque* : expression signifiant qu'il a vendu à la criée de la thériaque, un prétendu médicament miraculeux. Panurge est un charlatan et un bonimenteur de foire. \ **3.** *Teston* : pièce d'argent. \ **4.** *Maître Mouche* : allusion à Mucciato Guidi di Francesi, conseiller financier de Philippe le Bel, dit « messire Mouche », qui eut la réputation d'avoir trompé le peuple en modifiant la valeur de l'argent.

Chapitre 17

Comment un grand clerc d'Angleterre voulut argumenter contre Pantagruel et fut vaincu par Panurge

À cette époque, un savant nommé Thaumaste[1], apprenant la renommée et la réputation du savoir incomparable de Pantagruel, vint d'Angleterre dans l'unique intention de voir le géant, de le connaître, et de vérifier si son savoir était bien à la mesure de sa renommée. Une fois à Paris, il se précipita au logis de Pantagruel. Celui-ci demeurait à l'hôtel Saint-Denis. À ce moment-là, il se promenait dans le jardin avec Panurge, en philosophant à la manière des péripatéticiens[2].

Dès que Thaumaste le vit, si grand et si gros, il tressaillit de peur. Puis il le salua comme il se doit, et lui dit courtoisement :

« Ce que dit Platon, le prince des philosophes, est bien vrai : si l'image de la science et de la sagesse était matérielle et visible aux yeux des humains, elle exciterait l'admiration de tout le monde. Car même une simple réputation de sagesse se répandant dans les airs empêche de dormir ces amoureux de la science qu'on nomme *philosophes* lorsqu'elle parvient à leurs oreilles, tant elle les aiguillonne et les brûle d'accourir là où se trouve celui en qui la science est réputée avoir établi son temple et délivré ses oracles.

---

1. *Thaumaste* : en grec, « magicien », mais le nom peut aussi faire allusion à la lettre grecque *tau* considérée comme le signe par excellence, ainsi qu'au prénom *Thomas*, manière de désigner un Anglais. \ **2.** *Péripatéticiens* : le mot signifie en grec « ceux qui se promènent ». Les péripatéticiens sont les disciples d'Aristote, celui-ci ayant eu l'habitude de faire cours en marchant.

« Cela fut clairement démontré en la personne de la reine de Saba[1]. Elle partit des confins de l'Orient et du golfe Persique pour contempler l'organisation de la maison du sage Salomon et entendre sa sagesse. De même avec Anacharsis : il se rendit de Scythie jusqu'à Athènes pour voir Solon. Pythagore aussi, qui rendit visite aux devins de Memphis[2]. Platon alla voir les devins d'Égypte et Architas de Tarente. Apollonius de Tyane voyagea jusqu'aux monts du Caucase, traversa les pays des Scythes, des Massagètes, des Indiens, navigua sur le grand fleuve Physon jusque chez les brahmanes[3] pour voir Hiarchas, puis se rendit en Babylonie, en Chaldée, Médée, Assyrie, Parthie, Syrie, Phénicie, Arabie, Palestine, Alexandrie, jusqu'en Éthiopie, pour voir les gymnosophistes[4]. Nous avons le même exemple avec Tite-Live : pour le voir et l'entendre, nombre de chercheurs vinrent à Rome depuis les frontières les plus reculées de France et d'Espagne. Je n'ose pas me compter au nombre de ces gens si parfaits, mais je veux bien être considéré comme un chercheur, et un amateur non seulement des lettres mais aussi des lettrés.

« Ainsi, dès que j'ai appris la réputation de ton savoir si inestimable, j'ai quitté pays, parents et maison, et suis venu ici, comptant pour rien la longueur du périple, les ennuis de la traversée, la nouveauté des contrées, afin seulement de te voir et de discuter avec toi de quelques problèmes de philosophie, de géomancie[5] et de cabale[6] sur lesquels je doute et ne puis contenter mon esprit. Si tu peux m'aider à les résoudre, je me rends dès à présent, moi et toute ma descendance, ton esclave, car je n'ai d'autre don à te faire que j'estime suffisant en guise de récompense. Je consignerai par écrit ces problèmes et, dès

1. *La reine de Saba* : la reine de Saba vint éprouver le roi Salomon par des énigmes. \ **2.** *Memphis* : ville d'Égypte. \ **3.** *Brahmanes* : prêtres indous, notons qu'il s'agit de la première attestation de ce mot en français. \ **4.** *Les gymnosophistes* : « les sages nus » en grec. Adeptes de la philosophie brahmanique. \ **5.** *Géomancie* : divination par la terre et la disposition de cailloux. \ **6.** *Cabale* : voir chap. 8, p. 40, note 1.

demain, les ferai connaître à tous les savants de la ville, afin que, devant eux, publiquement, nous en disputions [1].

« Mais voici la manière dont j'entends que nous disputions. Je ne veux pas disputer *pro et contra*, comme les sots sophistes [2] de cette ville et d'ailleurs. Je ne veux pas non plus disputer à la manière des académiques [3], par déclamation [4], ni non plus au moyen des nombres, comme le faisait Pythagore [5] et comme voulut le faire Pic de la Mirandole à Rome [6]. Mais je veux disputer uniquement par signes, sans parler, car ces problèmes sont si ardus que les paroles humaines ne suffiraient pas à les expliquer comme je le voudrais.

« Donc, s'il plaît à ta Magnificence, tu me trouveras demain dans la grande salle du collège de Navarre, à sept heures du matin. »

Ces propos achevés, Pantagruel lui répondit courtoisement :

« Seigneur, je ne voudrais pas priver qui que ce soit des grâces que Dieu m'a données [7]. Car tout bien vient de Lui, et Son désir est que cette manne [8] céleste d'honorable savoir soit répandue parmi les gens qui en sont dignes et qui la méritent. Je vois bien que tu figures au premier rang de ceux-là. Par conséquent, je te certifie que tu me trouveras à n'importe quelle heure disposé à répondre à chacune de tes requêtes, du moins dans la mesure de mes faibles moyens. Bien que je doive en apprendre davantage de toi, que toi de moi. Mais, ainsi que tu en as fait

1. *Disputions* : le latin *disputatio* désigne une « discussion ». À l'époque, la *dispute* est un débat argumenté. \ **2.** *Sophistes* : ceux qui emploient la rhétorique dans le but de persuader en trompant. \ **3.** *Les académiques* : les platoniciens, adeptes du philosophe Platon. \ **4.** *Déclamation* : la *declamatio* est une plaidoirie sur un sujet fictif au terme de laquelle une opinion ne l'emporte pas nécessairement sur une autre (elle est le contraire de la *disputatio*, qui doit déboucher sur une vérité ferme). \ **5.** *Pythagore* et ses disciples croyaient en la puissance, en la magie, des nombres. \ **6.** *Pic de la Mirandole* : humaniste du XVᵉ siècle qui voulut montrer son érudition en débattant publiquement de 900 problèmes de philosophie. Pour certains humanistes, il est surtout le symbole de la prétention et de la « vaine gloire ». \ **7.** *Grâces que Dieu m'a données* : voir chap. 8, le début de la lettre. Pour un humaniste, le savoir est un don de Dieu. \ **8.** *Manne* : nourriture miraculeuse envoyée par Dieu aux Hébreux.

la protestation[1], nous examinerons tes problèmes ensemble, puis nous chercherons la solution jusqu'au fond de l'inépuisable puits où, selon Héraclite[2], la vérité se trouve cachée.

« Je loue grandement ta manière de débattre, en l'occurrence par signes, sans parler. Car, de cette façon, toi et moi nous nous entendrons[3], en évitant tous ces frappements de mains que font ces stupides sophistes au cours des débats lorsqu'ils parviennent au terme de leur argumentation.

« Demain, je ne manquerai pas de me trouver au lieu et à l'heure que tu as indiqués. Mais je te prie de faire en sorte qu'il n'y ait entre nous ni querelle ni éclat de voix, et que nous ne cherchions ni la gloire ni les applaudissements de la foule, mais la seule vérité. »

Thaumaste répondit :

– Seigneur, que Dieu te conserve en Sa grâce. Je remercie ta sublime magnificence de tant s'abaisser devant ma misérable petite personne. Que Dieu te bénisse, et à demain.

– Dieu te bénisse, répondit Pantagruel.

Messieurs, vous qui lisez ce présent récit, ne pensez pas qu'il y eut un jour gens plus enthousiasmés ni transportés intellectuellement que Thaumaste et Pantagruel cette nuit-là. Car ledit Thaumaste raconta au concierge de l'hôtel de Cluny[4], où il était logé, que de toute sa vie il ne s'était trouvé si assoiffé[5] que durant cette nuit.

– J'ai l'impression, disait-il, que Pantagruel me tient à la gorge[6]. Ordonnez qu'on nous apporte à boire, je vous prie, et faites en sorte que nous ayons de l'eau fraîche pour que je me gargarise le palais.

1. *Protestation* : voir chap. 9, p. 48, note 5. Encore une fois, la « protestation » unit, « lie » deux personnages. \ **2.** *Selon Héraclite* : en réalité, il s'agit du philosophe Démocrite. \ **3.** *Entendrons* : jeu sur le double sens d'*entendre*, à la fois « ouïr » et « comprendre ». \ **4.** *Hôtel de Cluny* : résidence pour les bénédictins de passage à Paris. \ **5.** *Assoiffé* : voir chap. 2, p. 22, note 4. \ **6.** *À la gorge* : comme l'étudiant limousin, chap. 6. Voir chap. 4, p. 26, note 2.

De son côté, Pantagruel entra en la haute gamme[1]. Toute la nuit il ne fit que divaguer sur :

le livre de Bède *De numeris et signis*[2],
le livre de Plotin, *De inenarrabilibus*[3],
le livre de Proclus *De magia*[4],
les livres d'Artémidore *per onirocriticon*[5],
d'Anaxagore, *peri semion*[6],
d'Ynarius, *peri aphaton*[7],
les livres de Philistion, Hipponax, *peri anecphoneton*[8],
et tout un tas d'autres.

Tant et si bien que Panurge finit par lui dire :

– Seigneur, laissez tomber toutes ces rêveries, et allez vous coucher. Car je vous sens si troublé que vous risquez d'attraper une mauvaise poussée de fièvre suite à cet excès de réflexion. Mais avant toute chose, buvez donc vingt-cinq ou trente verres. Ensuite, retirez-vous et dormez tout à votre aise. Demain matin, c'est moi qui argumenterai et répondrai à monsieur l'Anglais. Et si jamais je ne parviens pas à le mettre *ad metam non loqui*[9], vous pourrez dire du mal de moi !

– Sans doute, dit Pantagruel, mais Panurge, mon ami, cet homme est extraordinairement savant. Comment penses-tu lui donner satisfaction ?

– Je le pense très bien, répondit Panurge. Allez, je vous en prie, n'en parlez plus et laissez-moi faire. Et puis, existe-t-il un homme aussi savant que les diables ?

– Non, absolument pas, dit Pantagruel. À moins qu'il n'ait obtenu une grâce spéciale de Dieu.

---

1. *La haute gamme* : métaphore musicale, désigne le plus haut degré d'excitation. \ **2.** De numeris et signis : *Des nombres et des signes* ouvrage de Bède le Vénérable (VIIe s.). Les livres suivants sont surtout choisis pour leurs titres, censés convenir au débat silencieux qui va suivre. \ **3.** De inenarrabilibus : « De l'inénarrable » (qu'on ne peut raconter). \ **4.** De magia : « De la magie ». \ **5.** Per onirocriticon : sur la signification des choses. \ **6.** Peri semion : sur les signes. \ **7.** Peri aphaton : sur les choses indicibles (qu'on ne peut dire). \ **8.** Peri anecphoneton : sur les choses qu'il faut taire. \ **9.** Ad metam non loqui : jusqu'au point où il ne pourra plus rien dire.

– Pourtant, dit Panurge, j'ai argumenté maintes fois contre eux ! Et toujours je les ai faits quinauts [1] et mis sur le cul. Soyez certain que demain, ce glorieux [2] Anglais, je vais lui faire chier du vinaigre devant tout le monde !

Panurge passa alors la nuit à picoler avec les serviteurs et à jouer avec les aiguillettes de ses chausses [3] au jeu de *primus et secundus* et à la vergette [4]. Puis, à l'heure convenue, il conduisit son maître Pantagruel au lieu du rendez-vous.

Croyez bien que personne dans tout Paris, petit ou grand, ne manqua de s'y trouver. Ils se disaient tous : « Ce diable de Pantagruel a peut-être eu raison des crétins et autres rêveurs sorbonnicoles [5], mais aujourd'hui, c'est lui qui risque de recevoir une bonne leçon. Car cet Anglais est un autre diable de Vauvert [6]. On verra bien qui gagnera ! »

Thaumaste les attendait avec la foule qui s'était assemblée. Lorsque Pantagruel et Panurge entrèrent dans la salle, petits écoliers, *artiens* et *intrans* [7] commencèrent à frapper dans leurs mains, suivant leur stupide coutume. Mais Pantagruel s'écria d'une voix si forte qu'on crut entendre le fracas d'un double canon : « Paix, par le diable, paix ! Par Dieu, bande de coquins, si vous commencez à me casser les pieds, je vous couperai immédiatement la tête à tous, autant que vous êtes ! » À ces mots, ils restèrent tous figés de stupeur comme des canards [8].

1. *Je les ai faits quinauts* : je les ai remplis de confusion. \ **2.** *Glorieux* : allusion à la *vana gloria*, la « vaine gloire », la vantardise de ceux qui, au lieu d'enseigner et de diffuser leurs connaissances, accumulent le savoir dans le seul but de se montrer supérieurs. \ **3.** *Les aiguillettes de ses chausses* : les cordons servant à attacher les chausses (voir chap. 1, p. 15, note 10). \ **4.** *Vergette* : jeux d'écolier consistant à manipuler des baguettes. \ **5.** *Sorbonnicoles* : amalgame comique de *écoliers* (étudiants) et *sorbonne*. À l'époque, la Sorbonne est le fief de la théologie scolastique (voir chap. 15, p. 52, note 4). Dans les éditions ultérieures, par prudence, Rabelais remplacera ce mot par *sophistes*. \ **6.** *Vauvert* : le château de Vauvert à Paris, au sud de l'actuel jardin du Luxembourg, avait la réputation d'être hanté et habité par les diables. D'où l'expression *être au diable Vauvert*. \ **7.** *Artiens* et *intrans* : les *artiens* sont les étudiants en « arts » (voir chap. 15, p. 52, note 3). Les *intrans* sont les délégués des « nations » d'étudiants ; les étudiants étaient divisés en quatre « nations » : France, Normandie, Picardie, Germanie. \ **8.** *Canards* : comme des canards effrayés qui plongent immédiatement dans l'eau.

Ils n'auraient pas osé seulement tousser, même s'ils avaient avalé quinze livres[1] de plumes. Et ils furent tellement assoiffés[2] par cette seule voix qu'ils se mirent à sortir la langue de leurs gueules et à la tirer dehors d'un demi-pied[3], comme si Pantagruel leur avait salé la gorge.

Alors Panurge prit la parole. Il dit à l'Anglais :

– Seigneur, es-tu venu ici pour débattre d'une manière contentieuse[4] des problèmes dont tu as parlé, ou bien pour apprendre et connaître la vérité ?

Thaumaste répondit à cette question :

– Seigneur, rien d'autre ne m'amène que le désir sincère d'apprendre et de connaître ce sur quoi je me suis toute ma vie interrogé. Je n'ai trouvé aucun livre, ni aucun homme, qui puisse apporter la moindre réponse aux problèmes que j'ai évoqués. Pour ce qui est de débattre de manière contentieuse, je ne le veux certainement pas. C'est une pratique trop vilaine, je la laisse à ces brigands de Sophistes, Sorbillants, Sorbonagres, Sorbonigènes, Sorbonicoles, Sorboniformes, Sorboniseques, Niborcisants, Borsonisants, Saniborsants[5].

– Donc, dit Panurge, si moi, qui ne suis que le petit disciple de mon maître, Monseigneur Pantagruel, je puis te contenter et te donner satisfaction en tout et sur tout, ce serait chose bien indigne de l'embarrasser avec ça. Par conséquent, il vaut mieux qu'il soit *cathédrant*[6], qu'il juge nos propos et t'apporte éventuellement un supplément d'information, au cas où à la fin tu estimerais que je n'ai pas su apaiser ta soif de connaissance.

1. *Livres* : une livre fait environ un demi kilo. \ **2.** *Assoiffés* : voir chap. 2, p. 22, note 4. \ **3.** *Demi-pied* : le pied est une unité de mesure équivalant à environ 32 cm. \ **4.** *Contentieuse* : à la fois stérile et querelleuse. \ **5.** *Sorbillants* [...] *Saniborsants* : après *sophistes*, tous les termes sont des jeux sur le mot *sorbonne*, notamment *sorbonagre* : *sorbonne* + *onagre* (« âne »). Dans les éditions ultérieures, Rabelais ne conservera que *sophistes*. Le *sophiste* étant le trompeur, le rapport entre tromperie et enseignement scolastique est clair. \ **6.** *Cathédrant* : dans le langage des étudiants de l'époque, celui qui occupe la *cathedra*, la chaire, la place du juge.

– C'est vraiment très bien dit, répondit Thaumaste. Commence donc.

Notez ici que Panurge avait placé au bout de sa longue braguette[1] un beau pompon de soie rouge, blanche, verte et bleue, dans lequel il avait mis une belle orange.

1. *Braguette* : voir chap. 5, p. 33, note 2.

Chapitre 18

Comment Panurge fit quinaut[1] l'Anglais qui argumentait par signes

Alors que tout le monde se trouvait là et écoutait en gardant le silence, Panurge, sans dire un mot, leva les mains et fit ce signe : il joignit les ongles de l'index et du pouce de la main gauche, dessinant une sorte de boucle, puis il forma un poing bien serré avec tous les doigts de la droite, excepté l'index, qu'il fit aller et venir plusieurs fois entre les deux précédents de la main gauche[2]. Puis il tendit l'index et le majeur droits, les écartant au maximum et les pointant vers Thaumaste. Ensuite il mit le pouce de la main gauche sur le coin de son œil gauche en étendant toute la main comme une aile d'oiseau ou une arête de poisson et en la bougeant de-ci de-là d'une manière bien gracieuse. Il en fit autant de la main droite sur l'œil droit. Tout cela dura bien un quart d'heure.

Thaumaste commença à pâlir et à trembler. Il lui fit alors ce signe : avec la main droite, il frappa du majeur le muscle de la paume qui se trouve sous le pouce. Puis, avec l'index de la droite, il forma une boucle, comme Panurge, mais il le mit par-dessous, et non par-dessus.

Alors Panurge frappe ses mains l'une contre l'autre et souffle entre ses paumes. Cela fait, il remet l'index droit dans la boucle de la main gauche en le faisant aller et venir à

1. *Quinaut* : voir chap. 17, p. 64, note 1. \ **2.** *Il joignit* [...] *main gauche* : avec ce geste, à connotation sexuelle, et les suivants, Panurge ridiculise Thaumaste.

plusieurs reprises. Puis il tendit le menton en regardant intensément Thaumaste.

Le public, qui ne comprenait rien à ces signes, vit toutefois que, par là, il demandait silencieusement à Thaumaste : « Que voulez-vous dire là ? »

De fait, Thaumaste commença à suer à grosses gouttes. Il ressemblait à un homme en pleine extase contemplative. Puis il se ravisa et mit tous les ongles de la main gauche contre ceux de la droite en ouvrant les doigts en demi-cercle. En faisant ce signe, il levait les mains autant qu'il pouvait.

Alors Panurge mit soudain le pouce de la main droite sous ses mandibules, et l'auriculaire de celle-ci dans la boucle de la main gauche, tout en faisant sonner bien mélodieusement ses dents, celles du bas contre celles du haut.

Thaumaste, dans un immense effort, se leva. Mais, en se levant, il lâcha un si gros pet de bûcheron qu'il fut immédiatement suivi d'un étron puant comme tous les diables. Les gens commencèrent à se boucher le nez, car il se chiait dessus d'angoisse. Puis il leva la main droite en la fermant de façon à réunir les extrémités de ses doigts, et il posa la main gauche grande ouverte sur sa poitrine.

Alors Panurge tira sa longue braguette[1] munie de son pompon et l'allongea d'une coudée[2] et demi en la tenant en l'air de la main gauche. De la droite, il saisit son orange. Il la jeta sept fois en l'air puis, à la huitième fois, il la cacha dans son poing en la tenant en haut sans prononcer un mot. Ensuite il se mit à secouer sa belle braguette en la montrant à Thaumaste.

Après cela, Thaumaste enfla ses deux joues comme un joueur de cornemuse, et souffla comme s'il gonflait une vessie de porc[3].

1. *Braguette* : voir chap. 5, p. 33, note 2. \ **2.** *Coudée* : ancienne unité de mesure (50 cm). \ **3.** *Vessie de porc* : on utilisait des vessies de porc en guise de ballon.

Alors Panurge se mit un doigt de la main gauche au trou du cul tout en aspirant l'air avec sa bouche, comme quand on avale des huîtres ou que l'on boit sa soupe. Cela fait, il ouvre un peu la bouche et, du plat de la main droite, il frappe dessus, produisant ainsi un bruit ample et profond, semblant venir de la surface du diaphragme par la trachée artère. Il fit cela seize fois de suite.

Cependant Thaumaste soufflait toujours comme une oie.

Donc Panurge mit l'index droit dans sa bouche en serrant bien fort les muscles des joues et le retira brusquement. Il faisait ainsi un grand bruit, semblable à celui que font les petits garçons quand ils lancent des morceaux de betteraves avec des sarbacanes de sureau. Il fit cela neuf fois.

Alors Thaumaste s'écria : « Ha ! Messieurs, le grand secret [1] ! Il y a mis la main jusqu'au coude ! » Puis il dégaina son poignard en le tenant pointe en bas.

Alors Panurge saisit sa longue braguette. Il la secouait tant qu'il pouvait contre ses cuisses. Puis il posa sur sa tête ses deux mains réunies en forme de peigne, tirant la langue au maximum et tournant les yeux comme une chèvre qui agonise.

« Ah, je comprends, dit Thaumaste, mais quoi ? » Il fit ce signe : il posa le manche de son poignard contre sa poitrine et, sur la pointe, mit le plat de sa main en retournant légèrement le bout des doigts.

Alors Panurge inclina la tête du côté gauche et se mit le majeur dans l'oreille droite en levant le pouce vers le haut. Puis il croisa ses deux bras sur sa poitrine en toussant cinq fois. À la cinquième fois, il frappa par terre du pied droit. Puis il leva le bras gauche et, formant avec tous ses doigts un poing serré, se tint le pouce contre le front, frappant de la main droite six fois contre sa poitrine.

1. *Grand secret* : expression d'alchimiste.

Mais Thaumaste, apparemment peu satisfaisait, mit son pouce gauche sur le bout de son nez en fermant le reste de la main.

Aussi Panurge enfonça-t-il ses deux grands doigts dans chaque coin de sa bouche et les tira tant qu'il put en montrant toutes ses dents. Avec ses deux pouces, il tirait bien fortement ses paupières vers le bas en faisant une grimace assez laide, du moins selon l'opinion de l'assistance.

Alors Thaumaste se leva et, ôtant son bonnet, remercia ledit Panurge poliment. Puis il déclara à haute voix devant toute l'assistance :

– Seigneurs, je puis bien, à présent, citer la parole évangélique : *Et ecce plusquam Solomon hic*[1]. Car vous avez ici en votre présence un trésor incomparable. C'est Monsieur Pantagruel. Sa renommée m'avait attiré ici du fin fond de l'Angleterre pour discuter avec lui de problèmes insolubles, tant dans le domaine de la magie, de l'alchimie, de la cabale, de la géomancie et de l'astrologie, que de la philosophie. Tous ces problèmes hantaient mon esprit. Mais à présent je me fâche contre cette renommée qui me semble jalouse de lui, car elle ne reflète que la millième partie de la réalité. Vous avez vu comment son seul disciple m'a contenté. Il m'en a même dit davantage que je ne demandais, car il a soulevé, et dans le même temps résolu, bien d'autres problèmes d'une importance inestimable. En cela, je puis vous assurer qu'il a ouvert sous mes yeux l'authentique puits sans fond d'encyclopédie[2], notamment dans des disciplines où je ne pensais pas trouver un seul homme qui en sache les moindres rudiments. Cela s'est produit lorsque nous avons disputé[3] au moyen de signes, sans même prononcer la moitié

1. Et ecce plusquam Solomon hic : « Il y a ici plus que Salomon » : celui qui dépasse Salomon, c'est le Christ. \ **2.** *Encyclopédie* : mot emprunté au grec, signifiant « ensemble complet des connaissances ». Il s'agit ici de sa première apparition en français. \ **3.** *Disputé* : voir chap. 17, p. 61, note 1.

d'un mot. Je compte bien écrire un livre sur tout ce que nous avons dit et trouvé, pour que personne ne s'imagine que ce furent de simples moqueries. Je le ferai imprimer, afin que chacun puisse s'instruire comme je l'ai fait aujourd'hui. Vous pouvez imaginer tout ce que le maître aurait pu me dire, vu la prouesse accomplie par son disciple, car *non est discipulus supra magistrum*[1]. Quoi qu'il en soit, Dieu soit loué ! Je vous remercie bien humblement de l'honneur que vous nous avez fait avec cet acte[2]. Que Dieu vous récompense éternellement.

Pantagruel rendit grâce à toute l'assistance de la même façon. Puis, en partant, il invita Thaumaste à dîner. Croyez bien qu'ils burent comme toutes les bonnes âmes le jour de la Fête des morts, à ventre déboutonné[3], jusqu'à dire : « D'où venez-vous ? » Sainte Dame ! comment ils tirèrent sur le chevrotin[4] ! Et flacons d'aller, et eux de claironner :

– Tire !

– Donne !

– Page[5] ! Du vin !

– Verse, par le diable, verse !

Aucun n'en but moins de vingt-cinq ou trente muids[6]. Et savez-vous de quelle manière ? *Sicut terra sine aqua*[7], car il faisait chaud et, de plus, ils étaient altérés[8].

Pour ce qui est des questions posées par Thaumaste, et de la signification des signes qu'ils utilisèrent en disputant, je vous les expliquerais volontiers. Mais on m'a dit que Thaumaste en a fait un grand livre, imprimé à Londres, dans lequel il expose tout sans rien oublier. Donc, pour le moment, je m'en abstiens.

1. Non est discipulus supra magistrum : aucun disciple ne surpasse le maître. Parole du Christ. \ **2.** *Acte* : séance ou débat, dans le langage universitaire. \ **3.** *À ventre déboutonné* : pour se sentir plus à l'aise. \ **4.** *Chevrotin* : outre en peau de chèvre. \ **5.** *Page* : serviteur. \ **6.** *Muids* : ancienne unité de mesure (268 litres pour les liquides, 1 872 litres pour le grain). \ **7.** Sicut terra sine aqua : « Comme une terre sans eau » (voir *Psaumes*). \ **8.** *Altérés* : voir chap. 2, p. 22, note 3.

Résumé des chapitres 19 à 21 : *Panurge tente de séduire une dame, elle refuse, il se venge méchamment. Puis Pantagruel apprend la mort de Gargantua. Le peuple des Dipsodes, mené par le tyran Anarche, en profite pour envahir le pays d'Utopie. Le géant quitte donc Paris avec ses compagnons pour combattre les envahisseurs. En chemin, il reçoit un message d'amour d'une dame de Paris. Ce message est codé, mais Panurge parvient à le déchiffrer. Enfin, ils débarquent près de la ville des Amaurotes, assiégée par les Dipsodes, et mettent au point une tactique.*

Chapitre 22

Comment Panurge, Carpalim, Eusthènes, Épistémon, compagnons de Pantagruel, mirent en pièces six cent soixante chevaliers bien habilement

Tandis qu'ils tenaient ces propos, ils aperçurent six cent soixante chevaliers, bien montés sur des chevaux légers, qui approchaient afin de voir quel était ce navire qui venait d'aborder au port. Ils galopaient à vive allure, dans le but de les capturer. Alors Pantagruel dit :

– Mes enfants, retirez-vous dans le navire. Vous voyez nos ennemis qui accourent ? Je les massacrerai comme des bêtes, quand bien même seraient-ils dix fois plus nombreux. Retirez-vous et préparez-vous au spectacle.

Mais Panurge répondit :

– Non, Seigneur, il n'y a pas de raison que vous agissiez ainsi. Au contraire, c'est vous, et les autres, qui allez vous retirer dans le navire. Car je vais les mettre en pièces tout seul. Mais il ne faut pas perdre de temps. Allez-y !

Les autres répondirent :

– Panurge a bien parlé, Seigneur. Retirez-vous. Nous allons l'aider et vous verrez de quoi nous sommes capables.

Alors Pantagruel dit :

– Soit, j'accepte. Mais si vous êtes en danger, je vous viendrai en aide.

Panurge tira alors deux grandes cordes du navire. Il les attacha au cabestan qui était sur le tillac, les posa par terre, et en fit deux cercles : un grand, et, à l'intérieur de celui-ci, un autre plus petit. Puis il dit à Épistémon : « Allez vous poster dans le navire. À mon signal, tournez rapidement le cabestan en ramenant à vous ces deux cordes. » Puis il se tourna vers Carpalim et Eusthènes : « Mes enfants, attendez ici. Accueillez courtoisement les ennemis, obéissez-leur et faites semblant de vo us rendre. Mais prenez garde à ne pas entrer dans le cercle de ces cordes, restez toujours en dehors. »

Ensuite il retourna rapidement dans le navire. Il prit une botte de paille et un baril de poudre à canon qu'il répandit dans le cercle formé par les cordes. Puis, une grenade incendiaire à la main, il attendit à côté.

Soudain les chevaliers arrivèrent en force. Les premiers galopèrent jusqu'au navire, mais le rivage était glissant et quarante-quatre d'entre eux tombèrent par terre avec leurs chevaux. Voyant cela, les autres se précipitèrent, pensant qu'ils avaient rencontré une résistance. Mais Panurge leur dit : « Messieurs, je crois que vous vous êtes fait mal. Mille excuses, nous n'y sommes pour rien. C'est le rivage qui est glissant, à cause de l'eau de mer qui le lubrifie. Nous nous rendons bien volontiers. »

Les deux autres compagnons en dirent autant, de même qu'Épistémon, qui se tenait sur le tillac. Pendant ce temps, Panurge s'éloignait. Soudain, dès qu'il vit que tous les cavaliers étaient entrés dans le cercle pour examiner le navire, et que ses deux compagnons en étaient sortis, il cria à Épistémon : « Tire ! Tire ! »

Alors Épistémon se mit à tirer en actionnant le cabestan. Les deux cordes se nouèrent autour des pattes des chevaux et les firent tomber facilement avec leurs cavaliers. Ces derniers, voyant ce qui leur arrivait, sortirent leurs épées et voulurent se battre. Mais Panurge mit le feu à la traînée de poudre et les fit tous brûler là, comme des damnés. Hommes et chevaux, nul n'en échappa. Sauf un, monté sur un cheval turc, qui tenta de s'enfuir. Mais quand Carpalim le vit, il lui courut après avec une telle vitesse et une telle légèreté qu'il le rattrapa en moins de cent pas et, sautant sur la croupe du cheval, le saisit par-derrière et le ramena au navire.

Devant cette victoire, Pantagruel fut bien joyeux. Il fit un extraordinaire éloge de l'habileté de ses compagnons, puis il les laissa se reposer au cours d'un bon repas joyeux et bien arrosé, ventre contre terre, avec leur prisonnier comme invité. Mais ce pauvre diable n'était pas rassuré, craignant que Pantagruel ne le dévore entièrement. Ce qu'il aurait pu faire, et aussi facilement qu'une dragée, tant sa gorge était large. Le pauvre n'aurait pas plus compté dans sa bouche qu'un grain de millet dans la gueule d'un âne.

Pendant qu'ils banquetaient, Carpalim s'exclama : « Par le ventre de saint Quenet [1], ne mangerons-nous jamais de gibier ? Cette viande salée [2] me donne grandement soif. Je vais vous apporter une cuisse de ces chevaux que nous avons fait brûler. Elle sera bien assez rôtie. »

Au moment où il se levait, il aperçut à l'orée du bois un beau et grand chevreuil qui était sorti d'un fourré, à mon avis parce qu'il avait vu le feu de Panurge. Il lui courut immédiatement après, aussi rapidement qu'un trait d'arbalète, et l'attrapa en un instant. Tout en courant, il prit en l'air, dans ses mains, quatre grandes outardes, sept outardeaux, vingt-six perdrix grises, seize faisans, neuf bécasses, dix-neuf hérons, et trente-deux pigeons ramiers. Avec ses pieds, il tua dix ou douze levrauts et lapins adultes, dix-huit couples de râles, quinze marcassins, deux blaireaux, et trois grands renards. Puis il donna, à travers la tête du chevreuil, un coup de son sabre courbe et le tua. En l'apportant, il ramassa ses levrauts, râles et marcassins. Et d'aussi loin qu'on pouvait l'entendre, il

1. *Saint Quenet* : saint imaginaire. \ **2.** *Viande salée* : on salait la viande pour la conserver au cours des voyages maritimes.

s'écria : « Panurge, mon ami ! du vinaigre ! du vinaigre[1] ! » Le bon Pantagruel pensa qu'il avait mal au cœur et qu'il voulait qu'on lui prépare du vinaigre. Mais Panurge comprit bien qu'il y avait levraut au croc[2], et il montra au noble Pantagruel comment Carpalim portait à son cou un beau chevreuil, avec sa ceinture brodée de levrauts.

Aussitôt Épistémon fit, au nom des neuf Muses, neuf broches de bois à la mode antique[3]. Pendant qu'Eusthènes aidait à écorcher le gibier, Panurge disposa les selles de deux cavaliers pour qu'elles servent de chenets, et ils nommèrent leur prisonnier rôtisseur. Puis, sur le feu où brûlaient les chevaliers, ils firent rôtir leur gibier. Après, ils firent grande chère, avec force vinaigre. Au diable celui qui se modérait ! C'était une fête que de les voir s'empiffrer.

Pantagruel dit alors :

– Plût à Dieu que chacun d'entre vous eût deux paires de grelots de sacre[4] au menton, et que j'eusse au mien les grosses cloches des horloges de Rennes, de Poitiers, de Tours et de Cambrai. Nous donnerions une belle aubade en remuant nos lèvres !

– Mais, dit Panurge, il vaut mieux penser un peu à ce qui nous amène, et par quels moyens nous pourrions venir à bout de nos ennemis.

– C'est bien avisé, répondit Pantagruel.

Il se tourna donc vers leur prisonnier : « Mon ami, dis-nous la vérité et ne nous mens en aucune façon, si tu ne veux pas être écorché vivant. Car c'est moi qui mange les petits enfants. Expose-nous en détail l'ordre, le nombre et la force de ton armée. »

1. *Du vinaigre* : pour préparer le gibier. \ **2.** *Croc* : crochet sur lequel on suspendait le gibier. \ **3.** *Mode antique* : allusion à l'antique sacrifice aux Muses, avant le combat. \ **4.** *Sacre* : faucon de chasse. On lui attachait des grelots pour éviter de le perdre dans les buissons.

Le prisonnier répondit :

– Seigneur, sachez, c'est la vérité, qu'il y a dans notre armée trois cents géants, tous armés de pierres de taille, extraordinairement grands, quoique pas autant que vous, excepté l'un d'eux, leur chef, qui se nomme Loup-Garou et qui est tout armé d'enclumes cyclopéennes[1]. Avec eux, cent soixante-trois mille fantassins forts et courageux, tous cuirassés de peaux de lutins[2] ; trois mille quatre cents hommes d'armes ; trois mille six cents doubles canons et d'innombrables pièces d'artillerie ; quatre-vingt-quatorze mille sapeurs[3] ; cent cinquante mille putains, belles comme des déesses…

– Celles-là, je me les réserve, dit Panurge.

– … Certaines d'entre elles sont des Amazones. Les autres sont Lyonnaises, Parisiennes, Tourangelles, Angevines, Poitevines, Normandes, Allemandes. Il y en a de tous les pays, et de toutes les langues.

– D'accord, dit Pantagruel, mais le roi est-il là ?

– Oui, Sire, répondit le prisonnier. Il y est en personne. Nous le nommons Anarche[4], roi des Dipsodes, nom qui signifie « les assoiffés[5] », car jamais vous n'avez vu de gens si assoiffés ni buvant plus volontiers. Ce sont les géants qui gardent sa tente.

– J'en sais suffisamment, dit Pantagruel. Hardi, mes enfants ! Êtes-vous décidés d'y aller avec moi ?

Panurge répondit alors :

– Que Dieu pulvérise celui qui vous abandonnera. J'ai déjà réfléchi à la manière de vous les tuer tous comme des porcs. Au diable leurs jarrets[6] ! Toutefois un point me préoccupe.

1. *Cyclopéennes* : les Cyclopes figurent dans l'*Odyssée* d'Homère. Ils incarnent la méchanceté et le désordre. \ **2.** *Lutins* : peaux censées rendre invulnérable. \ **3.** *Sapeurs* : *pionniers*, dans le texte original. Soldats employés aux travaux de terrassement, construction de machines de guerre, etc. \ **4.** *Anarche* : en grec, « sans autorité légitime ». \ **5.** *Assoiffés* : voir chap. 2. \ **6.** *Jarrets* : car les ennemis utiliseraient leurs jarrets pour s'enfuir.

– Et qu'est-ce que c'est ? demanda Pantagruel.

– C'est, répondit Panurge, de savoir comment je pourrai me débrouiller pour braquemarder [1] toutes les putains dans l'après-midi. Qu'il n'y en ait pas une que je ne tambourine avec les privilèges qui lui seront dus !

– Ha, ha, ha ! dit Pantagruel.

Et Carpalim dit :

– Au diable de Biterne [2] ! Par Dieu, j'en bourrerai bien une !

– Et moi alors ? dit Eusthènes. Moi qui n'ai pas dressé depuis que nous avons quitté Rouen. Puisse l'aiguille monter jusque dix ou onze heures, je l'ai dure et forte comme cent diables !

– En vérité, dit Panurge, tu en auras toi aussi ! Des plus grasses et des plus dodues.

– Comment ? (dit Épistémon). Tout le monde chevauchera ? et moi ? je devrais conduire l'âne ? Le diable emporte celui qui s'y frottera. Nous ferons usage du droit de la guerre : *qui potest capere capiat* [3].

– Non, non, dit Panurge. Attache donc ton âne au crochet, et chevauche comme tout le monde.

Le bon Pantagruel riait à tout cela. Puis il leur dit :

– Vous comptez sans ceux qui vont nous accueillir. Je crains fort que, avant la tombée de la nuit, vous ne soyez dans un état où vous n'aurez plus la moindre envie de dresser, et que ce ne soit vous que l'on chevauche… à grands coups de piques et de lances !

– Bah, dit Épistémon. Je vais vous les apporter prêts à rôtir, à bouillir, à fricasser ou à cuire en pâté. Ils ne sont pas aussi nombreux que les soldats de Xerxès, qui disposait de trente fois

1. *Braquemarder* : le braquemart est une épée à double tranchant, mais c'est aussi, dans le langage familier, le sexe masculin. \ **2.** *Biterne* : déformation comique de *Viterbe*, ville italienne. *Diable de Viterbe* est synonyme de *diable Vauvert* (voir chap. 17, p. 64, note 6). \ **3.** Qui potest capere capiat : « Saisisse qui pourra » (sous-entendu : le sens de mes paroles). Réponse de Jésus aux Pharisiens sur sa doctrine de la chasteté. Mais Épistémon utilise *saisir* au sens propre.

cent mille combattants, si du moins vous croyez Hérodote et Trogue Pompée[1]. Toutefois Thémistocle[2] le vainquit avec peu de troupes. Par Dieu, ne vous faites pas de souci.

– Merde, merde, dit Panurge. Ma seule braguette époussettera tous les hommes, et saint Balletrou[3], qui se repose dedans, décrottera toutes les femmes.

– Hardi, donc, mes enfants ! dit Pantagruel. Mettons-nous en marche.

Résumé du chapitre 23 : *en mémoire de leur victoire sur les cavaliers, Pantagruel et Panurge érigent des « trophées » (assemblages d'objets divers, ancêtres de nos monuments modernes) et composent des poèmes. Panurge pète en l'honneur de Pantagruel. Celui-ci fait de même, mais de ses pets naît la race des Pygmées. Puis ils partent au combat.*

1. *Hérodote* (historien grec) et *Trogue Pompée* (historien latin) racontent le combat des Athéniens contre Xerxès à Salamine (480 av. J.-C.), mais sans mentionner de tels chiffres. \ **2.** *Thémistocle* : chef de la flotte athénienne. \ **3.** *Balletrou* : nom comique, sur *baller* (« danser avec ») et *trou*.

Chapitre 24

Comment Pantagruel remporta une bien étrange victoire contre les Dipsodes et les Géants

Après tous ces propos, Pantagruel appela leur prisonnier et le renvoya en lui disant : « Retourne au campement, et raconte à ton roi ce que tu as vu, afin qu'il décide de fêter mon arrivée demain vers midi. Car, dès que mes galères auront accosté, au plus tard dans la matinée, je lui prouverai, avec mes dix-huit cent mille combattants et mes sept mille géants, tous aussi grands que moi, qu'il a été bien fou et bien déraisonnable d'envahir ainsi mon pays. »

Pantagruel faisait semblant d'avoir une flotte à sa disposition. Mais le prisonnier lui répondit de le considérer comme son esclave. Il préférait ne pas retourner à son campement et combattre aux côtés de Pantagruel. Il invoqua donc Dieu pour que Pantagruel accepte.

Mais le géant refusa. En lui commandant de partir au plus vite et de suivre ses ordres, il lui donna une boîte pleine d'euphorbe et de graines de Cnide[1], confites dans de l'eau-de-vie et écrasées en compote, pour qu'il la porte à son roi. Si Anarche pouvait en manger ne serait-ce qu'un peu sans boire, il serait capable de lui résister sans peur.

Le prisonnier le supplia à mains jointes de l'épargner au moment de la bataille. Pantagruel répondit : « Annonce d'abord tout cela à ton roi. Pour la suite, je ne te dis pas,

---

1. L'*euphorbe* est un purgatif. Les *graines de Cnide* sont très épicées.

comme les hypocrites : “Aide-toi, le ciel t'aidera”, car ce serait plutôt, au contraire : “Aide-toi, le diable te brisera le cou.” Mais je te dis : “Place tout ton espoir en Dieu, et il ne t'abandonnera point.” Moi, bien que je sois puissant et dispose d'un nombre infini de soldats, comme tu peux le constater, je ne compte ni sur ma force, ni sur ma ruse. Toute ma confiance est en Dieu, mon protecteur. Jamais il n'abandonne ceux qui ont placé en lui leurs espoirs et leurs pensées. »

Puis le prisonnier lui demanda humblement de se montrer raisonnable pour sa rançon. Pantagruel répondit que son but n'était ni de piller ni de rançonner les hommes, plutôt de les enrichir et de leur apporter une paix totale. « Va-t-en, dit-il, dans la paix du Dieu vivant, et ne fréquente jamais les gens de mauvaise compagnie, afin qu'il ne t'advienne malheur. »

Une fois le prisonnier parti, Pantagruel dit à ses gens : « Mes enfants, j'ai fait croire à ce prisonnier que nous avions une armée en mer, et que nous ne donnerions pas l'assaut avant demain midi, pour que nos ennemis, redoutant un grand nombre d'adversaires, passent la nuit à se préparer et à organiser leur défense. Toutefois, mon intention est de les attaquer pendant leur premier sommeil. »

Mais laissons ici Pantagruel et ses compagnons [1], parlons du roi Anarche et de son armée.

Lorsque le prisonnier fut de retour, il se précipita chez le roi. Il lui raconta qu'un grand géant nommé Pantagruel était arrivé, et qu'il avait massacré puis cruellement rôti tous les six cent cinquante-neuf autres chevaliers. Lui seul avait été épargné, pour annoncer cette déconfiture. Le géant l'avait aussi chargé de dire qu'on lui prépare son déjeuner pour le lendemain, car il comptait bien attaquer à ce moment-là.

1. *Compagnons* : le terme original est *apostoles*, terme évangélique, proche de *apôtre*, suggérant la dimension christique du géant.

Puis il montra la boîte contenant la compote. Dès que le roi en eut avalé une cuillerée, il fut pris d'un tel échauffement de la gorge, avec brûlure de la luette, que sa langue se mit à peler. Il ne put trouver le moindre remède pour se soulager, sauf celui de boire sans s'arrêter. Sitôt qu'il retirait le verre de sa bouche, la langue lui brûlait. Aussi ne faisait-on que lui verser du vin dans la gorge avec un entonnoir.

Voyant cela, ses officiers, ses pachas[1] et ses gardes goûtèrent ladite compote pour vérifier si elle était si forte que ça. Mais il leur arriva la même mésaventure. Tous se mirent si bien à trinquer que la rumeur courut dans le campement que le prisonnier était de retour, que l'assaut devait avoir lieu le lendemain, et que le roi et ses officiers s'y préparaient avec les gardes en buvant à tire-larigot. Donc, chaque soldat se mit aussi à picoler, trinquer et chopiner. Finalement, ils burent tellement qu'ils s'endormirent comme des porcs, dans le plus complet désordre, à travers tout le campement.

À présent, retournons auprès du bon Pantagruel et racontons comment il se comporta dans cette affaire.

En quittant le lieu du trophée, il prit le mât de leur navire dans sa main, comme un bâton de pèlerin, et plaça dans la hune les deux cent trente-sept tonneaux de vin blanc d'Anjou qui restaient depuis leur départ de Rouen. Puis il attacha à sa ceinture le canot rempli de sel aussi facilement que les lansquenets[2] portent leurs petits paniers. C'est ainsi qu'il se mit en chemin avec ses compagnons.

Quand il fut près du campement des ennemis, Panurge lui dit : « Seigneur, voulez-vous agir convenablement ? Faites descendre de la hune ce vin blanc d'Anjou et buvons ici à la Bretonne. » Pantagruel accepta volontiers. Ils burent si bien qu'il ne resta pas une seule goutte des deux cent trente-sept

1. *Pachas* : soldats turcs. \ **2.** *Lansquenets* : mercenaires allemands.

tonneaux, excepté une gourde en cuir de Tours, que Panurge remplit pour lui en l'appelant son *vade-mecum* [1], et quelques mauvais fonds de tonneaux pour le vinaigre.

Après qu'ils eurent bien tiré sur le chevrotin [2], Panurge donna à manger à Pantagruel quelques diables de potions faites de lithontripon, nephrocatarticon, cotignac cantharidisé [3], et autres diurétiques. Puis Pantagruel dit à Carpalim : « Pénétrez dans la ville [4] en grimpant comme un rat le long de la muraille, ainsi que vous savez si bien le faire. Dites-leur de sortir immédiatement et de se précipiter sur les ennemis aussi durement qu'ils le pourront. Ensuite, descendez avec une torche allumée et mettez le feu à toutes les tentes et tous les pavillons du campement. Cela fait, vous crierez autant que vous pourrez de votre grosse voix, plus épouvantable que celle de Stentor [5], laquelle fut entendue par-dessus le vacarme de la bataille contre les Troyens. Puis quittez le campement. »

– D'accord, dit Carpalim, mais ne vaudrait-il pas mieux que je neutralise toute leur artillerie ?

– Non, non, répondit Pantagruel, mais mettez-leur bien le feu aux poudres.

Carpalim obéit. Il s'en alla et fit ce que Pantagruel lui avait ordonné. Tous les combattants de la ville sortirent et, après avoir mis le feu aux tentes et aux pavillons, il passa si légèrement sur les ennemis qu'ils ne sentirent rien, tant ils ronflaient et dormaient profondément. Puis il se rendit au lieu où se trouvait l'artillerie et mit le feu aux munitions. Mais (quelle pitié !) le feu prit si soudainement qu'il faillit embraser le pauvre

1. *Vade-mecum* : « Viens-avec-moi » en latin. Livre servant d'aide-mémoire, de manuel. \ **2.** *Chevrotin* : gourde en peau de chèvre. \ **3.** *Cantharidisé* : médicaments pour dissoudre les calculs, purger les reins, etc. \ **4.** *Pénétrez dans la ville* : la ville des Amaurotes, assiégée par les Dipsodes. \ **5.** *Stentor* : personnage de l'*Illiade* d'Homère, célèbre pour sa voix puissante.

Carpalim. Sans son extraordinaire vélocité, il aurait été fricassé comme un cochon. Il détala plus vite qu'un trait d'arbalète !

Lorsqu'il se trouva à l'extérieur des tranchées, il cria si épouvantablement que tous les diables semblaient s'être déchaînés. À ce bruit, les ennemis s'éveillèrent. Mais savez-vous de quelle manière ? aussi étourdis qu'au premier son des matines, qu'on appelle, au pays de Luçon, frotte-couilles [1].

Pendant ce temps-là, Pantagruel semait le sel qui se trouvait dans sa barque. Comme les ennemis dormaient la gueule béante et grande ouverte, il leur remplit tout le gosier. Si bien que ces malheureux se mirent à tousser comme des renards, disant : « Ah ! Pantagruel, tu nous brûles le tison ! »

Tout à coup Pantagruel fut pris d'une forte envie de pisser, à cause des substances que Panurge lui avait administrées. Il pissa si bien et si abondamment sur le campement qu'il noya tous les ennemis. Ce fut alors un petit déluge qui s'abattit sur dix lieues [2] à la ronde. L'histoire dit que, si la grande jument de son père avait été là et s'était pareillement mise à pisser, on aurait eu un déluge plus énorme que celui de Deucalion [3], car elle ne pouvait pisser sans faire une rivière plus grande que le Rhône ou le Danube.

Voyant cela, les habitants de la ville, qui étaient sortis, dirent : « Ils sont tous morts atrocement, voyez le sang couler ! » Mais ils se trompaient. Ils prenaient l'urine de Pantagruel pour le sang des ennemis, car ils ne la voyaient qu'à la lueur des feux et à la clarté de la lune.

Les ennemis, une fois réveillés, voyant d'un côté le feu dans leur campement, et l'inondation et déluge urinaire de l'autre,

1. *Aussi étourdis* [...] *Frotte-couilles* : le premier son de cloches de matines réveille en sursaut les dormeurs, qui feraient alors un tel geste. \ **2.** *Lieues* : voir chap. 5, p. 31, note 4. \ **3.** *Deucalion* : Jupiter, fâché de la violence régnant sur terre, déclenche un déluge auquel seuls Deucalion et son épouse Pyrrha échappent.

ne savaient que dire ni penser. Certains prétendaient que c'était la fin du monde et le jugement dernier, qui doit être consommé par le feu. D'autres pensaient que c'était de l'eau de mer salée et que les dieux marins, Neptune et consorts, les persécutaient.

Oh, qui pourra maintenant raconter comment se comporta Pantagruel devant les trois cents géants ? Ô ma muse, ma Calliope, ma Thalie [1], inspire-moi à présent ! Réconforte mes esprits, car voici le pont-aux-ânes logique [2], voici le piège qui fait trébucher, voici la difficulté de représenter l'horrible bataille qui eut lieu. Ah, si je pouvais avoir tout de suite une bouteille du meilleur vin que burent jamais ceux qui vont lire cette histoire si véridique !

1. *Calliope*, *Thalie* : respectivement muses de l'épopée et de la poésie pastorale, donc des banquets. \ **2.** *Pont-aux-ânes logique* : expression scolastique désignant une méthode pour trouver facilement le moyen terme d'un syllogisme logique. Un syllogisme est constitué en trois parties, une première proposition, un moyen terme et une conclusion, par exemple : « Tous les hommes sont mortels, or Socrate est un homme, donc Socrate est mortel. »

Chapitre 25

Comment Pantagruel terrassa les trois cents géants armés de pierres de taille et leur chef Loup-Garou

Voyant que tout leur campement était inondé, les géants emportèrent leur roi du mieux qu'ils purent, sur leur cou, comme Énée avec son père Anchise lors de l'incendie de Troie. Quand Panurge les aperçut, il dit à Pantagruel :

– Seigneur, voyez donc s'enfuir les géants ! Frappez-leur dessus vaillamment avec votre mât, selon les nobles manières de l'ancienne escrime[1]. Car c'est maintenant qu'il faut se montrer homme de bien. De notre côté, nous ne vous ferons pas défaut. C'est bien hardiment que je vous en tuerai beaucoup ! Car enfin, David tua Goliath facilement. Moi qui battrais douze David – car en ce temps-là ce n'était qu'un petit morveux – pourquoi ne déferais-je pas une douzaine de ces géants ? Et puis ce gros paillard d'Eusthènes, qui est fort comme quatre bœufs, ne chômera pas. Prenez courage, frappez à travers eux d'estoc et de taille.

Pantagruel répondit alors :

– Du courage, j'en ai pour plus de cinquante francs. Mais enfin, même Hercule n'osa jamais affronter plusieurs adversaires.

– C'est, répondit Panurge, bien chié dans mon nez ! Vous vous comparez à Hercule ? Mais, par Dieu, vous avez plus de force aux dents, et plus d'intelligence au cul, que n'eut jamais

1. *Ancienne escrime* : l'escrime française, par opposition à l'escrime nouvelle, des maîtres d'arme italiens.

Hercule en son corps et en son âme. Un homme vaut autant qu'il s'estime.

Pendant qu'ils tenaient ces propos, voici arriver Loup-Garou avec tous ses géants. Constatant que Pantagruel était tout seul, il fut pris d'un accès de témérité et d'outrecuidance. Car il espérait bien tuer le pauvre petit bonhomme. Il dit à ses compagnons géants : « Paillards de plat pays, par Mahomet, si jamais l'un d'entre vous entreprend de combattre ceux-là, je le ferai mourir cruellement. Je veux que vous me laissiez combattre seul. Pendant ce temps, vous vous divertirez à nous regarder. »

Donc tous les géants et leur roi se retirèrent à l'endroit où l'on entreposait les bouteilles. Panurge et ses compagnons les rejoignirent. Celui-ci imitait les vérolés, il se tordait la gueule et les doigts, disant d'une voie enrouée : « Je renie Dieu compagnons, nous faisons point la guerre. Donnez-nous donc de quoi manger avec vous, pendant que nos maîtres s'entre-tuent. » Le roi et les géants y consentirent volontiers, et les invitèrent à banqueter. Pendant ce temps, Panurge leur racontait les fables de Turpin, l'histoire de saint Nicolas et les contes de la Cigogne[1].

Alors Loup-Garou s'avança vers Pantagruel, armé d'une massue en acier des Chalybes[2], pesant neuf mille sept cent cinquante quintaux, au bout de laquelle se trouvaient treize pointes de diamants, dont la plus petite était aussi grosse que la plus grande cloche de Notre-Dame de Paris (il s'en fallait peut-être de l'épaisseur d'un ongle ou, pour ne pas mentir, du dos d'un de ces couteaux qu'on appelle « coupe-oreilles », un tout petit peu en plus ou en moins). Elle était ensorcelée, de telle sorte qu'elle ne pouvait pas se casser et qu'elle brisait immédiatement tout ce qu'elle touchait.

1. *Fables* [...] *la Cigogne* : toutes ces histoires sont des contes populaires, publiés dans les livres de colportage vendus lors des foires. \ **2.** *Chalybes* : peuple de forgerons célèbre dans l'Antiquité.

Alors que Loup-Garou approchait en grande hardiesse, Pantagruel, levant les yeux au ciel, se recommanda à Dieu de bien bon cœur, et formula la prière que voici :

– Seigneur Dieu, toi qui as toujours été mon protecteur et mon sauveur, vois la détresse en laquelle je me trouve à présent. Rien ne m'amène ici, sinon l'instinct naturel que tu as donné aux hommes pour qu'ils se défendent et protègent leurs femmes, enfants, pays et familles, lorsqu'il s'agit d'un danger qui ne te concerne pas directement. Dans ce dernier cas, si c'est la foi qui est menacée, tu nous interdis d'utiliser les armes, tu ne souhaites aucune aide, sinon en parole et de confession catholique. Car tu es le tout-puissant. Là où ta propre cause et tes propres affaires sont remises en question, tu es capable de te défendre bien plus qu'on ne saurait l'estimer, toi qui possèdes mille milliers de centaines de millions de légions d'anges, dont le plus petit peut tuer tous les humains et renverser ciel et terre selon son bon plaisir, comme jadis il arriva dans l'armée de Sennachérib [1]. Donc, s'il te plaît de venir maintenant à mon aide, car c'est en toi seul que résident mon espoir et ma totale confiance, je promets que, dans toutes les contrées, en Utopie et partout où j'aurai puissance et autorité, je ferai prêcher ton saint Évangile, purement, simplement et entièrement, de sorte que les mensonges d'un tas de dévots hypocrites et de faux prophètes, qui ont empoisonné le monde par des règles humaines et des inventions dépravées, seront autour de moi réduits à néant.

À cet instant, on entendit une voix dans le ciel dire : « *Hoc fac, et vinces* », c'est-à-dire : « Fais ainsi, et tu vaincras [2]. »

Alors Pantagruel, voyant que Loup-Garou approchait la gueule ouverte, se rua sur lui avec hardiesse et s'écria aussi fort

1. *Sennachérib* : en une nuit l'ange de Yahvé fit périr des centaines de milliers d'hommes dans le camp du roi Sennachérib. \ **2.** Rabelais mêle les paroles du Christ : *Hoc fac et vives* (« Fais ainsi et tu vivras ») et la parole apparue sur une croix à Constantin, premier empereur chrétien : *Hoc signo vinces* (« par ce signe tu vaincras »).

qu'il put : « À mort, gredin, à mort ! », pour lui faire peur avec son horrible cri, selon la tactique des Lacédémoniens [1]. Puis, de la barque qu'il portait à la ceinture, il lui jeta plus de dix-huit caques [2] de sel, qui lui remplirent la gorge et le gosier, le nez et les yeux. Irrité, Loup-Garou donna un coup de massue en espérant lui rompre la cervelle.

L'habile Pantagruel avait toujours bon pied bon œil. Du pied gauche, il fit un pas en arrière. Toutefois il ne put empêcher le coup de tomber sur sa barque. Elle se brisa en quatre mille quatre-vingt-six morceaux, renversant tout le reste du sel par terre.

Voyant cela, Pantagruel déploie vaillamment les bras et, suivant l'art de la hache, lui donna du gros bout de son mât un coup d'estoc au-dessus de la poitrine. Puis il ramena le coup vers la gauche et, du tranchant, le frappa entre le cou et le col. Ensuite, avançant le pied droit, il lui piqua les couillons avec le sommet de son mât. Ce faisant il brisa la hune et lui versa dessus trois ou quatre tonneaux de vin qui restaient. Loup-Garou crut qu'il avait la vessie coupée et que le vin qui s'écoulait était son urine.

Mécontent de cela, Pantagruel voulut recommencer son attaque. Mais Loup-Garou, levant sa massue, avança sur lui et essaya de toutes ses forces de le frapper. De fait, il lui en donna un coup si vigoureux que, si Dieu n'avait secouru le bon Pantagruel, Loup-Garou l'aurait coupé en deux, du sommet de la tête jusqu'au fond de la rate. Mais le coup dévia à droite grâce à la rapidité de Pantagruel, et la massue s'enfonça de plus de soixante-treize pieds [3] dans la terre, en traversant un gros rocher, dont elle fit jaillir une flamme plus haute que neuf mille tonneaux empilés.

1. *Tactique des Lacédémoniens* : allusion à la férocité des Spartiates. Lacédémone est l'autre nom de Sparte. \ **2.** *Caques* : mesure ancienne, correspondant à 40 livres. \ **3.** *Pieds* : voir chap. 17, p. 65, note 3.

Pantagruel, voyant que Loup-Garou essayait de libérer sa massue qui restait plantée dans le sol contre le rocher, se précipite dans l'intention de lui trancher net la tête. Mais, par malchance, son mât effleura le manche de la massue de Loup-Garou, qui était ensorcelée (comme nous l'avons dit auparavant), et donc son mât se brisa à trois doigts de la poignée.

Pantagruel en resta aussi sonné qu'un fondeur de cloches[1]. Alors il s'écria : « Ha, Panurge ! Où es-tu ? » Entendant ce cri, Panurge s'adressa au roi et à ses géants : « Par Dieu, ils vont se faire mal si on ne les sépare pas ! » Mais les géants étaient aussi à l'aise que s'ils s'étaient trouvés à un repas de noces. Carpalim voulut se lever pour secourir son maître. Mais un géant lui dit : « Par Goulfarin[2], neveu de Mahomet, si tu bouges d'ici, je te mettrai au fond de mon pantalon, comme un suppositoire. Car je suis fort constipé et ne puis bien caguer, sauf en grinçant des dents. »

Pantagruel, privé de son arme, ramassa le bout de son mât et en frappa à coups redoublés sur le géant. Mais il ne lui faisait pas plus de mal que si vous donniez une chiquenaude sur l'enclume d'un forgeron. Pendant ce temps, Loup-Garou tirait sa massue hors de terre.

Soudain, il la récupéra et la leva pour frapper Pantagruel, qui était rapide et évitait tous les coups. Quand Loup-Garou le menaça en lui disant : « Méchant, je vais à présent te hacher comme de la chair à pâté. Plus jamais tu n'assoifferas les pauvres gens ! », Pantagruel lui donna un si grand coup de pied dans le ventre qu'il le projeta en arrière, jambes par-dessus tête, et le traîna ainsi par terre, à l'écorche-cul, sur la longueur d'une portée d'arc. Loup-Garou s'écriait en crachant le sang : « Mahomet ! Mahomet ! Mahomet ! »

1. *Pantagruel* [...] *cloches* : quand celui-ci constate que sa cloche se casse en sortant du moule. \ **2.** *Goulfarin* : nom comique, signifiant « goinfre ».

À ce cri, tous les géants se levèrent pour lui porter secours. Panurge leur dit : « Messieurs, n'y allez pas. Si vous voulez mon avis, notre maître est fou. Il frappe à tort et à travers, sans regarder. Il va vous faire mal. » Mais les géants n'en tirent aucun compte lorsqu'ils s'aperçurent que Pantagruel était désarmé.

Au moment où ils s'approchaient, Pantagruel prit Loup-Garou par les deux pieds et le leva en l'air comme une pique. Avec le corps de celui-ci recouvert d'enclumes [1], il frappa au milieu des géants armés de pierres de taille. Ils tombaient comme les éclats de roche autour d'un tailleur de pierre ! Nul ne se présentait devant lui sans être jeté à terre. Leurs armures de pierre, en se brisant, produisirent un horrible tumulte qui me rappela celui de la grande tour de beurre [2], à Saint-Étienne de Bourges, lorsqu'elle fondit au soleil.

Pendant ce temps, Panurge, Carpalim et Eusthènes égorgeaient ceux qui gisaient sur le sol. Faites les comptes ! pas un seul n'en réchappa. Pantagruel ressemblait à un faucheur qui, à l'aide de sa faux (c'était Loup-Garou), abattait l'herbe d'un pré (c'étaient les géants). Sous les coups de cette escrime, Loup-Garou perdit la tête. Ce fut lorsque Pantagruel abattit un géant du nom de Riflandouille [3], lequel était protégé de pied en cap par une armure en pierres de grès, dont un éclat trancha la gorge d'Épistémon. Les autres étaient couverts d'armures plus légères, en pierre de tuf ou en pierre d'ardoise.

Finalement, voyant que tous les géants étaient morts, Pantagruel jeta le corps de Loup-Garou de toutes ses forces en direction de la ville. Il atterrit comme une grenouille, sur le ventre,

1. *Enclumes* : voir chap. 22, p. 77, note 1. \ **2.** *Tour de beurre* : cette tour avait été construite grâce à l'argent des chrétiens, qui payèrent pour avoir le droit de manger du beurre en Carême. \ **3.** *Riflandouille* : dans les « mystères », pièces du théâtre médiéval, nom traditionnel donné au bourreau.

au milieu de la grand-place. En tombant, il tua d'un coup un chat brûlé, une chatte mouillée, une cane petière [1] et un oison bridé [2].

Résumé du chapitre 26 : *Épistémon a eu la gorge tranchée dans le combat de Pantagruel contre Loup-Garou. Mais il est ressuscité par Panurge. Alors il raconte ce qu'il a vu aux enfers. Les puissants de ce monde y mènent une existence misérable, obligés de gagner leur vie en effectuant de viles tâches. Inversement, les sages, les philosophes, ceux qui « furent indigents en ce monde », sont à leur tour de grands seigneurs.*

1. *Petière* : petite outarde. \ **2.** *Oison bridé* : un oison auquel on a passé une bride.

Chapitre 27

Comment Pantagruel entra dans la ville des Amaurotes. Comment Panurge maria le roi Anarche et le fit crieur de sauce verte

Après cette victoire extraordinaire, Pantagruel envoya Carpalim dans la ville des Amaurotes proclamer et annoncer que le roi Anarche était capturé et tous leurs ennemis vaincus. À cette nouvelle, tous les habitants sortirent et vinrent se présenter à lui en bon ordre. Ils le portèrent en triomphe et le menèrent avec grande liesse à travers toute la ville. De beaux feux de joie furent allumés dans la ville, et de belles tables rondes, toutes garnies de victuailles, furent dressées dans les rues. Ce fut comme un renouvellement du temps de Saturne[1], tant on fit grande chère.

Mais Pantagruel, devant tout le sénat assemblé, dit :

– Messieurs, il faut battre le fer tant qu'il est chaud. Avant de nous distraire davantage, je veux que nous allions prendre d'assaut tout le royaume des Dipsodes. Que ceux qui désirent se joindre à moi se préparent à partir dès demain, après avoir bu, car c'est à ce moment que je me mettrai en marche. Non qu'il me faille davantage de gens pour m'aider dans cette conquête, car c'est comme si je tenais déjà ce royaume à ma merci, mais je vois cette ville si remplie d'habitants qu'ils ne peuvent faire un pas dans les rues. Je les emmènerai donc

1. *Temps de Saturne* : l'âge d'or.

fonder une colonie en Dipsodie, et leur donnerai tout ce pays, qui est beau, salubre, fertile et plaisant, plus que tout autre au monde, comme plusieurs d'entre vous le savent déjà pour y être allés autrefois. Que ceux qui sont désireux de s'y rendre soient prêts à l'heure que je viens d'annoncer.

Cet avis et cette décision furent proclamés dans toute la ville. Le lendemain on vit sur la place du palais jusqu'à dix-huit cent cinquante-six mille personnes, sans compter les femmes et les petits enfants. Ils se mirent en marche vers la Dipsodie, en si bon ordre qu'ils ressemblaient aux enfants d'Israël partant d'Égypte pour traverser la mer Rouge.

Mais, avant de poursuivre ce récit, je veux vous dire comment Panurge traita son prisonnier, le roi Anarche. Il se souvint de ce qu'avait raconté Épistémon sur la manière dont les rois et les riches de ce monde étaient traités aux Champs Élysées [1], et comment ils gagnaient leurs vies à de vils et sales métiers. Par conséquent, un jour, il habilla le roi d'un petit pourpoint [2] de toile tout orné de découpes comme la cornette d'un Albanais [3], avec de belles chausses [4] à la marinière [5], sans souliers – car, disait-il, ils lui boucheraient la vue –, un petit bonnet pers [6] muni d'une grande plume de chapon – non, je me trompe, je crois qu'il y en avait deux –, et une belle ceinture pers et vert. Il disait que cette livrée [7] lui allait bien, vu qu'il avait été *pervers*.

Il le conduisit en cet état devant Pantagruel, à qui il demanda :

– Connaissez-vous ce rustre ?

– Certes non, répondit Pantagruel.

1. *Champs Élysées* : l'Élysée est le séjour des bienheureux aux enfers. \ **2.** *Pourpoint* : voir chap. 1, p. 15, note 9. \ **3.** *Cornette d'un Albanais* : la cavalerie française comportait un régiment de mercenaires albanais, coiffés d'un turban pointu, la « cornette ». \ **4.** *Chausses* : voir chap. 1, p. 15, note 10. \ **5.** *Marinière* : aussi amples que celles que portent les marins. \ **6.** *Pers* : entre le bleu et le vert. \ **7.** *Livrée* : vêtement aux couleurs des armoiries d'un roi ou d'un seigneur.

– C'est Monseigneur le Roi des Trois-Cuissons [1]. Je veux faire de lui un homme de bien. Ces diables de rois, en ce monde, ne sont que des veaux. Ils ne savent ni ne valent rien, sauf accabler de malheurs leurs pauvres sujets et semer le trouble dans le monde par des guerres, selon leur capricieux et détestable plaisir. Je veux donc lui donner un métier, et faire de lui un crieur de sauce verte [2]. Allez ! commence donc à crier : « Voulez-vous de la sauce verte ? ! »

Et le pauvre diable criait.

– C'est trop bas, dit Panurge.

Il le prit alors par l'oreille et lui dit :

– Chante plus haut, en sol, ré, do ! Dis-moi, diable, tu as une bonne gorge. Jamais tu ne fus aussi heureux que depuis que tu n'es plus roi.

Pantagruel prenait plaisir à tout cela, car j'ose bien dire que c'était le meilleur petit bonhomme que l'on pouvait trouver d'ici jusqu'au bout d'un bâton.

Ainsi Anarche devint-il un bon crieur de sauce verte. Deux jours après, Panurge le maria à une vieille lanternière [3]. Il fit lui-même le menu de la noce, avec de belles têtes de mouton, de bonnes grillades de porc à la moutarde, et de beaux rôtis à l'ail. Il en envoya cinq chargements à Pantagruel, qui les mangea tous tant il les trouva appétissants. Pour boire, il y eut force belle piquette avec de l'eau-de-vie de cormier. Et pour la danse, Panurge loua les services d'un aveugle, qui leur joua des airs avec sa vielle. Après le dîner, il les conduisit au palais et les mena à Pantagruel. Il lui dit, en montrant la mariée :

---

1. *Roi des Trois-Cuissons* : métaphore signifiant « de première qualité ». La triple cuisson est celle du sucre, meilleur quand il est cuit plusieurs fois. \ **2.** *Un crieur de sauce verte* : vendeur à la criée d'une sauce de gingembre et de persil servant de condiment. \ **3.** *Lanternière* : prostituée (qui se tient dans la rue, sous une lanterne).

– Elle ne risque pas de péter.

– Pourquoi ? dit Pantagruel.

– Parce qu'elle bien entamée, répondit Panurge.

– Que signifie cette parabole ? demanda Pantagruel.

– Ne voyez-vous pas, dit Panurge, que les châtaignes qu'on fait cuire au feu, si elles sont entières, pètent avec rage ? Pour les empêcher de péter, on les entame. Or cette jeune mariée est bien entamée en bas. Elle ne pétera donc point.

Puis Pantagruel leur fit cadeau d'une petite cabane près de la rue basse, avec un mortier en pierre pour piler la sauce. Ils firent ainsi leur petit ménage, et Anarche devint le plus gentil crieur de sauce verte qui fût jamais en Utopie. Mais l'on m'a dit depuis que sa femme le bat comme plâtre, sans que le pauvre sot n'ose se défendre, tant il est niais.

Chapitre 28

Comment Pantagruel couvrit toute une armée avec sa langue, et ce que l'auteur vit dans sa bouche

Quand Pantagruel entra au pays des Dipsodes avec sa troupe, tout le monde se rendit à lui avec joie. Partout où il allait, on lui remettait immédiatement et de bonne grâce les clés de la ville. Seuls les Almyrodes [1] lui tinrent tête et répondirent à ses messagers qu'ils ne se rendraient qu'avec de bonnes garanties.

– Et bien quoi ? dit Pantagruel. Quelle meilleure garantie exigent-ils que celle de la main sur la bouteille et le verre au poing ? Allons, qu'on me les mette à sac.

Alors tous ses gens se mirent en marche, bien décidés à donner l'assaut.

En chemin, pendant qu'ils traversaient une grande plaine, tomba une immense averse. Les hommes commencèrent à s'agiter et se serrer les uns contre les autres. Pantagruel leur fit dire par les officiers que ce n'était rien, car il voyait parfaitement au-dessus des nuages que ce ne serait en réalité qu'une petite ondée. Mais, à toutes fins utiles, il décida de les protéger pour qu'ils continuent de marcher en bon ordre. Donc, ils se regroupèrent, bien disciplinés, et Pantagruel, tirant sa langue seulement de moitié, les couvrit tous, comme une poule avec ses poussins.

Pendant ce temps, moi, qui vous narre ces contes si authentiques, je m'étais caché sous une feuille de bardane qui n'était

1. *Almyrodes* : nom tiré d'un mot grec signifiant « salé ».

pas moins large que l'arche du pont de Mantrible[1]. Quand je les vis tous si bien couverts et à l'abri, je me précipitai pour les rejoindre. Mais ce fut impossible : ils étaient trop nombreux, il n'y avait plus de place. Comme on dit, *au bout de l'aune, plus de tissu*[2] ! Donc, du mieux que je pus, je me mis à grimper sur sa langue, où je parcourais facilement deux lieues[3], tant et si bien que je finis par entrer dans sa bouche.

Mais alors, ô dieux et déesses ! que vis-je là ? Que Jupiter m'anéantisse avec sa triple foudre[4] si je mens ! Je m'y promenai comme en l'église Sainte-Sophie à Constantinople[5]. Je vis des rochers grands comme les montagnes des Danois[6] – je pense que c'étaient ses dents – et de grandes prairies, de grandes forêts, d'immenses et puissantes villes pas moins grandes que Lyon ou Poitiers !

Le premier que j'y rencontrai fut un bonhomme qui plantait des choux. Tout ébahi, je lui demandai :

– Mon ami, que fais-tu ici ?

– Je plante des choux, dit-il.

– Mais pourquoi ? Et comment ? répondis-je.

– Ha, monsieur, dit-il, tout le monde ne peut pas avoir les couillons aussi lourds qu'un mortier[7], et nous ne pouvons tous être riches. C'est ainsi que je gagne ma vie. Je vais les vendre au marché, dans la ville qui est là-bas derrière.

– Jésus ! dis-je. Il y a donc ici un nouveau monde ?

– Certes, répondit-il, mais il n'est pas nouveau. Toutefois on dit que, hors d'ici, se trouve une terre neuve, où les gens ont soleil et lune, ainsi que plein de bonnes choses. Mais ce monde-ci est plus ancien.

1. *Mantrible* : ce pont joue un rôle important dans le roman de chevalerie *Fierabras*. \ **2.** *Au bout* [...] *tissu* : quand le marchand mesure le tissu qu'il va vendre avec une aune, il n'en coupe pas au-delà de cette aune. \ **3.** *Lieues* : voir chap. 5, p. 31, note 4. \ **4.** *Foudre* : la foudre de Jupiter ressemble à un trident. \ **5.** *Sainte-Sophie* : les dimensions majestueuses de cette église byzantine étaient proverbiales. \ **6.** *Je vis* [...] *Danois* : jeu de mots : la première syllabe de *Danois* et de *Danemark* se prononçait comme *dents*. \ **7.** *Mortier* : proverbe exprimant l'idée de repos.

– Sans doute. Mais, mon ami, comment se nomme cette ville où tu vas vendre tes choux ?

– Son nom est Aspharage [1]. Les habitants sont de bons chrétiens et gens de bien. Ils vous feront un excellent accueil.

Bref, je décidai d'y aller. En chemin, je rencontrai un compagnon qui tendait des pièges aux pigeons. Je lui demandai :

– Mon ami, d'où viennent ces pigeons ?

– Messire, dit-il, ils viennent de l'autre monde.

Alors je me mis à penser que, quand Pantagruel baillait, les pigeons entraient à pleines volées dans sa gorge en croyant que c'était un colombier.

Puis je me dirigeai vers la ville. Je la trouvai belle, puissante, et de bon aspect. Mais, à l'entrée, les gardes me demandèrent mon bulletin de santé. J'en fus fort ébahi. Je leur demandai :

– Messieurs, y a-t-il ici quelque risque de peste ?

– Oh seigneur, répondirent-ils, près d'ici, on meurt tant que le chariot [2] parcourt les rues.

– Jésus, dis-je, mais où cela ?

Ils me répondirent que c'était à Laryngues et Pharyngues [3], deux villes aussi grandes que Rouen et Nantes, riches et très commerçantes. La peste y avait été causée par une exhalaison puante et infecte, sortie des abîmes depuis peu. Plus de vingt-deux fois cent soixante mille personnes avaient péri en huit jours.

Je me mis à réfléchir et à calculer. Je réalisai alors qu'il s'agissait d'une haleine puante venue de l'estomac de Pantagruel lorsqu'il avala tant d'ail, comme nous l'avons dit précédemment [4].

Partant de là, je passai entre les rochers formés par ses dents et réussis à monter sur l'une d'elles. J'y trouvai alors les plus

1. *Aspharage* : « gosier », en grec. \ **2.** *Chariot* : sur lequel on ramasse les morts. \ **3.** *Laryngues et Pharyngues* : jeu de mots sur *larynx* et *pharynx*. \ **4.** *Comme* [...] *précédemment* : les rôtis à l'ail du chapitre précédent, l.73-74.

beaux endroits du monde, de beaux et grands jeux de paume [1], de belles galeries, de belles prairies, de nombreuses vignes, et une infinité de fermettes à l'italienne [2] dans des champs pleins de délices. J'y demeurai bien quatre mois, et jamais ne fis meilleure chère qu'alors.

Puis je descendis en passant par les dents de derrière, pour aller jusqu'aux lèvres. Mais, en traversant une grande forêt du côté des oreilles, je fus détroussé par des brigands.

Ensuite, continuant ma descente, je trouvai une petite bourgade – j'ai oublié son nom – où je fis encore meilleure chère que jamais, et où je gagnai un peu d'argent pour vivre. Savez-vous comment ? En dormant. Car on y loue les gens à la journée pour qu'ils dorment. Ils gagnent ainsi cinq à six sous par jour, mais ceux qui ronflent bien fort gagnent facilement sept sous et demi.

Je racontai aux sénateurs comment on m'avait détroussé dans la vallée. Ils me répondirent que, en vérité, les gens de par-delà les dents étaient malfaisants et brigands de nature. Je compris alors que, de même que nous avons des contrées en deçà et au-delà des montagnes, de même ils en ont en deçà et au-delà des dents. Mais il fait bien meilleur vivre en deçà, et l'air y est meilleur [3].

Là, je commençai à penser que ce que l'on dit est bien vrai : la moitié du monde ne sait pas comment vit l'autre moitié, vu que personne n'avait encore rien écrit sur ce pays-là, où se trouvent pourtant plus de vingt-cinq royaumes habités, sans compter les déserts et un gros bras de mer. Mais j'en ai composé un grand livre, intitulé *L'Histoire des Gorgias* [4]. C'est ainsi

1. *Jeux de paume* : voir chap. 5, p. 32, note 4. \ **2.** *Fermettes à l'italienne* : c'était la mode, dans l'aristocratie italienne, de posséder des fermettes et autres maisons de campagne. \ **3.** *L'air y est meilleur* : allusion possible aux montagnes séparant les cantons suisses, favorables aux idées nouvelles, et la France, où règne la censure. \ **4.** *Gorgias* signifie « élégant ». Jeu de mots avec *gorge*. Allusion aussi à Gorgias, le maître sophiste vaniteux, chez Platon, qui trompe les gens par son langage, lequel sort de la gorge.

que je les ai nommés, car ils demeurent dans la gorge de mon maître Pantagruel.

Finalement, je voulus rentrer. Passant sur sa barbe, je me jetai sur ses épaules. Puis, de là, je me laisse tomber et atterris devant lui. Quand il m'aperçut, il me demanda : « D'où viens-tu, Alcofribas ? »

Je lui réponds :

– De votre gorge, messire.

– Et depuis quand y es-tu ? dit-il.

– Depuis que vous êtes parti combattre les Almyrodes.

– Cela fait plus de six mois. Et de quoi vivais-tu ? Que buvais-tu ?

Je réponds :

– Seigneur, la même chose que vous. Je prenais un péage sur les plus excellents morceaux qui passaient par votre gorge.

– D'accord, mais où chiais-tu ?

– Dans votre gorge [1], messire.

– Ha, ha, tu es un bon compagnon. Nous avons, avec l'aide de Dieu, conquis tout le pays des Dipsodes. Je te donne la châtellenie de Salmigondis.

– Grand merci, messire. Vous me faites plus de bien que je ne l'ai mérité.

1. *Dans votre gorge* : il était d'usage de répondre « en votre gorge » à l'insulte « merde »

***Résumé du chapitre 29** : Pantagruel tombe malade. On lui fait avaler des « pilules » de cuivre dans lesquelles se trouvent des hommes chargés de lui nettoyer l'estomac, et qu'il recrache une fois guéri. À la fin figure la conclusion suivante, qui fait l'objet d'un chapitre distinct dans les éditions ultérieures.*

Or, messires, vous venez d'entendre le commencement de l'histoire horrifique de mon maître et seigneur Pantagruel. Je vais mettre fin ici à ce premier livre. La tête me fait un peu mal, et je sens bien que les registres [1] de mon cerveau sont quelque peu brouillés par ce jus de septembre [2]. Vous aurez le reste de l'histoire aux foires de Francfort, qui arrivent bientôt. Là, vous apprendrez comment Panurge se maria et devint cocu dès le premier mois de ses noces ; comment Pantagruel trouva la pierre philosophale [3] avec la manière de l'utiliser ; comment il franchit les monts Caspiens [4] ; comment il navigua sur l'Atlantique, défit les Cannibales et conquit les îles de Perlas [5] ; comment il épousa la fille du roi des Indes nommé Prêtre Jean [6] ; comment il combattit contre les diables, fit brûler cinq chambres d'enfer, mit à sac la grande chambre noire, jeta Proserpine [7] au feu et cassa à Lucifer quatre dents et une corne du cul ; comment il visita les régions de la lune afin de savoir si, véritablement, la lune était entière ou non, et si les femmes en avaient bien trois quartiers dans la tête [8], et mille autres petites joyeusetés toutes authentiques. Ce sont de beaux textes d'évangiles en français [9].

1. *Les registres* : c'est-à-dire les registres d'un orgue : le cerveau d'Alcofribas est accordé comme un orgue. \ **2.** *Ce jus de septembre* : le vin (les vendanges se font en septembre). \ **3.** *Pierre philosophale* : mythe alchimique d'une « pierre » censée transformer la matière vile en or. \ **4.** *Monts Caspiens* : traditionnellement considérés comme la limite du monde connu. \ **5.** *Îles de Perlas* : situées aux Antilles. \ **6.** *Prêtre Jean* : personnage fabuleux, très important dans l'imaginaire de l'époque, symbole des mondes lointains. \ **7.** *Proserpine* : reine des enfers dans la mythologie. \ **8.** *Trois quartiers dans la tête* : sur l'inconstance des femmes, on disait familièrement qu'elles avaient des quartiers de lune dans la tête. \ **9.** *Évangiles en français* : l'expression *parole d'évangile* signifie « vérité indiscutable ». Mais Rabelais fait aussi allusion à la traduction récente des Évangiles en français, condamnée par l'Église.

Bonsoir mes seigneurs. *Pardonnate mi* [1], et ne pensez pas tant à mes fautes qu'aux vôtres. Si vous me dites : « Maître, il semble que vous n'ayez pas été grandement sage de nous écrire ces balivernes et plaisantes moqueries », je vous réponds que vous ne l'êtes guère plus de perdre votre temps à les lire.

Toutefois, si vous les lisez comme un joyeux passe-temps, de même que j'ai joyeusement passé mon temps à les écrire, vous et moi serons bien plus dignes d'être pardonnés qu'un grand tas de sarabaïtes [2], bigots, escargots, hypocrites, cafards, frappards, botineurs [3] et autres telles sortes de gens qui se sont déguisés sous des masques pour tromper le monde. Car, quand ils nous font croire qu'ils ne se consacrent qu'à la contemplation et la dévotion, et pratiquent la macération [4] des sens et le jeûne (en se limitant aux stricts besoins de leurs petits corps), Dieu sait bien, au contraire, quelle bonne chère ils mènent ! Et *curios simulant, sed bacchanalia vivunt* [5]. Vous pouvez le lire en lettres majuscules enluminées sur leurs rouges museaux et leurs grosses bedaines, sauf quand ils se parfument de soufre [6].

Pour ce qui est de leur étude, elle est entièrement consacrée à la lecture des livres pantagruéliques. Mais pas pour passer le temps joyeusement ! Pour nuire méchamment. Comment ? en articulant, monorticulant, torticulant, culletant, couilletant et diablicculant [7], c'est-à-dire en calomniant. Ce faisant, ils ressemblent à ces mendiants de villages qui fouinent et fouillent dans la merde des petits enfants pendant la saison des cerises et des guignes [8],

1. Pardonnate mi : « Pardonnez-moi ». Jargon italien. \ **2.** *Sarabaïtes* : nom de certains moines égyptiens ayant la réputation de mener une vie de débauche. \ **3.** *Botineurs* : porteurs de bottines, autrement dit des moines. \ **4.** *Macération* : dans le vocabulaire ecclésiastique, désigne l'ascèse. \ **5.** Curios simulant, sed bacchanalia vivunt : « ils font semblant d'être des Curius mais leur vie n'est que bacchanales ». *Curius Dentatus* était le type du vieil homme austère. Les *bacchanales* étaient des fêtes tumultueuses données en l'honneur de Bacchus, dieu du vin. \ **6.** *Ils se parfument de soufre* : quand ils se transforment en diables et sentent le soufre. \ **7.** *Diablicculant* : variations comiques sur *articuler*, « rédiger des articles de censure et d'excommunication ». Rabelais vise les censeurs ecclésiastiques. \ **8.** *Guignes* : cerises très sucrées.

à la recherche des noyaux pour les vendre aux pharmaciens qui en font de l'huile de mahaleb[1]. Fuyez ces gens-là, détestez-les et haïssez-les autant que je le fais et, par ma foi, vous vous en trouverez bien. Si vous désirez être de bons pantagruélistes (c'est-à-dire vivre en paix, joie et santé et mener toujours grande chère), ne faites jamais confiance aux gens qui regardent par le trou de la serrure[2].

1. *Huile de mahaleb* : huile d'amandes utilisée en parfumerie. \ **2.** *Gens qui regardent par le trou de la serrure* : ceux qui espionnent pour médire et calomnier, mais aussi ceux qui ont une vision étriquée du monde.

GARGANTUA

La vie inestimable du grand Gargantua,
père de Pantagruel, jadis composée
par l'abstracteur de quintessence.
Livre plein de pantagruélisme

Avis aux lecteurs

Amis lecteurs, qui ce livre lisez,
Dépouillez-vous de toute affection [1]
Et, le lisant, ne vous scandalisez [2].
Il ne contient mal ni infection.
Vrai est qu'ici peu de perfection
Vous apprendrez, si non en cas de rire [3].
Autre argument ne peut mon cœur élire,
Voyant le deuil [4] qui vous mine et consomme [5].
Mieux est de ris [6] que de larmes écrire,
Pour ce que [7] rire est le propre de l'homme.

VIVEZ JOYEUX.

1. *Affection* : préjugé. \ **2.** *Scandaliser* a ici, d'après son sens étymologique de « trébucher », « détourner du bon chemin », le sens chrétien de « perdre la foi ». Voir *infra*, chap. 56, p. 219, note 7. \ **3.** *Si non en cas de rire* : sauf pour ce qui est de rire. \ **4.** *Deuil* : douleur, chagrin. \ **5.** *Consomme* : consume. \ **6.** *Ris* : rire. \ **7.** *Pour ce que* : parce que

Prologue de l'auteur

Buveurs très illustres, et vous, vérolés très précieux (car c'est à vous, à personne d'autre, que sont dédiés mes écrits), Alcibiade, dans le dialogue de Platon intitulé le *Banquet*, au moment de faire l'éloge de son précepteur Socrate, lequel était unanimement reconnu comme le prince des philosophes, dit entre autres compliments qu'il était semblable aux silènes.

Les silènes étaient jadis de petites boîtes comme celles que nous voyons aujourd'hui dans les boutiques des apothicaires, le couvercle décoré de figures amusantes et frivoles telles que harpies, satyres, oisons bridés, lièvres cornus, canes bâtées, boucs volants, cerfs attelés et autres semblables peintures imaginées pour faire rire les gens (Silène, maître du bon Bacchus, était ainsi fait). Toutefois, à l'intérieur, on conserve de fines substances : baume, ambre gris, amomon, musc, civette, pierreries [1] et autres choses précieuses.

Tel était Socrate. Car, en jugeant son aspect et en l'estimant selon son apparence, vous n'en auriez pas donné une pelure d'oignon, tant il était laid et ridicule : le nez pointu, le regard bovin, le visage d'un fou, simple dans ses mœurs, rustique dans ses vêtements, pauvre et infortuné auprès des femmes, inapte à toutes les fonctions de la société, toujours riant, toujours buvant à la santé de chacun, toujours se moquant, toujours dissimulant son divin savoir. Or, en ouvrant cette boîte, vous auriez découvert à l'intérieur une

1. *Pierreries* : les pierres précieuses ont été utilisées en pharmacie jusqu'au XIXe siècle.

substance céleste et inappréciable : intelligence surhumaine, force d'âme incroyable, courage invincible, sobriété sans pareille, complète sérénité, parfaite confiance en soi, mépris absolu envers tout ce pourquoi les hommes veillent, courent, travaillent, naviguent et bataillent.

À votre avis, pourquoi ce prélude et coup d'envoi ? Pour que vous, mes bons disciples (ainsi que quelques autres fous oisifs), lorsque vous lirez les joyeux titres de certains livres imaginés par nous, comme *Gargantua*, *Pantagruel*, *Fessepinte*, *La Dignité des Braguettes*, *Sur les haricots au lard cum commento*[1], etc., vous ne pensiez trop rapidement que leur contenu n'est que moqueries, folâtreries et menteries joyeuses, l'enseigne extérieure de la boutique (c'est le titre) étant généralement interprétée, sans recherche plus approfondie, comme une forme de dérision et de plaisanterie.

Il ne faut pas faire preuve de tant de légèreté lorsque l'on juge les œuvres humaines. Car vous-mêmes dites que l'habit ne fait pas le moine. Celui qui est vêtu d'un habit monacal n'est pas nécessairement moine, et celui qui porte une cape espagnole peut très bien ne pas avoir le cœur d'un Espagnol. C'est pourquoi il faut ouvrir le livre et soigneusement en évaluer le contenu. Vous saurez alors que la substance qu'il contient est d'une bien autre valeur que ce qu'en promettait la boîte. Je veux dire que les matières traitées ici ne sont pas si frivoles que le titre posé dessus le laissait entendre. À supposer que, dans le sens littéral, vous trouviez des matières assez joyeuses et correspondant bien au titre, il ne faut pourtant pas en rester là, comme fasciné par le chant des sirènes[2], mais plutôt interpréter à plus haut sens ce que vous pensiez n'être dit que par esprit de plaisanterie.

1. Cum commento : avec son commentaire.\ **2.** *Le chant des sirènes* : allusion au chant magique des Sirènes qui cherchent à attirer Ulysse dans l'*Odyssée* d'Homère.

N'avez-vous jamais débouché une bouteille ? Nom d'un clébard ! Rappelez-vous votre attitude ! N'avez-vous jamais vu un chien tombant sur un os à moelle ? C'est, comme le dit Platon au livre II de la *République*, la bête la plus philosophe du monde. Si vous l'avez vu, vous avez pu constater avec quelle dévotion il le renifle. Avec quel soin il le garde. Avec quelle ferveur il l'observe. Avec quelle prudence il l'entame. Avec quelle application il le brise. Et avec quelle rapidité il le suce. Qui le pousse à agir ainsi ? Qu'espère-t-il de son travail ? À quel bien prétend-il ? Rien de plus qu'un peu de moelle. Il est vrai que ce *peu* est plus délicieux que tous les *beaucoup*, car la moelle est un aliment que la nature a poussé à perfection, comme le dit Galien [1] au livre III des *Facultés naturelles* et au livre IX de l'*Usage des parties du corps*.

Suivant cet exemple, vous devrez faire preuve de flair, de souplesse dans la poursuite et de hardiesse à l'attaque [2] pour renifler, sentir et juger ces beaux livres de haute graisse. Puis, par une lecture attentive et de fréquentes méditations, rompre l'os et sucer la substantifique moelle (c'est-à-dire tout ce que je suggère au moyen de symboles pythagoriciens), dans l'espoir certain d'être rendu habiles et courageux. Car, dans ce livre, vous trouverez un goût bien différent et un savoir plus caché, qui vous révéleront de très hauts mystères horrifiques concernant tant notre religion que notre vie politique et économique.

Croyez-vous réellement qu'Homère, pendant qu'il écrivait l'*Iliade* et l'*Odyssée*, songeait aux allégories que Plutarque, Héraclite du Pont, Eusthate et Phurnutus ont trouvées dans ses écrits, et que Politien [3] leur a reprises ?

1. *Galien* : célèbre médecin grec. \ **2.** *Vous devrez* [...] *à l'attaque* : Alcofribas développe l'exemple du chien de chasse. \ **3.** *Plutarque* [...] *Politien* : tous ces auteurs ont réellement commenté Homère, sauf Plutarque.

Si vous le croyez, vous n'approchez ni des pieds ni des mains mon opinion. Celle-ci décrète que de telles allégories ont aussi peu été envisagées par Homère, qu'Ovide en écrivant ses *Métamorphoses* a songé aux secrets de l'Évangile. Certes, frère Lubin[1], ce vrai croque-lardon, s'est efforcé de démontrer qu'Ovide y avait effectivement songé, mais il ne s'adressait qu'aux fous comme lui (comme dit le proverbe : *couvercle digne du chaudron*).

Si vous ne le croyez pas, et pour cause, pourquoi n'en feriez-vous pas autant avec mes nouvelles et joyeuses chroniques ? Certes, en les écrivant, je n'y ai pas davantage songé que vous, qui, peut-être, buviez comme moi. Car, à la composition de ce livre seigneurial je n'ai perdu ni employé d'autre temps que celui qui était destiné à l'entretien de mon corps, autrement dit celui de boire et de manger. C'est la meilleure heure pour écrire ces hautes matières et ces sciences profondes. Homère, modèle de tous les philologues[2], et Ennius, père des poètes latins, le savaient bien, comme l'atteste Horace[3] (bien qu'un malotru ait dit que ses poèmes sentaient plus le vin que l'huile[4]).

Une espèce de tirelupin a dit la même chose de mes livres, mais merde à lui ! Le parfum du vin[5] est ô combien plus friant[6], riant, priant, plus céleste et délicieux que celui de l'huile ! Et si on prétend que j'ai dépensé davantage en vin qu'en huile, j'en tirerai autant gloire que Démosthène, quand on disait de lui qu'il dépensait davantage en huile qu'en vin[7].

Je ne tire honneur et gloire que d'être réputé joyeux gaillard et bon compagnon. C'est grâce à cette réputation que je suis

1. *Frère Lubin* : surnom traditionnel donné aux moines débauchés et ignorants. \ **2.** *Philologues* : du grec *philologos*, « qui se livre à des recherches érudites ». Première attestation de ce mot en français. \ **3.** *Comme l'atteste Horace* : Horace dit qu'Homère et Ennius buvaient avant d'écrire. \ **4.** *L'huile* : celle de la lampe qui sert à s'éclairer pour écrire. \ **5.** *Le parfum du vin* : respirer l'odeur du vin était un remède contre la mélancolie attesté par Platon et Aristote. \ **6.** *Friant* : agréable. \ **7.** *Démosthène* [...] *qu'en vin* : Démosthène, orateur grec, était un modèle de sobriété.

le bienvenu parmi les Pantagruélistes. Un esprit chagrin a reproché aux discours de Démosthène de sentir aussi mauvais que le tablier d'un sale et répugnant marchand d'huile. Par conséquent, interprétez donc tous mes actes et mes paroles selon leur perfectissime valeur. Révérez le cerveau caséiforme[1] qui vous nourrit de ces belles billevesées[2]. Et, dans la mesure du possible, considérez-moi avec un esprit joyeux.

À présent, réjouissez-vous, mes amours, et lisez gaiement ce qui suit, pour le bien-être du corps et la santé des reins. Mais écoutez bien, vits d'ânes (que l'ulcère vous fasse boiter !), souvenez-vous de boire à ma santé et, pareillement, je vous rendrai la politesse.

1. *Caséiforme* : en forme de fromage. \ **2.** *Billevesées* : chose vide, pleine de vent.

Chapitre 1

De la généalogie et de l'origine de Gargantua

Je vous renvoie à la grande chronique pantagruéline pour connaître la généalogie et l'origine de Gargantua. Dans celle-ci, vous apprendrez en détail comment les géants vinrent au monde, et comment Gargantua, père de Pantagruel, en descendit en droite ligne. J'espère que cela ne vous fâchera pas si, pour l'instant, je m'abstiens de vous en reparler. Il est vrai que cette matière est telle que, plus elle serait remise en mémoire, plus elle plairait à vos seigneuries. Voyez sur ce point l'autorité de Platon, dans le *Philèbe* et le *Gorgias*, ainsi que celle d'Horace, qui dit que des propos comme ceux-là sont plus délectables lorsqu'ils sont souvent répétés.

Plaise à Dieu que chacun connaisse aussi sûrement sa généalogie, depuis l'arche de Noé jusqu'à maintenant ! Je pense que plusieurs sont aujourd'hui empereurs, rois, ducs, princes et papes en ce monde, alors qu'ils descendent de quelque porteur de reliques [1] ou de fagots. De même, au contraire, plusieurs sont des gueux d'hospice, des souffreteux, des misérables, bien qu'ils soient issus, par le sang et la lignée, de grands rois et empereurs. Cela peut effectivement se produire, vu l'incroyable transfert des règnes et des empires [2], des Assyriens aux Mèdes,

1. *Porteurs de reliques* : il s'agit des moines mendiants, qui portaient sur eux des reliques à l'aide desquelles ils demandaient l'aumône. \ **2.** *L'incroyable transfert des règnes et des empires* : allusion à une théorie humaniste très importante selon laquelle les empires se succèdent en changeant de lieu, de nation, d'empereur. Grâce à cette théorie François Ier tentait de faire valoir ses droits à devenir empereur, contre Charles-Quint.

des Mèdes aux Perses, des Perses aux Macédoniens, des Macédoniens aux Romains, des Romains aux Grecs, des Grecs aux Français.

Et pour ce qui est de moi, qui vous parle, je pense descendre de quelque riche roi ou prince du temps jadis. Car jamais vous n'avez rencontré d'homme plus désireux que moi d'être roi et riche, afin de mener grande chère, ne pas travailler, et enrichir mes amis ainsi que tous les gens honnêtes et savants. Mais je me console sur ce point en pensant que, dans l'autre monde, je le serai, et peut-être même davantage que je n'oserais l'espérer. Consolez-vous donc vous aussi avec cette pensée positive, et buvez frais, autant que faire se peut.

Retournons à nos moutons. Je vous dis que, par un don souverain de Dieu, l'origine et la généalogie de Gargantua nous a été conservée, plus complète que nulle autre. Celle de Dieu [1], je n'en parle pas. Cela n'est pas en mon pouvoir, et puis les diables (ce sont les calomniateurs et les cafards [2]) s'y opposent. Elle fut trouvée par Jean Audeau, dans un pré qu'il possédait près de l'Arceau Galeau, au-dessous de l'Olive, du côté de Narsay [3]. En creusant des fossés, les piocheurs heurtèrent de leurs outils un grand tombeau de bronze. Il était long sans mesure, car ils n'en trouvèrent jamais le bout, il entrait trop profondément dans les écluses de la Vienne.

En l'ouvrant, à un certain endroit marqué d'un gobelet autour duquel était écrit en lettres étrusques [4] *Hic Bibitur* [5], ils trouvèrent neuf flacons disposés de la même façon qu'on place les quilles en Gascogne [6]. Celui du milieu recouvrait un gros,

1. *Celle de Dieu* : du Christ. \ **2.** *Les calomniateurs et les cafards* : il est probable que la censure ecclésiastique n'a pas apprécié la généalogie de Pantagruel, calquée sur celle du Christ, dans *Pantagruel* (voir p. 16). \ **3.** *Arceau Galeau, l'Olive, Narsay* : toponymes authentiques, en Touraine. \ **4.** *Lettres étrusques* : encore aujourd'hui, elles sont quasiment indéchiffrables. Première attestation du mot en français. \ **5.** Hic Bibitur : « Ici l'on boit » (en latin). \ **6.** *Disposés* [...] *quilles en Gascogne* : en carré, sur trois fois trois rangées, une quille isolée au centre.

gras, grand, gris, joli, petit, moisi livret, sentant plus fort, mais pas mieux, que des roses. À l'intérieur on trouva ladite généalogie, transcrite en lettres chancelières [1], non sur du papier, non sur du parchemin, non sur des tablettes de cire, mais sur de l'écorce d'ormeau. Elles étaient toutefois si usées par le temps qu'on pouvait à peine en lire trois d'affilée.

Bien qu'indigne de cette tâche [2], on fit appel à moi. À grand renfort de bésicles, pratiquant l'art de lire les lettres non apparentes tel que l'enseigne Aristote, je déchiffrai cette écriture, comme vous pourrez vous en rendre compte en pantagruélisant, c'est-à-dire en buvant librement et en lisant les exploits horrifiques de Pantagruel. À la fin du livre figurait un petit traité intitulé *Les Fanfreluches antidotées* [3]. Les rats et les blattes, ou (pour ne pas mentir) d'autres méchantes bêtes, avaient rongé le début. J'ai reproduit le reste ci-dessous, par respect pour les antiquités.

Résumé du chapitre 2 : *ce chapitre est constitué par les cent douze vers d'un poème intitulé « Les fanfreluches antidotées trouvées dans un monument antique ». Écrit dans la tradition médiévale de la « grande rhétorique », ce poème reste incompréhensible. Tout juste peut-on y relever quelques allusions au pape et à Charles-Quint.*

1. *Lettres chancelières* : Rabelais dit « lettres cancelleresques », c'est-à-dire lettre du style calligraphique utilisé dans les documents émanant de la chancellerie du Vatican, à partir du XVIe siècle. \ **2.** *Bien qu'indigne de cette tâche* : lieu commun en rhétorique : l'auteur se déclare indigne de la tâche à accomplir. \ **3.** Les Fanfreluches antidotées : littéralement « les inepties, les bagatelles, immunisées par un contre-poison ».

Chapitre 3

Comment Gargantua fut porté onze mois dans le ventre de sa mère

Grandgousier était en son temps un joyeux luron, aimant boire net comme n'importe quel homme qui fût alors au monde. Et il mangeait volontiers salé. À cette fin, il avait ordinairement de bonnes provisions de jambons de Mayence et de Bayonne, force langues de bœuf fumées, abondance d'andouilles de saison et de bœuf salé à la moutarde, quantité de boutargues[1], abondance de saucisses, non de Bologne (car il redoutait le *boucon*[2] des Lombards) mais de Bigorre, de Longaulnay, de la Brenne et du Rouergue[3].

En son âge d'homme, il épousa Gargamelle, fille du roi des Parpaillots[4]. Une belle petite, avec une bonne trogne. Tous les deux, ils faisaient souvent ensemble la bête à deux dos et se frottaient joyeusement leur lard, si bien qu'il l'engrossa d'un beau fils, qu'elle porta jusqu'au onzième mois.

Car les femmes peuvent être enceintes aussi longtemps, et même davantage, surtout quand elles attendent un chef-d'œuvre, un être destiné à accomplir de grandes prouesses de son vivant. Homère dit bien que l'enfant dont la nymphe fut enceinte de Neptune[5] naquit au bout d'un an, au douzième

1. *Boutargues* : œufs de poisson salés. \ **2.** *Boucon* : morceau empoisonné. \ **3.** *Bigorre, Longaulnay, Brenne, Rouergue* : principales régions productrices de saucisses. \ **4.** *Parpaillots* : « Papillons », nom de sauvages légendaires, hostiles à la foi chrétienne. Ce n'est qu'au XVIIe siècle que *parpaillos* désignera les protestants. \ **5.** *La nymphe fut enceinte de Neptune* : Neptune eut deux jumeaux, Pelias et Nélée, de la nymphe Tyro.

mois. Comme le dit Aulu-Gelle[1], au livre III, cette durée si longue convenait à la majesté de Neptune, pour que l'enfant soit formé à perfection. C'est pour la même raison que Jupiter fit durer quarante-huit heures la nuit où il coucha avec Alcmène. Il n'aurait pu forger Hercule, qui débarrassa le monde de monstres et de tyrans, en moins de temps.

Messieurs les anciens Pantagruélistes ont confirmé ce que je dis. Ils ont déclaré non seulement possible, mais aussi légitime, l'enfant né le onzième mois après la mort du mari. Voir :

Hipocrate, *Des aliments*,

Pline, livre VII, chapitre 5[2],

Plaute, *La Cassette*,

Marcus Varron, dans la satire intitulée *Le Testament*, où il allègue l'autorité d'Aristote,

Censorinus, *Du Jour de la naissance*,

Aristote, livre VII, chapires 3 et 4 de *La Nature des animaux*,

Aulu-Gelle au livre III, chapitre 16,

et mille autres fous, dont le nombre a été accru par les légistes : voir loi *De ses propres et légit.*, loi *Sans testam.*, § *Des fils*, et dans les *Authent.*, *Des restitut.*, et *De la femme qui accouche au onz. mois*. Ils en ont barbouillé leur robidilardique[3] loi, la loi *Gallus*, *Des enf. et hér. posth.*, et la septième loi *De la cond. hum.*[4], plus quelques autres, que je n'ose rapporter pour le moment.

Grâce à ces lois, les veuves peuvent librement jouer du serre-croupière, en misant et en prenant des risques, deux mois après le trépas de leurs maris. De grâce, je vous prie, vous autres, mes bons compagnons, si vous en trouvez qui vaillent que l'on se

1. *Aulu-Gelle* : grammairien et compilateur latin ; *au livre III* : des *Nuits attiques.* \ 2. *Livre VII, chapitre 5* : de l'*Histoire naturelle.* \ 3. *Robidilardique* : néologisme rabelaisien, sur *rober*, « voler », « dérober » et *lard.* \ 4. *Des enf. et hér. posth.*, *De la cond. hum.* : on citait les lois de cette manière. Toutes ces lois portent sur la question de savoir si les enfants bâtards peuvent hériter du mari mort.

débraguette, montez dessus et amenez-les moi. Car si elles sont enceintes au troisième mois, leur enfant sera l'héritier du défunt. Et, leur grossesse connue, qu'elles aillent hardiment plus loin. Vogue la galère, puisque la panse est pleine ! Voyez Julie, la fille de l'empereur Auguste[1], qui ne s'abandonnait à ses tambourineurs que lorsqu'elle était enceinte, comme le navire ne reçoit pas son pilote avant d'être calfaté et chargé. Et si quiconque les blâme de se faire rataconniculer[2] ainsi durant leur grossesse, au prétexte que les bêtes, une fois pleines, ne supportent jamais le mâle masculant[3] sur leur ventre, elles répondront qu'elles ne sont pas des bêtes mais des femmes faisant bon usage des menus droits de superfétation[4]. C'est ce que répondit jadis Populie, d'après Macrobe, au livre II des *Saturnales*.

Si le diable ne veut pas qu'elles soient enceintes, il faudra se tordre le fausset[5], et bouche cousue !

Résumé du chapitre 4 : *Grandgousier et Gargamelle, les parents de Gargantua, mangent quantité de tripes pour fêter la prochaine naissance. Ils reçoivent de nombreux invités, qui tiennent de « joyeux propos » tout en festoyant.*

---

1. *La fille de l'empereur Auguste* : elle était célèbre pour ses débauches. \ **2.** *Rataconniculer* : verbe au sens libre, sur *rataconner*, « raccommoder ». \ **3.** *Masculant* : faisant acte de masculinité. \ **4.** *Superfétation* : grossesse s'ajoutant immédiatement à une autre. \ **5.** *Fausset* : petite cheville de bois bouchant le trou fait dans un tonneau pour goûter le vin.

Chapitre 5

Comment Gargantua naquit d'une façon bien étrange

Alors qu'ils tenaient ces menus propos de beuverie, Gargamelle commença à se sentir mal du bas. Grandgousier, qui était allongé dans l'herbe, se leva et alla la réconforter gentiment, pensant que l'enfant arrivait. Il lui dit que, s'étant installée sur l'herbe, sous la Saulaie, elle ferait bientôt *pieds neufs*[1]. Il fallait donc qu'elle reprenne courage en pensant à la naissance de son futur poupon. Même si la douleur était pénible, celle-ci ne durerait pas. La joie qui succéderait lui ferait oublier tous ces désagréments, il ne lui en resterait plus qu'un simple souvenir.

– Je vous le prouve, dit-il. Notre Sauveur déclara, dans l'*Évangile selon Jean*, chapitre 16 : « La femme au moment d'enfanter éprouve de la tristesse, mais lorsqu'elle a enfanté, elle n'a plus aucun souvenir de son angoisse. »

– Ha, dit-elle, comme vous parlez bien. J'aime beaucoup mieux entendre de tels propos que d'écouter la vie de sainte Marguerite ou autre cafarderie[2]. Mais plût à Dieu que vous l'ayez coupé !

– Quoi donc ? demanda Grandgousier.

– Ha, dit-elle, que vous êtes naïf ! Vous me comprenez bien.

---

1. *Pieds neufs* : allusion aux sabots des chevaux qui repoussent lorsqu'on les laisse à l'herbage. Gargamelle va donner naissance à une nouvelle paire de « pieds ». \ **2.** *La vie de sainte Marguerite ou autre cafarderie* : sainte Marguerite, dans les croyances populaires, était censée soulager les douleurs des femmes en couche. Mais les humanistes désapprouvaient de telles superstitions. Voir *Pantagruel*, prologue, p. 10, note 7.

– Mon membre ? Nom d'un chien ! Si cela peut vous sembler bon, qu'on m'apporte un couteau !

– Ha, répondit-elle. Par Dieu, non ! Que Dieu me pardonne, je n'ai pas dit cela sincèrement. N'en tenez pas compte. Mais je vais avoir pas mal de soucis aujourd'hui, si Dieu ne me vient en aide, et tout cela à cause de votre membre, pour que vous soyez bien aise !

– Courage ! Courage ! dit-il. Ne vous en faites pas, laissez faire les quatre bœufs de devant[1]. Je vais aller boire un coup ou deux. Si, pendant ce temps, il vous arrivait quoi que ce soit, je ne serais pas loin. Appelez-moi et j'accourrai.

Peu de temps après, elle commença à soupirer, se lamenter et crier. Immédiatement, un tas de sages-femmes arrivèrent de tous les côtés. En la tâtant vers le bas, elles trouvèrent quelques membranes d'assez mauvais goût et pensèrent que c'était l'enfant. En réalité, c'était le fondement qui lui échappait. L'intestin droit, que vous nommez le boyau culier[2], s'était ramolli à force de manger tant de tripes, ainsi que nous l'avons déclaré plus haut.

Alors une vieille et sale bonne femme de la compagnie, venue de Brisepaille, près de Saint-Genou, soixante ans auparavant, et qui avait la réputation d'être une grande guérisseuse, lui administra un astringent si horrible que tous ses orifices en furent contractés et resserrés. Même avec les dents vous n'auriez pu les élargir, ce qui est une chose bien affreuse à imaginer (c'est de cette façon que le diable, à la messe de saint Martin, pour noter le bavardage interminable de deux commères, allongea son parchemin : en le mordant à pleines dents[3]).

1. *Les quatre bœufs de devant* : les bœufs qui tirent la charrue. Expression courante, signifiant qu'il n'y a plus qu'à laisser les choses se faire. \ **2.** *Boyau culier* : le boyau du cul. \ **3.** *En le mordant à pleines dents* : allusion à la légende de saint Martin : le diable transcrit les ragots de deux commères mais son parchemin n'est pas assez grand ; il l'allonge en tirant dessus avec ses dents, et il se cogne à un pilier..

À cause de ce contretemps, une partie du placenta de la matrice se relâcha. L'enfant le traversa d'un sursaut, entra dans la veine cave et, grimpant par le diaphragme jusqu'au dessus des épaules (là où ladite veine se sépare en deux), continua son chemin vers la gauche puis sortit par l'oreille, de ce même côté.

Dès qu'il fut né, il ne cria pas, comme les autres bébés : « Mies ! mies ! mies ! [1] » Mais, à haute voix, il s'écria : « À boire ! À boire ! À boire ! », comme s'il invitait tout le monde à boire. Et si fort qu'il fut entendu dans tout le pays de Beuxes et le Bibarais [2].

Je suppose que vous ne croyez pas en cette étrange nativité [3]. Si vous n'y croyez pas, je ne m'en soucie guère. Mais un homme de bien, un homme de bon sens, croit toujours ce qu'on lui dit et ce qu'il trouve écrit. Salomon ne dit-il pas, dans *Proverbes*, 14 : *Innocens credit omni verbo* [4], etc. ? Et saint Paul, *Première Épître aux Corinthiens*, 13 : *Caritas omnia credit* [5] ? Pourquoi n'y croiriez-vous pas ? Pour la raison (dites-vous) que vous ne l'avez jamais vu. Je vous réponds que, pour cette seule raison, au contraire, vous devez y croire en foi parfaite. Car les Sorbonnistes disent que la foi est la preuve de ce qu'on ne voit pas.

Est-ce contre notre loi, contre notre foi, contre notre raison, contre les saintes Écritures ? Pour ma part, je ne trouve rien dans la sainte Bible qui s'y oppose. Et si telle avait été la volonté de Dieu, diriez-vous qu'Il n'aurait pu mener à bien cette nativité ? Ha, de grâce ! n'emberlificotez jamais vos esprits

1. *Dès qu'il fut né* [...] *mies !* : allusion à une légende racontée par Hérodote. Le roi égyptien Psammétique, désireux de savoir laquelle des langues était la plus ancienne, la plus « naturelle », fit enfermer dans un isolement total deux nourrissons. Lorsque ceux-ci poussèrent leur premier cri, ce fut le mot *becus*, « pain » en phrygien. D'où, chez Rabelais, en manière de moquerie, les « mie » (pain). \ **2.** *Beuxes, Bibarais* : jeu de mots sur *Vivarais* et *boire*. Beuxes, en Touraine, est un nom qui évoque aussi le verbe *boire*. \ **3.** *Nativité* : avec l'emploi de ce mot, Rabelais fait allusion à la légende selon laquelle le Christ serait né de l'oreille de Marie. \ **4.** *Innocens credit omni verbo* : « Celui qui est simple croit à tout. » \ **5.** *Caritas omnia credit* : « La charité croit tout. »

avec ce genre de pensées stupides. Car je vous dis que, à Dieu, rien n'est impossible. S'Il le voulait, les femmes auraient dorénavant leurs enfants de cette façon, par l'oreille. Bacchus n'est-il pas sorti de la cuisse de Jupiter ? Roquetaillade ne naquit-il pas du talon de sa mère ? Croquemouche de la pantoufle de sa nourrice ? Minerve n'est-elle pas née du cerveau de Jupiter, par l'oreille [1] ? Mais vous seriez bien davantage ébahis et étonnés si je vous exposais maintenant tout le chapitre de Pline sur les naissances étranges et contre nature. Or je ne suis point aussi fieffé menteur que lui ! Lisez le septième chapitre de son *Histoire naturelle*, et ne me cassez plus les pieds.

1. *Bacchus* [...] *par l'oreille* : Rabelais mélange les mythologies antique (Bacchus, Jupiter, Minerve) et populaire (Roquetaillade, Croquemouche).

Chapitre 6

Comment son nom fut attribué à Gargantua, et comment il buvait le pinard[1]

Le bonhomme Grandgousier, qui buvait et s'amusait avec les autres, entendit l'horrible cri qu'avait poussé son fils en entrant dans la lumière de ce monde, quand il bramait : « À boire ! À boire ! À boire ! » C'est pourquoi il répondit : « Que grand tu as[2] ! » (comprenez : le gosier). Entendant cela, les invités déclarèrent que, vraiment, l'enfant devait avoir *Gargantua* pour nom, puisque tel avait été le premier mot de son père au moment de sa naissance, suivant la coutume des anciens Hébreux. Grandgousier accepta, et cela plut beaucoup à Gargamelle.

Pour l'apaiser, on le fit boire à tire-larigot. Puis il fut porté sur les fonts baptismaux, où il fut baptisé, selon la coutume des bons chrétiens. Ensuite, on lui apporta, pour l'allaiter, dix-sept mille neuf cents vaches de Pautille et de Bréhémond[3], car il n'y eut nul moyen de trouver dans tout le pays une nourrice capable de lui donner la grande quantité de lait qui lui était nécessaire.

Cela n'empêcha pas certains savants scotistes[4] d'affirmer que non seulement sa mère l'allaita, mais aussi qu'elle pouvait extraire de ses mamelles mille quatre cent pipes[5] de lait pour chaque lampée. Cela n'est toutefois guère vraisemblable. C'est

1. *Le pinard* : voir *Pantagruel*, chap. 1, p. 14, note 1. \ **2.** « *Que grand tu as* » : « Comme tu l'as grand ! ». \ **3.** *Pautille, Bréhémond* : deux localités authentiques, en Touraine. \ **4.** *Savants scotistes* : du nom de Duns Scot, l'un des plus fameux théologiens scolastiques. \ **5.** *Pipes* : voir *Pantagruel*, prologue, note 5, p. 10.

pourquoi cette affirmation a été déclarée par la Sorbonne scandaleuse, offensante pour les oreilles et sentant de loin l'hérésie[1].

Gargantua resta dans cet état jusqu'à l'âge d'un an et dix mois. Puis, suivant l'avis des médecins, on fabriqua pour le transporter une belle charrette à bœufs, dessinée par Jean Denyau. On le promenait joyeusement là-dedans, de-ci delà. C'était un plaisir de le voir, car il affichait une bonne trogne, avec ses dix-huit mentons. Il ne criait que très rarement, mais il se chiait dessus en permanence, car il était extraordinairement flegmatique[2] des fesses, autant par nature qu'à cause de tout le jus de septembre[3] qu'il avait avalé. Pourtant il n'en buvait pas la moindre goutte sans bonne raison ! Car dès qu'il était dépité, courroucé, fâché ou triste, si jamais il se mettait à trépigner, pleurer, crier, on lui apportait à boire et aussitôt il redevenait normal, tout tranquille et joyeux.

Une de ses gouvernantes m'a confié qu'il avait tellement l'habitude d'agir ainsi, qu'au seul son des verres et des flacons il entrait en extase, comme s'il goûtait aux joies du paradis. De sorte que, voyant cette divine disposition, pour le réjouir dès le matin, ses gouvernantes faisaient tinter des verres devant lui à l'aide d'un couteau, ou des flacons avec leur bouchon, ou des pots avec leur couvercle. À ce son, il devenait tout gai, il s'agitait, et se berçait lui-même, en dodelinant de la tête, en monocordisant[4] des doigts et en baritonnant du cul.

---

1. *C'est pourquoi* [...] *l'hérésie* : Rabelais parodie les formules des censeurs scolastiques. *Scandaleux* est à prendre au sens théologique : « qui fait perdre la foi ». \ **2.** *Flegmatique* : terme emprunté au langage médical. Ambroise Paré, médecin du XVIe siècle, explique que les flegmatiques rejettent beaucoup d'excréments. \ **3.** *Jus de septembre* : voir *Pantagruel*, chap. 1, p. 15, note 6. \ **4.** *En monocordisant* : jouer d'un instrument à une seule corde.

Résumé des chapitres 7 à 12 : *les chapitres 7 à 9 sont consacrés à l'habillement de Gargantua, avec le symbolisme des couleurs de sa « livrée » (vêtement princier). Les chapitres 10 et 11 racontent l'enfance du géant, sa manière de jouer, de se vautrer dans les fanges, etc., et de jouer des tours aux seigneurs du royaume rendant visite à son père. Dans le chapitre 12, il invente une excellente manière de se torcher le cul : au moyen d'un oison bien duveteux. Cette invention impressionne Grandgousier.*

Chapitre 13

Comment Gargantua fut instruit par un théologien[1] *en lettres latines*

Après avoir entendu ces propos, le bonhomme Grandgousier fut transporté d'admiration en considérant le haut sens et l'extraordinaire intelligence de son fils Gargantua. Il dit à ses gouvernantes :

– Philippe, roi de Macédoine, découvrit le bon sens de son fils Alexandre[2] en le voyant mener adroitement un cheval. Car ce cheval était si terrible et hors de lui que nul n'osait monter dessus. Il faisait chuter tous ses cavaliers. À l'un il brisait le cou, à l'autre les jambes, à l'autre la cervelle, à l'autre les mâchoires. Alexandre, alors qu'il se trouvait dans l'hippodrome (c'était le lieu où l'on faisait manœuvrer et voltiger les chevaux), s'aperçut que la fureur du cheval ne venait que de la frayeur que lui causait son ombre. Il se mit alors en selle, et le fit galoper contre le soleil, de sorte que l'ombre tombait derrière lui. Par ce moyen, il rendit le cheval aussi docile qu'il le désirait. C'est à cela que son père s'aperçut de la divine intelligence qu'il portait en lui. Il le fait alors très bien éduquer par Aristote, qui était à l'époque considéré comme le plus grand philosophe de Grèce.

« Mais je vous dis que, grâce à la seule discussion que je viens d'avoir devant vous avec mon fils Gargantua, je m'aperçois que

---

1. *Par un théologien* : Rabelais attaque ici les censeurs de la faculté de théologie (la Sorbonne, à l'époque). Dans les éditions ultérieures, il remplacera prudemment ce mot par *sophiste*. \ **2.** *Alexandre* : il s'agit d'Alexandre le Grand. L'anecdote qui va suivre est célèbre.

son intelligence procède de quelque divinité, tant je la vois aiguë, subtile, profonde, et mesurée. Il parviendra à un degré souverain de sagesse s'il est bien instruit. Par conséquent, je veux le confier à un savant, pour qu'il l'éduque selon ses capacités. Et je ne regarderai pas à la dépense.

Ainsi, on lui recommanda un grand savant théologien, nommé Maître Thubal Holoferne[1], qui lui apprit si bien son alphabet qu'il le récitait par cœur et à l'envers. Cela l'occupa cinq ans et trois mois. Puis il lui lut Donat, le *Facet*, le *Théodolet* et Alanus *in parabolis*[2]. Et cela l'occupa treize ans, six mois et deux semaines.

Mais notez que, pendant ce temps, il lui apprenait à écrire en lettres gothiques[3]. Gargantua devait recopier lui-même ses livres, car l'art de l'imprimerie n'était pas encore inventé. Pour cela, il portait habituellement une grosse écritoire, pesant plus de sept mille quintaux, dont l'étui[4] était aussi gros et grand que les gros piliers d'Ainay[5]. L'encrier, qui avait la capacité d'un tonneau, y était suspendu par de grosses chaînes de fer.

Puis il lui lut le *De modis significandi*[6], avec les commentaires de Heurtebise, de Jean le Veau, de Billonio, Brelingandus[7]. Cela l'occupa plus de dix-huit ans et onze mois. Et il le sut si bien que, mis à l'épreuve, il le récitait par cœur et à l'envers. Et il prouvait ainsi sur ses doigts, à sa mère, que *de modis significandi non erat scientia*[8].

---

1. *Thubal Holoferne* : *thubal* signifie « confusion » en hébreu, et *holoferne* est le nom d'un cruel persécuteur des Juifs. \ **2.** *Alanus* in parabolis : *Les Paraboles* d'Alain : liste d'ouvrages scolaires très répandus depuis le Moyen Âge, symboles de la bêtise et de l'obscurantisme pour les humanistes, ainsi que les autres livres auxquels ce chapitre fait allusion. \ **3.** *Lettres gothiques* : voir *Pantagruel*, chap. 8, p. 37, note 4. \ **4.** *Étui* : pour ranger les plumes. \ **5.** *Ainay* : Saint-Martin d'Ainay, cathédrale lyonnaise. \ **6.** *De modis significandi* : « Les modes de signifier », traité de grammaire médiévale. \ **7.** *Heurtebise* [...] *Brelingandus* : sobriquets traditionnels. \ **8.** *De modis significandi non erat scientia* : « les modes de signifier ne sont pas une science ». L'ironie consiste à dénigrer cette forme de savoir en utilisant le latin, langue dans laquelle ces traités sont écrits. « idiot », un idiot à qui on a passé une bride.

Puis il lui lut le *Comput*[1], ce qui l'occupa bien seize ans et deux mois, jusqu'à la mort de son précepteur, laquelle survint en l'an mille quatre cent vingt, d'une vérole qui lui vint.

Après il eut un autre vieux tousseur, nommé Maître Jobelin Bridé[2], qui lui lut Hugutio, Hébrard, le *Grecisme*, le *Doctrinal*, les *Pars*[3], le *Quid est*[4], le *Supplementum*[5], Marmotret, *De moribus in mensa servandis*[6], *Seneca de quatuor virtutibus cardinalibus*[7], *Passaventus cum commento*[8], et *Dormi secure*[9]. Et quelques autres de la même farine, à la lecture desquels il devint tellement sage que jamais plus nous n'en avons enfourné de pareils.

1. *Comput* : calendrier populaire très répandu, contenant des vies de saints, des remèdes « de bonne femme », etc. \ **2.** *Jobelin Bridé* : *jobelin* signifie « idiot » à qui on a passé une bride. \ **3.** *Les* Pars : *Les Parties*, ouvrage de rhétorique. \ **4.** *Le* Quid est : le *Qu'est-ce que c'est ?*, manuel scolaire, sous forme de questions-réponses. \ **5.** *Le* Supplementum : le *Supplément*. \ **6.** De moribus in mensa servandis : *Sur la façon de se tenir à table*. \ **7.** Seneca de quatuor virtutibus cardinalibus : *Les Quatre Vertus cardinales* de Sénèque. \ **8.** Passaventus cum commento : *Passavent avec son commentaire. Passavent* : moine auteur d'un ouvrage de piété. \ **9.** Dormi secure : le *Dors en paix*, recueil de sermons.

Chapitre 14

Comment Gargantua fut placé sous l'autorité d'autres professeurs

Son père s'aperçut qu'il étudiait vraiment très bien, et qu'il y consacrait tout son temps, mais qu'il ne progressait en rien. Pire, il en devenait complètement fou, stupide, rêveur et crétin !

Il s'en plaignit à Dom Philippe des Marais, vice-roi de Papeligosse [1], en déclarant que mieux valait ne rien étudier plutôt que d'étudier de tels livres avec de tels professeurs, car leur savoir n'était que bêtise et leur sagesse ne valait pas plus qu'une paire de moufles : ils abâtardissaient les bons et nobles esprits, et abîmaient toute fleur de jeunesse.

– Oui, et en voici la preuve, lui dit Dom Philippe des Marais. Faites venir l'un de ces jeunes gens d'aujourd'hui, même s'il n'étudie que depuis deux ans. S'il ne fait pas preuve d'un meilleur jugement, de meilleures paroles, de meilleurs propos, de meilleure courtoisie et tenue en société que votre fils, vous pourrez dire à tout le monde que je ne suis qu'un taille-jambon [2] de la Brenne.

L'idée plut beaucoup à Grandgousier, et il donna des ordres en conséquence.

Le soir, pendant le souper, ledit des Marais fit entrer l'un de ses jeunes pages, nommé Eudémon [3]. Celui-ci était

1. *Papeligosse* : pays légendaire. \ **2.** *Un taille-jambon* : un bon à rien. \ **3.** *Eudémon* : en grec : « heureux, doué »

tellement bien coiffé, tellement tiré à quatre épingles, tellement pomponné, tellement élégant dans son maintien, qu'il ressemblait davantage à un petit angelot qu'à un homme.

– Voyez-vous ce jeune enfant ? dit-il à Grandgousier. Il n'a pas encore seize ans. Voyons, si vous êtes d'accord, quelle différence il y a entre le savoir de vos rêveurs matéologiens[1] du temps jadis, et celui des jeunes gens d'aujourd'hui.

L'épreuve plut à Grandgousier, et il ordonna que le page propose[2].

Alors Eudémon, après avoir demandé la permission de son maître le vice-roi, le bonnet à la main, le visage avenant, la bouche vermeille, le regard ferme et posé sur Gargantua, plein de juvénile modestie, bien droit sur ses pieds, commença à louer et glorifier le jeune géant, premièrement sur sa vertu et ses bonnes mœurs, deuxièmement sur son savoir, troisièmement sur sa noblesse, quatrièmement sur la beauté de son corps. Ensuite, il l'exhorta avec douceur à vénérer comme il se doit son père, lequel prenait tant de soin à le faire instruire correctement. Pour finir, il le pria de bien vouloir le garder comme serviteur. Car il n'espérait pour l'heure d'autre cadeau du ciel que la grâce de lui plaire par quelque service qui lui fût agréable.

Tout ce discours fut accompagné de gestes si appropriés, avec une prononciation si claire, une voix si éloquente, un langage si fleuri et dans un si bon latin, qu'Eudémon ressemblait plus à un Gracchus, un Cicéron ou un Paul-Émile[3] de l'Antiquité qu'à un jeune homme de ce siècle.

Mais toute la contenance de Gargantua fut de se mettre à pleurer comme une vache. Il se cacha le visage derrière son

---

1. *Matéologiens* : vient de *mateologos* qui, en grec, signifie « celui qui dit des stupidités ». Rabelais change le suffixe et en fait un mot-valise, où l'on retrouve *théologien*. \ **2.** *Propose* : terme de rhétorique. *Proposer* signifie « faire un exposé argumenté ». \ **3.** *Gracchus*, *Cicéron*, *Paul-Émile* : liste de célèbres orateurs romains, modèles d'éloquence.

bonnet, et il ne fut pas plus possible d'obtenir un mot de lui qu'un pet d'un âne mort.

Son père en fut si courroucé qu'il voulut tuer Maître Jobelin. Mais ledit des Marais l'en empêcha en lui faisant une belle remontrance, de sorte que sa colère en fut atténuée. Alors il ordonna que Jobelin soit payé, qu'on le fasse chopiner théologalement [1], puis qu'il s'en aille à tous les diables. « Au moins, dit-il, il ne coûtera pas cher à son hôte aujourd'hui, si par hasard il mourait saoul comme un Anglais [2] ! »

Maître Jobelin une fois parti, Grandgousier demanda au vice-roi quel précepteur on pourrait donner à Gargantua. Il fut décidé que l'on confierait cette tâche à Ponocrates, pédagogue d'Eudémon, et que, tous ensemble, ils iraient à Paris pour voir comment étudiaient les jeunes Français de nos jours.

Résumé du chapitre 15 : *Gargantua part avec sa troupe vers Paris, juché sur sa jument, « la plus énorme, la plus grande et la plus monstrueuse » qui ne fût jamais vue. En chemin, cette jument chasse les frelons en agitant la queue, et abat tous les arbres. Gargantua trouvant « beau ce » nouvel endroit, il le nomme Beauce.*

1. *Théologalement* : « conformément aux vertus théologales » (foi, espérance et charité) ou « comme un théologien ». \ **2.** *Être saoul comme un Anglais* était alors un proverbe.

Chapitre 16

Comment Gargantua paya sa bienvenue aux Parisiens, et comment il s'empara des grosses cloches de l'église Notre-Dame

Après quelques jours de repos, il visita la ville. Tous le regardèrent avec une grande admiration. Car le peuple de Paris est tellement sot, stupide et imbécile de nature qu'un bateleur, un porteur de reliques [1], un mulet couvert de clochettes, un joueur de vielle [2] au milieu d'un carrefour rassembleront plus de gens que ne le ferait un bon prédicateur évangélique [3].

Les Parisiens le poursuivirent et l'importunèrent tant qu'il fut contraint de se réfugier sur les tours de l'église Notre-Dame. Installé à cet endroit, voyant tous ces gens aux alentours qui le regardaient, il se dit d'une voix claire : « Je crois que ces grossiers personnages veulent que je leur fasse un cadeau de bienvenue et que leur accorde mon *proficiat* [4]. C'est justifié. Je vais leur offrir à boire. Mais ce ne sera que par ris [5]. »

Alors, en souriant, il déboutonna sa belle braguette et, tirant son membre en l'air, il les compissa si violemment qu'il en noya deux cent soixante mille quatre cent dix-huit, sans compter les femmes et les petits enfants. Certains parvinrent

---

1. *Porteur de reliques* : voir chap. 1, p. 117, note 1. \ **2.** *Vielle* : instrument dont les cordes sont frottées en tournant une manivelle. Il s'agit d'un musicien ambulant. \ **3**. Prédicateur évangélique : prédicateur qui revient à la traduction de l'Évangile. \ **4.** Proficiat : don que l'on faisait à un évêque pour lui souhaiter la bienvenue. \ **5.** *Par ris* : jeu de mots, entre *par ris* (« par des rires ») et *Paris*.

échapper de ce pisse-fort en prenant leurs jambes à leur cou. Quand ils furent tout en haut du quartier de l'Université[1], suant, toussant, crachant et hors d'haleine, ils se mirent à jurer et à renier Dieu : « Par les plagues bieu[2] ! Je renie bieu ! Frandienne[3] ! Vois-tu bin la mer dé[4] ? Po cab de bious[5] ! Das dich gots leyden schend, ja martre schend[6] ! Par le ventre de saint Quenet ! Vertus guoy[7] ! Par saint Fiacre de Brie ! Par saint Treignant ! Je fais vœu à saint Thibaud ! Pasques Dieu[8] ! Le bon jour de Dieu ! Le diable m'emporte ! Carimari carimara[9] ! Par saint Andouille[10] ! Par saint Godegrin, qui fut martyrisé au moyen de pommes cuites ! Par l'apôtre saint Foutin[11] ! Nê diâ mà diâ[12] ! Par sainte Mamie, nous sommes baignés par ris ! »

C'est depuis ce jour-là que la ville fut nommée *Paris*, car auparavant on la nommait *Lutèce* (comme le dit Strabon[13], livre IV), c'est-à-dire « blanchette » en grec, à cause de la blancheur des cuisses des dames de ce lieu[14]. Et parce que, au moment de cette nouvelle imposition[15] du nom, chacun jura par les saints de sa paroisse, Joaninus de Barranco, *libro de copiositate reverentiarum*[16], estima que les Parisiens, qui sont faits de toutes sortes de gens

---

1. *Quartier de l'Université* : c'est-à-dire sur la montagne Sainte-Geneviève. \ **2.** *Par les plagues bieu* : « Par les plaies de Dieu ». *Bieu* est une déformation superstitieuse de *Dieu*. Tous les jurons qui vont suivre (supprimés des éditions ultérieures) montrent les Parisiens insultant Dieu et préférant invoquer, par superstition, les saints. \ **3.** *Frandienne* : autre déformation, de *sandienne* (« par le sang de Dieu »). \ **4.** *La mer dé* : jeu sur *la mère de Dieu* et *la merde*. \ **5.** *Po cab de bious* : « Par la tête de Dieu ». Juron gascon. \ **6.** *Das dich* [...] *schend* : « Que la passion de Dieu te confonde ». Juron des lansquenets, mercenaires allemands de François Ier. \ **7.** *Vertus guoy* : « Par la vertu de Dieu ». \ **8.** *Pasques Dieu* : juron de Louis XI ; le *bon jour de Dieu* : juron de Charles VIII ; *le diable m'emporte* : juron de Louis XII. \ **9.** Carimari carimara : juron formule magique extrait de la *Farce de Maître Pathelin*. \ **10.** *Saint Andouille* : ce saint n'existe évidemment pas, l'andouille étant ici un symbole phallique. \ **11.** *Saint Godegrin*, *saint Foutin* : saints imaginaires. \ **12.** *Nê diâ mà diâ* : dans le *Quart Livre*, Rabelais explique que ce juron signifie : « Non, par Jupiter ! Oui, par Jupiter ! » \ **13.** *Strabon* : célèbre géographe grec. \ **14.** *C'est-à-dire* [...] *de ce lieu* : étymologie fantaisiste, qui rapproche le nom antique de Paris, *Lutèce*, du grec *leukos* (« blanc »). \ **15.** *Nouvelle imposition* : voir *Pantagruel*, chap. 2, p. 23, note 6. \ **16.** Libro de copiositate reverentiarum : « au livre sur *L'Abondance des marques de respect* ». Le livre et son auteur sont imaginaires.

et de pièces rapportées, et sont par nature bons jureurs, bons juristes et quelque peu vaniteux, sont appelés en grec *Parrhésiens*[1], c'est-à-dire « ceux qui parlent avec arrogance ».

Ensuite, Gargantua remarqua les grosses cloches qui se trouvaient sur les tours, et les fit sonner bien harmonieusement. Il pensa alors qu'elles pourraient servir de clochettes au cou de sa jument, qu'il voulait renvoyer à son père chargée de fromages de Brie et de harengs frais. Il les emporta donc en son logis.

Puis arriva un commandeur jambonnier de l'ordre de saint Antoine, qui venait faire sa quête suille[2]. Pour mieux être entendu de loin, et pour faire trembler le lard dans le garde-manger, il voulut les emporter discrètement. Mais, par honnêteté il les laissa sur place, non pas parce qu'elles étaient trop chaudes, mais parce qu'elles étaient trop lourdes. Ce jambonnier n'était pas celui de Bourg, car ce dernier est un de mes bons amis[3].

Toute la ville se souleva, car vous savez que les Parisiens se rebellent si facilement que les nations étrangères s'étonnent de la patience des rois de France, qui devraient réprimer ces séditions par voie de justice, vu les problèmes qu'elles créent chaque jour. Plaise à Dieu que je connaisse l'endroit où sont manigancés tous ces complots et autres séditions, afin que je les dévoile aux confréries de ma paroisse !

Croyez bien que le lieu où se massa le peuple en grand désordre et agitation[4] était la Sorbonne, là où se trouvait alors

1. *Parrhésiens* : mot grec signifiant « arrogance », « liberté de langage ». \ **2.** *Un commandeur* [...] *quête suille* : saint Antoine était souvent représenté en compagnie d'un cochon. Les moines de l'ordre des antonins, qui avaient la réputation de soigner les porcs, étaient donc comiquement associés au jambon. Celui-ci vient se faire payer pour ses talents de vétérinaire ; la quête *suille* est la quête du porc (latin *sus*, « porc »). \ **3.** *Ce jambonnier* [...] *bons amis* : allusion à Antoine du Saix, aumônier antonin (qui se nomme lui-même *jambonnier*) et ami de Rabelais. \ **4.** *En grand désordre et agitation* : le texte original dit *tout folfré et habaliné*, mais ces mots ont un sens obscur.

(car à présent il n'y est plus) l'oracle de Lutèce. Là, on proposa[1] l'affaire, ce qui permit de démontrer les inconvénients de la perte des cloches. Après avoir bien ergoté *pro et contra*[2], on conclut en *baralipton*[3] que l'on enverrait le plus vieux et le plus prétentieux représentant de la faculté de théologie auprès de Gargantua, afin de lui démontrer l'horrible inconvénient que représentait la perte de ces cloches. Ainsi, bien que certains membres de l'Université prétendirent que cette tâche incombait davantage à un orateur qu'à un théologien[4], ce fut notre Maître[5] Janotus de Bragmardo[6] qu'on envoya.

1. *Proposer* : voir chap. 14, p. 138, note 2. \ **2.** *Après avoir bien ergoté* pro et contra *: ergoter* désigne le fait de parler en utilisant *ergo* (« donc »), formule habituelle des argumentations scolastiques. La méthode en *pro et contra* (« pour et contre ») consiste à exposer la « thèse » puis l'« antithèse ». \ **3.** Baralipton : formule mnémotechnique destinée à se remémorer les différentes constructions du raisonnement logique appelé « syllogisme ». Voir *Pantagruel*, note 2, p. 86, chap. 24. \ **4.** *Théologien* : voir chap. 13, p. 133, note 1 ; remplacé ultérieurement par *sophiste*. \ **5.** *Maître* : traduction littérale, et comique, du titre porté par les théologiens : *Magister noster*. \ **6.** *Janotus de Bragmardo* : *Jean*, *Jan* et *Janot* sont des surnoms fréquemment employés pour désigner les idiots, les cocus, etc. Quant à *braquemart*, il désigne à l'époque une épée, mais Rabelais l'emploie souvent dans un sens plus libre. On pourrait traduire ce nom par « Maître Jean Tête-de-Nœud ».

Chapitre 17

Comment Janotus de Bragmardo fut envoyé pour récupérer les grosses cloches chez Gargantua

Maître Janotus, coiffé à la césarine [1], vêtu de son liripipion [2] théologal, l'estomac bien immunisé avec de la confiture de coings et de l'eau bénite de cave [3], se rendit au logis de Gargantua, poussant devant lui trois vedeaux [4] à rouge museau, et traînant derrière lui cinq ou six maîtres inertes [5] bien abondamment crottés.

Ponocrates les croisa à leur arrivée. Il éprouva une grande frayeur en les voyant ainsi accoutrés, car il crut avoir affaire à une bande de déguisés complètement fous. Puis il demanda à l'un des maîtres inertes de la bande ce que signifiait cette mascarade. Il lui fut répondu qu'ils venaient récupérer leurs cloches.

Cette requête entendue, Ponocrates alla prévenir Gargantua, afin qu'il prépare sa réponse et décide ce qu'il convenait de faire. Aussitôt Gargantua réunit son précepteur Ponocrates, son maître d'hôtel Philotomie [6], son écuyer Gymnaste, et Eudémon, puis convint avec eux brièvement de ce qu'il fallait répondre. Tous furent d'avis de conduire la bande à la cave et de les faire boire théologalement [7]. Pendant qu'ils chopineraient,

---

1. *Coiffé à la césarine* : « coiffé comme Jules César », c'est-à-dire : chauve. \ **2.** *Liripipion* : du latin *liripipium*, capuchon porté par les *magistri nostri*. \ **3.** *De la confiture* [...] *de cave* : périphrases comiques désignant le pain et le vin. \ **4.** *Vedeaux* : mot-valise, sur *bedeau* (« huissier ») et *veau*. \ **5.** *Maîtres inertes* : jeu de mots sur *magistri in artes* (« maîtres es arts ») : voir *Pantagruel*, chap. 15, p. 52, note 3. \ **6.** *Philotomie* : nom grec signifiant « qui aime trancher ». \ **7.** *Théologalement* : voir chap. 14, p. 139, note 1.

on irait chercher le maire de la ville, le recteur de l'Université, et le vicaire de l'évêque, auxquels on rendrait les cloches avant que le théologien ne fasse son discours. De cette façon, ce tousseur[1] ne tirerait aucune vaine gloire[2] du succès de sa mission. Ensuite, on écouterait tous ensemble sa belle harangue.

On fit ainsi. Dès que les susdits arrivèrent, on fit entrer le théologien dans la grande salle, et il fit le discours qui voici, en toussant.

Résumé du chapitre 18 : *la harangue de Janotus de Bragmardo n'est qu'une suite de propos incohérents en français et en mauvais latin.*

1. *Tousseur* : celui qui tousse. \ **2.** *Aucune vaine gloire* : voir *Pantagruel*, chap. 17, p. 61, note 6.

Chapitre 19

Comment le théologien emporta son drap, et comment il se trouva en procès contre les Sorbonnistes

Le théologien avait à peine achevé que Ponocrates et Eudémon éclatèrent de rire, si fort qu'ils pensèrent rendre l'âme à Dieu, tout comme moururent à force de rire Crassus (en voyant un âne couillu qui mangeait des chardons) et Philémon (en regardant un âne manger les figues du dîner[1]).

Maître Janotus commença alors à rire avec eux à qui mieux mieux. Ils rirent tant que les larmes leur vinrent aux yeux par suite du violent traumatisme subi par la substance du cerveau, qui fit naître et s'écouler les humeurs[2] lacrymales le long des nerfs optiques.

Ces rires une fois apaisés, Gargantua demanda leur avis à ses compagnons sur ce qu'il convenait de faire. Ponocrates estima qu'il fallait redonner à boire à ce magnifique orateur. Et, puisqu'il les avait bien divertis et fait davantage rire que Songecreux[3], il fallait aussi lui offrir les dix empans[4] de saucisse mentionnés au cours de cette joyeuse harangue, en ajoutant une paire de chausses, trois cents bûches de gros bois à brûler, vingt-cinq muids[5] de vin, un lit à triple couche de plume d'oie et une écuelle bien profonde, toutes choses qu'il disait nécessaires à sa vieillesse.

---

1. *Tout comme* [...] *du dîner* : exemples traditionnels de personnages morts de rire. Les traités de médecine de la Renaissance s'intéressent beaucoup au rire.\ **2.** *Humeurs* : voir *Pantagruel*, chap. 15, p 55, note 5. \ **3.** *Songecreux* : célèbre comédien comique de l'époque. \ **4.** *Empan* : distance entre le pouce et le petit doigt de la main ouverte. \ **5.** *Muids* : très grands tonneaux.

On fait ainsi. Néanmoins, Gargantua doutait que l'on puisse trouver si vite des chausses adaptées aux jambes de l'orateur. Il se demandait aussi quel modèle lui conviendrait mieux : avec une martingale (pour fianter plus facilement), à la marinière (pour mieux soulager ses rognons), à la Suisse (pour tenir sa bedaine au chaud), ou bien à queue de morue [1] (pour éviter de lui échauffer les reins) ? Il lui fit donc livrer sept aunes de tissu noir et trois de blanc, pour la doublure. Le bois fut transporté par des gagne-petit, les maîtres es arts portèrent les saucisses et l'écuelle, Maître Janot se chargea du tissu.

Mais l'un des petits maîtres, un nommé Jousse Bandouille, voulut lui démontrer que cela n'était pas convenable, ni conforme à l'état de théologien, et qu'il devait donner ce tissu à l'un d'entre eux.

– Ha, répondit Janotus, baudet ! baudet ! Tu ne conclus point *in modo et figura* [2]. Voilà donc à quoi te servent les *suppositions* et les *Parva logicalia* [3]. *Panus, pro quo supponit* [4] ?

– Confuse et distributive, dit Bandouille.

– Je ne te demande pas, dit Janotus, baudet, *quomodo supponit*, mais *pro quo*. C'est, baudet, *pro tibiis meis* [5]. Et par conséquent je le porterai *egomet, sicut suppositum portat adpositum* [6].

Ainsi emporta-t-il son tissu en tapinois, comme Patelin emporta son drap [7].

1. *Queue de morue* : chausses fendues par derrière, avec deux pans. \ **2.** In modo et figura : « en mode et en figure », c'est-à-dire conformément aux usages de l'argumentation scolastique. \ **3.** *Parva logicalia* : il s'agit du traité de logique *Éléments de logique*.\ **4.** Panus, pro quo supponit ? : « un pan d'étoffe, à quoi se rapporte-t-il ? » \ **5.** Pro tibiis meis : « pour mes tibias ». Janotus ne demande pas la nature du rapport logique (*quomodo*) mais sa destination (*pro quo*), ce qui permet de passer comiquement de l'abstrait au concret (ses tibias). \ **6.** Egomet, [...] adpositum : « je le porterai moi-même, comme la substance porte l'accident ». La substance est le support des qualités ou « accidents », c'est-à-dire des modifications, des caractéristiques formelles. \ **7.** *Patelin emporta son drap* : dans la *Farce de Maître Patelin*, l'avocat Patelin emporte chez lui le drap qu'il a pris par ruse chez le drapier.

Mais le meilleur fut lorsque le tousseur, plein de gloriole, lors d'une assemblée à la Sorbonne, réclama ses chausses et ses saucisses. Car elles lui avaient été péremptoirement confisquées, pour la raison qu'il les avait obtenues de Gargantua. Il leur démontra que, ce don ayant été réalisé librement et gratuitement, ils n'étaient nullement dispensés de les lui restituer. Mais ils lui répondirent qu'il n'en aurait pas une miette et qu'il devait se faire une raison.

– Raison ? dit Janotus. Nous n'en faisons guère usage ici ! Misérables traîtres, vous ne valez rien ! La terre ne porte pas de gens plus méchants que vous. Je le sais bien, ne clochez pas devant les boiteux : j'ai pratiqué la méchanceté avec vous. Par la rate de Dieu, je préviendrai le Roi des abus énormes qui sont forgés ici de vos propres mains ! Et que je devienne lépreux s'il ne vous fait pas tous brûler comme une bande de bougres, de traîtres, d'hérétiques et de tentateurs. Vous êtes tous des ennemis de Dieu et de la vertu !

À ces mots, ils rédigèrent des articles [1] contre lui. Lui, de son côté, les fit ajourner. Par conséquent, le procès fut porté devant la Cour de Justice. Et il y est encore. Les Sorbonnicoles firent vœu de ne pas se décrotter, et Maître Janot avec ses partisans fit vœu de ne pas se moucher, jusqu'à ce que le verdict soit rendu. À cause de ces vœux, ils sont toujours à l'heure actuelle crotteux et morveux. Car la Cour n'a pas encore bien examiné toutes les pièces du dossier. Le verdict sera donc rendu aux prochaines calendes grecques, c'est-à-dire : jamais [2].

Vous savez en effet que ces gens font davantage que la Nature, et même qu'ils agissent contre leurs propres articles [3].

1. *Articles* : actes d'accusation. Voir *Pantagruel*, chap. 28, p. 105, note 6. \ **2.** *Le verdict sera* […] *jamais* : les calendes, premier jour de chaque mois chez les Romains, n'existent pas dans le calendrier grec. Rabelais attaque ici la lenteur des procès. \ **3.** *Articles* : ici, les articles de la foi. Voir *Pantagruel*, chap. 15, p. 52, note 6.

Car les articles de l'Université de Paris proclament que seul Dieu est capable de faire des choses infinies. La Nature n'a jamais produit quoi que ce soit d'immortel, elle met une fin et un terme à tout : *omnia orta cadunt*[1], etc. Pourtant ces avaleurs de brouillards[2] rendent les procès infinis et immortels. Ainsi faisant, ils confirment la fameuse parole de Chilon le Lacédémonien, consacrée par le temple de Delphes[3], selon laquelle Misère est compagne des procès, et les plaideurs bien malheureux, puisqu'ils voient arriver la fin de leur vie plus vite que la reconnaissance de leurs droits.

Résumé du chapitre 20 : *Ponocrates observe la manière d'étudier et de se nourrir de Gargantua, enseignée par ses « précepteurs sorbonagres » : le jeune géant perd son temps dans des activités stupides et des repas interminables.*

1. Omnia orta cadunt : « tout ce qui naît meurt ». Voir *Pantagruel*, chap. 8, p. 36, note 2. \ **2.** *Brouillards* : les brouillards du petit matin, car il fallait se lever très tôt pour assister aux séances du palais de justice. \ **3.** *La fameuse (...) de Delphes* : les adages de Chilon, l'un des sept sages de la Grèce, étaient gravés sur le temple de Delphes, notamment *Nosce te ipsum*, « Connais-toi toi-même ».

Chapitre 21

Comment Gargantua fut éduqué par Ponocrates, selon une méthode telle qu'il ne perdait aucune heure de la journée

Quand Ponocrates prit connaissance du mode de vie erroné de Gargantua, il décida de lui enseigner autrement les belles-lettres. Mais, durant les premiers jours, il le laissa agir à sa guise, considérant que la nature ne supporte pas de changements brutaux sans grande violence[1].

Afin de mieux commencer sa tâche, il pria un savant médecin de l'époque, nommé Maître Théodore[2], de remettre Gargantua sur une meilleure voie. Ce médecin le purgea donc selon les règles, avec de l'ellébore d'Anticyre[3] et, à l'aide de ce médicament, lui nettoya le cerveau de toutes ses mauvaises et pernicieuses ha0bitudes. C'est aussi par ce moyen que Ponocrates lui fit oublier tout ce qu'il avait appris avec ses anciens précepteurs, comme Thimotée avec ses disciples qui avaient été instruits par d'autres musiciens que lui[4].

Puis il l'introduisit dans les milieux savants. La compagnie de ces gens de science lui donna envie d'étudier autrement et de se mettre en valeur. Ponocrates organisa son emploi du temps de manière à ce qu'il ne perde aucune heure de la journée

1. *La nature* [...] *grande violence* : axiome de physique, souvent utilisé dans les traités de médecine pour justifier les traitements à effets progressifs. \ **2.** *Théodore* : nom qui, en grec, signifie « don de Dieu ». \ **3.** *Ellébore d'Anticyre* : remède traditionnel contre la folie. \ **4.** *Thimotée* [...] *musiciens que lui* : Thimotée faisait en réalité payer double salaire à ses élèves formés par de mauvais professeurs.

et se consacre pleinement aux belles-lettres et au savoir digne d'un homme libre.

Gargantua se réveillait donc vers quatre heures du matin[1]. Pendant qu'on le frictionnait, on lui lisait quelque page des saintes Écritures, à voix haute et claire, avec la bonne prononciation[2]. Un jeune page nommé Anagnostes[3], natif de Basché[4], était chargé de cette tâche. Selon le thème et la leçon de cette lecture, il lui arrivait souvent de révérer, adorer, prier et implorer le bon Dieu, lorsque le passage lu en montrait la majesté et l'extraordinaire jugement. Puis il se rendait aux toilettes afin d'éliminer le produit des digestions naturelles. Là, son précepteur répétait ce qui avait été lu en lui expliquant les points les plus obscurs et difficiles. À leur retour, ils considéraient l'état du ciel et vérifiaient s'il se trouvait tel qu'ils l'avaient observé la veille au soir. Ils se demandaient aussi dans quels signes le soleil et la lune entraient ce jour-là.

Cela fait, il était habillé, peigné, apprêté, préparé et parfumé. Pendant ce temps, on lui répétait les leçons de la veille. Lui-même les récitait par cœur et y appliquait quelque exemple concret sur la condition humaine, parfois durant deux ou trois heures. Mais, ordinairement, ils s'interrompaient lorsqu'il était complètement habillé. Alors, durant trois bonnes heures, on lui faisait la lecture.

Cela fait, ils sortaient, toujours en discutant des enseignements de la lecture, et se rendaient à la Bracque[5] ou sur un pré, pour jouer à la balle ou à la paume, et ainsi s'exercer élégamment le corps, comme ils s'étaient auparavant exercé l'esprit. Tous leurs jeux ne se faisaient qu'en liberté, car ils quittaient la partie quand bon leur plaisait. Ordinairement, ils s'inter-

1. *Quatre heures du matin* : heure habituelle à laquelle se levaient les étudiants de l'époque. \ **2.** *Prononciation* : la *Pronuntiatio* est une discipline rhétorique. Voir chap. 14, la « prononciation si claire » d'Eudémon. \ **3.** *Anagnostes* : « lecteur », en grec. \ **4.** *Basché* : près de Chinon. \ **5.** *À la Bracque* : où se trouvait un jeu de paume.

rompaient quand ils étaient en sueur ou fatigués. Alors ils étaient très bien essuyés et frottés, ils changeaient de chemise et, sans se hâter, tout en se promenant, ils allaient voir si le repas était prêt. Là, ils attendaient en récitant clairement et avec éloquence quelques axiomes tirés de la lecture.

Pendant ce temps arrivait Monsieur l'Appétit. Alors, au moment opportun, ils se mettaient à table. Au début du repas était lue quelque plaisante histoire des anciennes prouesses [1], jusqu'à ce que Gargantua eût pris son vin. À ce moment, si on le jugeait nécessaire, on continuait la lecture, ou ils se mettaient à deviser ensemble joyeusement. Pendant les premiers mois, ils parlèrent des vertus, propriétés, efficacité et nature de tout ce qui leur était servi à table : du pain, du vin, de l'eau, du sel, des viandes, poissons, fruits, herbes, racines et de la manière de les accommoder. Ainsi faisant, il apprit en peu de temps tous les passages de Pline, Athénée, Dioscoride, Galien, Porphyre, Oppien, Polybe, Héliodore, Aristote, Élien [2] et autres, qui traitaient de ces sujets. Pendant qu'ils tenaient ces propos, bien souvent, afin de s'assurer de leur justesse, ils faisaient apporter les susdits livres à table. Ainsi, il comprit si bien et retint si parfaitement ces matières, qu'aucun médecin de l'époque n'en savait seulement la moitié.

Après, ils discutaient des leçons du matin et terminaient leur repas avec une confiture de coings. Il se nettoyait les dents avec une tige de lentisque [3], puis se lavait les mains et les yeux avec de l'eau claire et fraîche. Ensuite ils rendaient grâce à Dieu en chantant de beaux cantiques à la louange de la magnificence et de la bonté divines.

1. *Quelque plaisante histoire des anciennes prouesses* : allusion aux romans de chevalerie. \ **2.** *Pline* [...] *Élien* : ces auteurs constituent l'essentiel des sources anciennes où les humanistes apprenaient l'histoire naturelle. \ **3.** *Lentisque* : arbuste dont la tige étaient utilisée par les anciens comme cure-dent.

Cela fait, on apportait des cartes. Non pour jouer, mais pour apprendre mille petites gentillesses et inventions nouvelles, toutes issues de l'arithmétique. De cette façon, il se mit à aimer cette science des nombres et, tous les jours après le déjeuner et le dîner, ils passaient leur temps aussi plaisamment que d'habitude avec des dés ou des cartes. Il finit par en connaître si bien la théorie et la pratique que Tunstal l'Anglais [1], qui avait amplement écrit sur cette question, admit que, vraiment, à côté de lui, il n'y comprenait que le haut-allemand [2]. Il prit goût non seulement à cette discipline, mais aussi aux autres sciences mathématiques, comme la géométrie, l'astronomie et la musique [3]. Car, en attendant la digestion de son repas, ils faisaient d'amusants petits instruments et figures géométriques, et étudiaient de la même façon les règles de l'astronomie.

Après, ils se divertissaient à chanter à quatre ou cinq parties, ou en faisant des variations sur un thème. Pour ce qui est des instruments, il apprit à jouer du luth, de l'épinette, de la harpe, de la flûte allemande [4] et à neuf trous, de la viole et de la saqueboutte [5].

Cette heure ainsi employée, et la digestion achevée, il se purgeait de ses excréments. Puis il se remettait à son étude principale durant trois heures ou davantage, tant pour répéter la lecture du matin que pour poursuivre le livre commencé et aussi écrire et bien former les lettres antiques et romaines [6].

Cela fait, ils sortaient de leur demeure, accompagnés d'un jeune gentilhomme de Touraine, l'écuyer Gymnaste, qui lui enseignait l'art de la chevalerie. Changeant donc de vête-

1. *Tunstal l'Anglais* : évêque anglais, auteur d'un célèbre traité d'arithmétique. \ **2.** *N'y comprendre que le haut Allemand* : expression proverbiale signifiant « n'y rien comprendre ». \ **3.** *Géométrie, astronomie, musique* : voir Pantagruel, chap. 15, p. 52, note 3. \ **4.** *Flûte allemande* : flûte traversière. \ **5.** *Saqueboutte* : trombone. \ **6.** *Lettres antiques et romaines* : comparer avec les « lettres gothiques » du chap. 13. Les humanistes préféraient les romaines, en usage dans les ateliers d'imprimeurs italiens.

ments, il montait sur un coursier, un roussin, un genet, un cheval barbe[1], un cheval léger et leur faisait faire cent tours dans le manège. Il les faisait voltiger, sauter le fossé, passer le remblai, tourner court dans un cercle, à droite comme à gauche. Mais il ne rompait aucune lance, car c'est la plus grande stupidité du monde que de dire : « J'ai rompu dix lances au cours d'un tournoi, ou d'une bataille. » Un charpentier ferait cela aussi bien ! En revanche, c'est une grande gloire que, d'une lance, rompre dix ennemis. Donc, avec sa lance acérée, forte et raide, il rompait une porte, défonçait une armure, renversait un arbre, enfilait un anneau, enlevait une selle d'armes, un haubert, un gantelet. Il faisait tout cela armé de pied en cap.

Pour ce qui était des fanfares[2] et des exercices de manège, il n'avait pas son égal. Comparé à lui, le voltigeur de Ferrare[3] n'était qu'un singe. On lui apprenait surtout à sauter rapidement d'un cheval à l'autre sans toucher terre (on nommait ces chevaux : *désultoires*[4]). Il apprit aussi à monter des deux côtés, la lance au poing, sans étriers et en menant le cheval sans bride. Car ces choses-là sont utiles au combat.

Un autre jour, il s'exerçait au maniement de la hache. Il la faisait si bien glisser, il donnait des coups de pointe si rapprochés et des coups circulaires si souples, qu'il aurait pu passer chevalier d'armes en campagne et dans toutes sortes d'épreuves. Puis il brandissait la pique, frappait de l'épée à deux mains, de l'épée bâtarde, de l'épée espagnole[5], de la dague et du poignard, protégé ou non d'un bouclier, d'une cape ou d'une rondache[6].

---

1. *Coursier, roussin, genet, cheval barbe* : respectivement, cheval de bataille, de charge, de course, arabe. \ **2.** *Fanfares* : parades de cheval en musique. \ **3.** *Voltigeur de Ferrare* : les écuyers italiens avaient une grande réputation. \ **4.** désultoires : « de voltige ». \ **5.** *Épée bâtarde, épée espagnole* : épée servant à frapper d'estoc et de taille et grande épée. \ **6.** *Rondache* : petit bouclier rond.

Il chassait le cerf, le chevreuil, l'ours, le daim, le sanglier, le lièvre, la perdrix, le faisant, l'outarde. Il jouait au ballon en le faisant bondir en l'air, autant du pied que du poing. Il luttait, courait, sautait, non à trois pas et un saut[1], non à cloche-pied, non à l'allemande[2], car (disait Gymnaste) de tels sauts sont inutiles et peu efficaces à la guerre. Mais, d'un bond, il franchissait un fossé, volait par-dessus une haie, escaladait une muraille sur une hauteur de six pas et grimpait de cette façon jusqu'à une fenêtre haute d'une lance. Il nageait en eau profonde, à l'endroit, à l'envers, sur le côté, avec pieds et mains, avec les pieds seulement, une main en l'air. Il pouvait traverser toute la Seine un livre dans une main sans le mouiller et en traînant son manteau avec les dents, comme Jules César. Il se hissait ensuite d'une main sur un bateau, se jetait à nouveau dans l'eau la tête la première, explorait le fond des eaux, creusait les rochers, et plongeait dans les profondeurs des abîmes et des gouffres marins. Puis il tournait ce bateau, le gouvernait, le menait rapidement, lentement, au fil de l'eau, contre le courant, le retenait au milieu d'une écluse, le guidait d'une main pendant que de l'autre il s'escrimait avec un grand aviron, tendait la voile, grimpait au mât par les cordages, courait sur les vergues, ajustait la boussole, tendait les boulines[3], tenait droit le gouvernail. Sortant rapidement de l'eau, il escaladait la montagne et la dévalait tout aussi franchement, montait aux arbres comme un chat, sautait de l'un à l'autre comme un écureuil, abattait les grosses branches comme un nouveau Milon[4]. Avec deux poignards acérés et deux poinçons à toute épreuve, il escaladait la façade d'une maison comme un rat, puis sautait en bas, dans une position qui lui permettait de ne pas se blesser.

---

1. *Non à trois pas et un saut* : expression populaire signifiant « aller vite ». \ **2.** *À l'allemande* : expression populaire signifiant « sauter du lit à la table ». \ **3.** *Boulines* : cordes fixées à la voile. \ **4.** *Milon* de Crotone, célèbre athlète grec.

Il lançait le dard, la barre, la pierre, la javeline, l'épieu, la hallebarde, il tendait l'arc et bandait avec les reins les grosses arbalètes de siège, épaulait l'arquebuse, posait le canon sur son affût, tirait à la cible, au perroquet [1], de bas en haut, de haut en bas, devant, de côté, en arrière, comme les Parthes [2]. On lui attachait un câble du sommet d'une haute tour jusqu'à terre, et, avec ses deux mains, il montait puis descendait si rapidement et si sûrement que vous n'auriez pas fait mieux dans un pré bien nivelé. On lui posait une grosse perche sur deux arbres, à laquelle il se suspendait par les mains, puis il allait et venait sans s'aider des pieds, si rapidement que, même en courant à toute allure, on n'aurait pu l'égaler.

Pour s'exercer le thorax et les poumons, il criait comme tous les diables. Je l'entendis une fois appeler Eudémon depuis la porte Saint-Victor [3] jusqu'à Montmartre. Jamais Stentor n'eut une telle voix lors de la bataille de Troie [4]. Pour lui fortifier les muscles, on lui avait fait deux immenses masses de plomb, chacune pesant huit mille sept cents quintaux, qu'il nommait *haltères* [5]. Il en prenait une dans chaque main, les soulevait en l'air, au-dessus de sa tête, et les tenait ainsi sans bouger trois quarts d'heure et davantage, montrant ainsi une force inégalable.

Il luttait aux barres contre les plus forts. Au moment du choc, il se tenait debout sur ses deux pieds si droitement qu'il défiait les plus courageux de lui faire quitter sa position, comme jadis Milon. À l'exemple de ce dernier, il tenait une grenade [6] dans sa main et l'offrait à celui qui pourrait la lui prendre.

1. *Au perroquet* : sur une cible mouvante en forme de perroquet. \ **2.** *Les Parthes* : peuple célèbre pour son habileté à l'arc. \ **3.** *Porte Saint-Victor* : elle se trouvait dans l'actuel Quartier latin. \ **4.** *Bataille de Troie* : voir *Pantagruel*, chap. 24, p. 84, note 5. \ **5.** Haltères : première attestation du mot en français. \ **6.** *Grenade* : fruit du grenadier.

Ayant ainsi employé son temps, une fois frotté, nettoyé et vêtu de nouveaux vêtements, il rentrait sans se presser. En passant par quelque pré ou autre lieu herbeux, ils étudiaient arbres et plantes, les comparaient avec ce qu'en ont écrit les anciens comme Théophraste, Dioscoride, Marinus, Pline, Nicandre, Macer et Galien [1], et en emportaient à plaines mains chez eux. Un jeune page nommé Rhizotome [2], chargé des marrochons [3], pioches, serpettes, bêches, sarcloirs et autres instruments à herboriser, s'en occupait.

Arrivés au logis, pendant qu'on préparait le dîner, ils répétaient quelques passages de ce qui avait été lu puis s'installaient à table. Notez ici que son déjeuner était sobre et frugal, car il ne mangeait que pour réfréner les aboiements de son estomac. Mais le dîner était copieux et large. Car il mangeait autant qu'il lui était nécessaire pour se nourrir et s'entretenir, ce qui est le véritable régime alimentaire préconisé par la bonne et sûre médecine, quoiqu'un tas de médecins stupides formés dans l'officine des Arabes [4] conseillent le contraire.

Durant ce repas on continuait la leçon du déjeuner, autant que bon semblait. La suite se passait en agréables propos, savants et utiles. Après avoir rendu grâces, ils se mettaient à chanter, à jouer harmonieusement avec des instruments, ou s'adonnaient à ces petits passe-temps que l'on pratique avec des cartes, des dés ou des gobelets. Et ils restaient là, à faire grande chère et à s'amuser, parfois jusqu'à l'heure de dormir. Quelques fois, ils rendaient visite aux gens savants ou aux voyageurs revenant de pays lointains.

1. *Théophraste* [...] *Galien* : auteurs d'ouvrages d'histoire naturelle, de botanique, etc. \ **2.** *Rhizotome* : mot grec signifiant « coupe-racines ». \ **3.** *Marrochons* : houes, outils pour biner la terre. \ **4.** *Officine des Arabes* : les humanistes reprochaient aux médecins arabes d'avoir mal traduit les traités grecs de médecine. Mais Rabelais évolue sur cette question (*cf. Pantagruel*, chap. 8, l. 132-133) ; dans les éditions ultérieures, il remplacera *arabes* par *sophistes*.

En pleine nuit, avant de se retirer, ils se rendaient à l'endroit le plus découvert de leur demeure pour considérer le ciel. Là, ils observaient les comètes – s'il y en avait – les figures, situations, positions, oppositions et conjonctions astrales.

Puis, avec son précepteur, il récapitulait brièvement, à la manière des Pythagoriciens, tout ce qu'il avait lu, vu, su, fait et entendu pendant la journée. Ils priaient Dieu le créateur, l'adorant et proclamant leur foi en lui, le glorifiant pour sa bonté immense, lui rendant grâces pour le temps passé, et se recommandant à sa divine clémence pour l'avenir. Cela fait, ils entraient en leur repos.

Chapitre 22

Comment Gargantua employait son temps quand l'air était pluvieux

S'il arrivait que l'air était humide et pluvieux, tout le temps précédant le déjeuner était employé comme de coutume, excepté qu'il faisait allumer un beau feu clair pour combattre l'humidité. Toutefois, après le repas, au lieu des exercices physiques habituels, ils restaient au logis et étudiaient l'art de la peinture et de la sculpture, ou remettaient en usage l'antique jeu des osselets tel que l'a décrit Léonicus[1], et comme y joue notre bon ami Lascaris[2]. En jouant, ils se remémoraient les passages des auteurs anciens faisant allusion, directement ou métaphoriquement, à ce jeu. Ou alors, ils allaient voir comment on étirait les métaux ou comment on fondait les pièces d'artillerie. Ou ils allaient voir les lapidaires, orfèvres et tailleurs de pierre, ou les alchimistes et fabricants de monnaie, ou les haute-lissiers, les tisserands, les veloutiers, les horlogers, miroitiers, imprimeurs, facteurs d'orgue, teinturiers et autres telles sortes d'artisans. Et, offrant des pourboires à tous, ils étudiaient et apprenaient les techniques ingénieuses de ces métiers.

Ils allaient écouter les leçons publiques, les actes[3] solennels, les répétitions, les déclamations, les plaidoiries des bons avocats, les harangues des prédicateurs évangéliques. Il passait par les salles d'armes et autres lieux réservés à l'escrime, et là, contre

1. *Léonicus* : humaniste italien ayant écrit un traité sur ce jeu. \ **2.** Jean *Lascaris*, savant grec, bibliothécaire de François Ier. \ **3.** *Actes* : voir *Pantagruel*, chap. 18, p. 71, note 2.

les maîtres, il essayait toutes sortes d'armes et leur démontrait qu'il en savait autant qu'eux, sinon plus. Au lieu d'herboriser, ils visitaient les boutiques des droguistes, herboristes et apothicaires puis considéraient avec soin les fruits, racines, feuilles, gommes, graines, et autres onguents exotiques, avec la manière de les mélanger. Il allait voir les bateleurs, escamoteurs et vendeurs de thériaque[1], il étudiait leurs gestes, leurs ruses, leurs gesticulations et beau parler, surtout ceux de Chauny en Picardie[2] car ils sont par nature grands bonimenteurs et excellents vendeurs de balivernes.

De retour pour le dîner, ils mangeait plus légèrement que les autres jours, en choisissant des nourritures desséchantes et amaigrissantes, afin que l'humidité ambiante, transmise au corps par sa proximité inévitable avec l'air, soit de cette façon corrigée et ne les incommode pas, faute d'avoir pratiqué les exercices physiques habituels.

Ainsi fut éduqué Gargantua. Jour après jour, il profitait[3] comme vous imaginez que peut le faire un jeune homme intelligent et sensé. Bien qu'elle semblât difficile au début, petit à petit cette méthode lui parut douce, légère et délectable, ressemblant davantage au passe-temps d'un roi qu'au travail d'un écolier.

Toutefois, pour le reposer de cette épuisante sollicitation des esprits, Ponocrates réservait une fois par mois une journée bien claire et sereine. Alors ils quittaient la ville de bon matin et se rendaient à Gentilly ou à Boulogne ou à Montrouge ou au Pont de Charenton ou à Vanves ou à Saint-Cloud. Là, ils passaient toute la journée à faire la plus grande chère possible, riant, s'amusant, buvant, jouant, chantant, dansant, se vautrant dans

1. *Thériaque* : voir *Pantagruel*, chap. 15, p. 57, note 2. \ **2.** *Les bateleurs* [...] *en Picardie* : l'habileté des bateleurs et jongleurs de Chauny était proverbiale.\ **3.** *Profiter* : voir *Pantagruel*, chap. 8, p.35, note 1.

quelque beau pré, dénichant des passereaux, prenant des cailles, pêchant des grenouilles et des écrevisses.

Bien que cette journée se passât sans livre ni lecture, elle n'était pour autant dénuée d'utilité. Car, au milieu d'un pré, ils récitaient par cœur quelques jolis vers des *Géorgiques* de Virgile, d'Hésiode, du *Rustique* de Politien [1], ils composaient quelques jolis épigrammes en latin puis les traduisaient, sous forme de rondeaux et de ballades, en français.

Tout en banquetant, ils séparaient l'eau du vin coupé comme l'enseigne Caton *de re rust* [2] et Pline : avec un gobelet de lierre. Ils diluaient le vin dans une bassine pleine d'eau, puis l'en retiraient avec un entonnoir. Ils faisaient aller l'eau d'un verre à l'autre, fabriquaient divers petits automates [3], c'est-à-dire des appareils se déplaçant d'eux-mêmes.

1. Ange *Politien* : humaniste, auteur du *Rusticus*, imitation des *Géorgiques*. \ **2.** *De re rust : de re rustica* (*De l'agriculture*), 3. \ **3.** *Automates* : première attestation de ce mot grec en français.

Chapitre 23

Comment survint, entre les fouaciers de Lerné et ceux du pays de Gargantua, le grand débat qui provoqua de grosses guerres

À cette époque, en pleine saison des vendanges, au début de l'automne, les bergers de la contrée étaient occupés à garder les vignes et à empêcher les étourneaux de manger les grains de raisin. Au même moment, les fouaciers de Lerné traversaient le grand carrefour en menant dix ou douze charges de fouaces à la ville. Les bergers leur demandèrent courtoisement de leur en vendre, au prix du marché. Comprenez bien que manger au déjeuner des raisins avec de la fouace fraîche est un vrai repas céleste, surtout des pineaux, des fiers[1], des muscadets, de la bicane et des foirards pour ceux qui sont constipés (car ils les font aller long comme une lance et, souvent, ils se chient dessus alors qu'ils pensaient péter, d'où leur surnom de *penseurs de vendanges*[2]).

Non seulement les fouaciers refusèrent leur requête, mais, ce qui est pire, ils les insultèrent avec force, en les traitant de misérables, de brèche-dents, de plaisants rouquins, de coquins, de chie-en-lit, d'hypocrites, de fainéants, de malfaisants, de parasites, de fanfarons, de vauriens, de rustres, de voyous, de ventrus, d'incapables, de jeunes queutards, de farceurs, de

1. 1. *Fiers* : raisins au goût de figue. \ **2.** Penseurs de vendanges : le texte original dit *cuident* et *cuideurs*, verbes signifiant *pensent* et *penseurs*, d'où un jeu de mots avec *cul*. Les cuideurs de vendanges sont ceux qui pètent « gras comme du sirop » (expression de l'époque).

paresseux, de malotrus, de nigauds, de marauds, de corniauds, de moqueurs, de prétentieux, de gueux, de bouviers d'étrons, de bergers de merde, et autres épithètes insultantes. Ils ajoutèrent qu'ils n'étaient pas dignes de manger ces belles fouaces, et qu'ils devaient se contenter d'un gros pain minable et de tourte.

L'un des bergers, un nommé Frogier, jeune homme bien honnête et de bonne réputation, répondit calmement à cet outrage : « Depuis quand êtes-vous devenus agressifs au point de nous montrer les crocs ? Diable, vous aviez pourtant l'habitude de nous en donner volontiers. Et maintenant, vous refusez ? Ce n'est pas une attitude de bons voisins. Nous ne nous comportons pas ainsi quand vous venez acheter notre beau froment, avec lequel vous faites vos gâteaux et vos fouaces. Pour vous remercier, nous vous aurions donné de nos raisins. Mais, par la mère de Dieu, un jour, il se pourrait que vous ayez à le regretter. Lorsque vous vous adresserez à nous, nous vous rendrons la pareille, et vous vous souviendrez d'aujourd'hui. »

Alors Marquet, grand bâtonnier de la confrérie des fouaciers, lui dit : « Vraiment, tu montres bien tes ergots ce matin, tu as sans doute mangé trop de mil hier soir ! Viens donc ici, viens ! je t'en donnerai, de la fouace ! »

Frogier, en toute innocence, s'approcha en sortant son argent, pensant que Marquet allait lui déballer ses fouaces. Mais ce dernier le frappa de son fouet à travers les jambes si rudement que les marques des nœuds apparurent. Puis il prit la fuite. Frogier cria « au meurtre » et « à l'aide » tant qu'il put et lui lança le gros gourdin qu'il portait sous le bras, l'atteignant à la suture coronale de la tête, sur l'artère temporale droite. Marquet tomba de sa jument, semblant plus mort que vif.

Cependant les métayers qui écalaient les noix non loin de là accoururent avec leurs grandes gaules et frappèrent ces fouaciers comme sur seigle vert. Les autres bergers et bergères, entendant le cri de Frogier, arrivèrent armés de leurs frondes et de leurs lance-pierres, et les poursuivirent en leur jetant des cailloux comme s'il en pleuvait.

Finalement, ils rattrapèrent les fouaciers et leur prirent environ quatre ou cinq douzaines de fouaces. Toutefois ils les payèrent au prix habituel, et leur donnèrent en plus un cent de noix avec trois panerées de raisins blancs.

Les fouaciers ramassèrent Marquet, qui était vilainement blessé, puis rentrèrent à Lerné sans passer par le chemin de Parilly, en proférant de violentes menaces envers les bouviers, bergers et métayers de Seuilly et de Cinais.

Bergers et bergères firent alors grande chère avec ces fouaces et leurs beaux raisins. Ils s'amusèrent ensemble au son de la belle cornemuse, en se moquant de ces glorieux fouaciers qui avaient fait mauvaise rencontre faute de s'être signés de la bonne main au matin. Avec de gros raisins chenins, ils soignèrent délicatement les jambes de Frogier, si bien qu'il fut rapidement guéri.

Chapitre 24

Comment les habitants de Lerné, sur l'ordre de leur roi Picrochole, attaquèrent par surprise les bergers de Gargantua

De retour à Lerné, avant de boire et de manger, les fouaciers se rendirent au Capitole[1] et là, devant leur roi nommé Picrochole[2], troisième du nom, ils proposèrent[3] leur plainte. Ils montrèrent leurs paniers rompus, leurs bonnets froissés, leurs robes déchirées, leurs fouaces dérobées et, surtout, Marquet, qui était gravement blessé, disant que tout cela avait été causé par les bergers et les métayers de Grandgousier, près du grand carrefour, de l'autre côté de Seuilly.

Immédiatement, Picrochole entra dans une furieuse colère. Sans davantage s'interroger sur le comment et le pourquoi, il fit lever son armée et ordonna que chacun, sous peine d'être pendu, se trouvât en armes sur la grande place de son château, à midi. Pour mieux faire connaître sa décision, il envoya battre le tambour autour de la ville. Lui-même, pendant qu'on apprêtait son déjeuner, il alla faire préparer son artillerie, déployer son drapeau et son oriflamme, et réunir force munitions, tant pour les armes que pour la gueule.

En déjeunant, il donna ses ordres et décida que le seigneur Grippeminaud[4] dirigerait l'avant-garde, constituée de seize

1. *Capitole* : allusion au Capitole de Rome : Picrochole se prend pour un empereur romain. \ **2.** *Picrochole* : mot grec signifiant « bile amère ». Dans la médecine de l'époque, indique un tempérament colérique. \ **3.** *Proposer* : voir chap. 14, p. 138, note 2.\ **4.** *Grippeminaud* : nom que Rabelais donnera, dans le *Cinquième Livre*, au plus méchant de tous ses personnages.

mille arquebusiers et trente-cinq mille fantassins. L'artillerie fut confiée au grand écuyer Touquedillon[1]. Elle comptait neuf cent quatorze grosses pièces de bronze : canons, doubles canons, basilics, serpentines, couleuvrines, bombardes, faucons, mortiers[2], et autres pièces. Le commandement de l'arrière-garde fut attribué au duc Raquedenare[3]. Au cœur de la bataille se tiendraient le roi et les princes de son royaume.

Son armée sommairement équipée de la sorte, avant de se mettre en route, il envoya trois cents chevau-légers sous le commandement du capitaine Engoulevent[4] pour explorer le pays et vérifier s'il n'y avait pas à craindre d'embuscade. Après avoir soigneusement exploré la contrée, ils conclurent que tout était paisible et silencieux, sans la moindre défense à redouter.

Apprenant cela, Picrochole ordonna que chacun se mît rapidement en marche sous son drapeau. Alors, sans ordre ni mesure, ils s'éparpillèrent pêle-mêle dans les campagnes, pillant et détruisant tout sur leur passage, sans épargner ni pauvre ni riche, les lieux saints comme les profanes. Ils volaient bœufs, vaches, taureaux, veaux, génisses, brebis, moutons, chèvres et boucs, poules, chapons, poulets, oisons, jars, oies, porcs, truies, gorets. Ils abattaient les noix, vendangeaient les vignes, emportaient les ceps, faisaient tomber tous les fruits des arbres. C'était un désordre incomparable ! Ils ne trouvèrent personne pour leur résister. Au contraire, tous se rendaient et les suppliaient de les traiter plus humainement, en souvenir de ce qu'ils avaient toujours été de bons et amicaux voisins et que jamais ils n'avaient commis envers eux le moindre outrage qui méritât d'être ainsi châtié, ajoutant que Dieu bientôt les punirait de tout cela.

Mais ils ne répondaient rien à ces reproches, sinon qu'ils allaient leur apprendre à manger de la fouace.

---

1. *Touquedillon* : mot qui signifie « prétentieux ». \ **2.** *Canons* [...] *mortiers* : pratiquement tous les types de canons de l'époque sont représentés ici. \ **3.** *Raquedenare* : « Racle-denier », celui qui vole les sous. \ **4.** *Engoulevent* : « Qui avale le vent ».

Chapitre 25

Comment un moine de Seuilly sauva le clos de l'abbaye du pillage des ennemis

Ils causèrent tant de misères en pillant et en volant qu'ils arrivèrent à Seuilly où ils détroussèrent hommes et femmes, prenant tout ce qu'ils pouvaient, rien ne leur étant ni trop chaud ni trop pesant. Bien que la peste s'y trouvât dans presque toutes les maisons, ils entraient partout et volaient tout ce qu'ils trouvaient, sans qu'aucun d'entre eux tombât malade. Ce qui est un phénomène vraiment incroyable. Les curés, vicaires, prédicateurs, médecins, chirurgiens et apothicaires qui avaient rendu visite aux malades pour les panser, les soigner, les sermonner et les exhorter, étaient tous morts de la contagion, alors que ces diables pilleurs et meurtriers ne contractèrent jamais le mal. Quelle est la cause de cela ? Pensez-y, messieurs, je vous prie.

Le bourg ainsi pillé, ils se rendirent à l'abbaye dans un horrible tumulte. Mais ils la trouvèrent bien fermée et fortifiée. Alors le gros de l'armée traversa le gué de Vède, excepté sept compagnies de fantassins et deux cents lanciers qui restèrent là et défoncèrent les murailles du clos dans le but de détruire toute la vendange.

Les pauvres diables de moines ne savaient auquel de leurs saints se vouer. À tout hasard, ils firent sonner *ad capitulum capitulantes*[1].

1. Ad capitulum capitulantes : ce son de cloches appelle « au chapitre ceux qui ont voix au chapitre ». Le chapitre est une assemblée de religieux.

Il fut ensuite décrété qu'ils feraient une belle procession, agrémentée de beaux prêches et autres litanies *contra hostium insidias* [1], ainsi que de beaux répons *pro pace* [2].

Dans cette abbaye se trouvait à l'époque un moine cloîtré [3] nommé Frère Jean des Entommeures [4], jeune, fier, pimpant, joyeux, bien adroit, courageux, hardi, décidé, grand, maigre, bien fendu de la gueule [5], bien avantagé du nez [6], beau débiteur d'heures [7], beau débrideur de messes, beau décrotteur de vigiles [8]. Pour tout dire, un vrai moine si jamais il en fut depuis que le monde moinant moina de moinerie. Pour le reste, clerc jusqu'aux dents en matière de bréviaire [9].

Entendant le raffut que faisaient les ennemis dans le clos, il sortit pour voir ce qui se passait. Voyant qu'ils vendangeaient le clos, sur lequel tous comptaient pour avoir la boisson de l'année, il retourne au chœur de l'église, où se trouvaient les autres moines, aussi stupéfaits que des fondeurs de cloches [10]. En les voyant chanter *Im-im-pe-e-e-e-e-tum-um-in-i-ni-imi-co-o-o-o-o-rum-um* [11], il leur dit : « C'est bien chien chanté ! Vertus Dieu, pourquoi ne chantez-vous *Adieu paniers, les vendanges sont faites* [12] ? Je me donne au diable si nos ennemis dans le clos n'arrachent si bien ceps et raisins qu'il n'y aura, par le corps de Dieu, plus rien à y grappiller durant quatre années ! Par le ventre de saint Jacques ! Que boirons-nous pendant ce

1. Contra hostium insidias : « contre les embûches des ennemis ». \ **2.** *Beaux répons* pro pace : « pour la paix ». Les *répons* sont des chants religieux exécutés par un soliste puis repris par le chœur. \ **3.** *Cloîtré* : qui vit dans le cloître. \ **4.** Les *entommeures* sont des entamures (du verbe *entamer*) : frère Jean fait du hachis avec ses ennemis. \ **5.** *Fendu de la gueule* : qui braille, qui rit fort, etc. : une « grande gueule ». \ **6.** *Bien avantagé du nez* : la longueur du nez a un sens symbolique sexuel. \ **7.** *Heures* : parties du bréviaire que l'on récite au cours des prières. \ **8.** *Vigiles* : prières effectuées la veille d'une fête importante. \ **9.** *Clerc jusqu'aux dents en matière de bréviaire* : *clerc* signifie « savant ». Frère Jean connaît son bréviaire *jusqu'aux dents*, sur le bout des doigts. \ **10.** *Fondeurs de cloches* : voir *Pantagruel*, chap. 25, p. 91, note 1. \ **11.** Im-im-pe- [...] rum-um : début du répons *Impetum inimicorum ne timueritis* (« Tu ne craindras pas l'assaut des ennemis »). \ **12.** Adieu paniers, les vendanges sont faites : refrain d'une célèbre chanson populaire.

temps, nous autres pauvres diables ? Seigneur Dieu : *da mihi potum*[1] ! »

Alors le prieur claustral dit :

– Que fait cet ivrogne ici ? Qu'on me l'emmène en prison ! Troubler ainsi le service divin !

– Mais, répondit le moine, le service du vin, faisons en sorte qu'il ne soit point troublé ! Car vous-même, monsieur le prieur, aimez boire du meilleur. C'est ce que fait tout homme de bien. Jamais un noble cœur ne déteste le bon vin. Ces répons que vous chantez ici ne sont, par Dieu, point de saison. Pourquoi nos heures sont-elles si courtes au temps des moissons et vendanges, alors que celles du temps de l'avent[2], et pendant tout l'hiver, sont si longues ? Feu Frère Macé Pelosse, homme si mémorable, vrai zélateur de notre ordre (ou je me donne au diable), me dit un jour, il m'en souvient, que la raison était la suivante : afin que nous fassions bien rentrer la vendange, pour préparer convenablement le vin et le boire ensuite durant l'hiver. Alors, écoutez messieurs vous autres : celui qui aime le vin, par le corps de Dieu, qu'il me suive ! Car je veux bien que le feu de saint Antoine[3] me brûle si ceux qui n'auront secouru la vigne goûtent son pinard[4] ! Ventre Dieu, par tous les biens de l'Église ! Ha, non, non ! Diable ! Saint Thomas l'Anglais[5] accepta de mourir pour défendre ces biens. Si je meurs, ne deviendrai-je moi-même un saint ? Cependant, je ne mourrai pas, car c'est moi qui vais faire mourir les autres !

Disant cela, il ôta son grand habit et s'empara du bâton de la croix, qui était en cœur de cormier, long comme une lance, bien équilibré en main, et parsemé de fleurs de lys presque

1. Da mihi potum : « donne-moi à boire ». C'est par cette formule que les moines réclamaient à boire quand ils avaient achevé de calligraphier un ouvrage.\ **2.** *L'avent* : période durant laquelle l'Église catholique se prépare à la fête de Noël.\ **3.** *Feu de saint Antoine* : voir *Pantagruel*, prologue, p. 12, note 1. \ **4.** *Pinard* : voir *Pantagruel*, chap. 1, p. 14, note 1. \ **5.** *Saint Thomas l'Anglais* : Thomas Becket, archevêque de Canterbury, assassiné sur ordre du roi dans son église, au XIIe siècle, parce qu'il défendait les biens et privilèges de l'Église.

toutes effacées. Il sortit ainsi, en chemise, son froc [1] en écharpe.

Avec son bâton de croix, il s'élança brusquement sur les ennemis qui, sans ordre ni drapeau ni trompette ni tambour, vendangeaient le clos. Les porte-drapeaux avaient posé leurs drapeaux et enseignes le long des murs, les tambours avaient défoncé leurs instruments pour les remplir de raisin, les trompettes étaient chargées de branches de vignes, tous étaient dans le plus complet désordre. Il cogna si rudement sur eux, par surprise, qu'il les renversa comme une bande de porcs, frappant à tort et à travers, à l'ancienne escrime [2].

Aux uns, il écrabouillait la cervelle, aux autres il brisait bras et jambes, aux autres il disloquait les vertèbres du cou, aux autres il fracassait les reins, il leur cassait le nez, leur pochait les yeux, leur fendait les mandibules, leur enfonçait les dents au fond de la gueule, leur défonçait les omoplates, leur pourrissait les jambes, leur déboîtait la hanche, leur meurtrissait les membres. Si l'un d'entre eux tentait de se cacher au milieu des ceps les plus touffus, il lui écrabouillait l'épine dorsale et les reins comme un chien. Si un autre voulait sauver sa vie en s'enfuyant, il le frappait à la suture lambdoïdale [3] du crâne et lui faisait exploser la tête en mille morceaux. S'il en voyait un monter dans un arbre, en espérant y trouver un refuge, il l'empalait par le fondement avec son bâton. Si l'une de ses vieilles connaissances lui criait : « Ha, Frère Jean, mon ami, Frère Jean je me rends ! » il répondait : « Tu y es bien forcé ! Mais en même temps, tu rendras ton âme à tous les diables ! » et subitement il lui donnait dronos [4]. Et si jamais un téméraire cherchait à lui résister, là il montrait la force de ses muscles, car il lui transperçait la poitrine par le médiastin et le cœur. À d'autres, en les cognant sous la cage

1. *Froc* : vêtement des moines qui couvre la tête et la poitrine. \ **2.** *Ancienne escrime* : voir *Pantagruel*, chap. 25, p. 87, note 1. \ **3.** *Lambdoïdale* : suture en forme de *lambda*, lettre grecque. \ **4.** *Il lui donnait dronos* : « il le rouait de coups » en patois.

thoracique, il leur retournait l'estomac, ce qui les faisait mourir immédiatement. Aux autres, il frappait si farouchement à travers le nombril qu'il leur faisait sortir les tripes. Aux autres, il transperçait les couillons et le boyau du cul. Croyez-moi, c'était le plus horrible spectacle que l'on ait jamais vu !

Les uns criaient : sainte Barbe !

Les autres : saint Georges !

Les autres : sainte Nitouche !

Les autres : Notre-Dame de Cunault, de Lorette, de Bonne Nouvelle, de La Lenou, de Rivière !

Les uns se vouaient à saint Jacques, les autres au Saint Suaire de Chambéry (mais il brûla trois mois après, et on n'en put sauver un seul brin [1]), les autres à Cadouin, les autres à saint Jean d'Angély, les autres à saint Eutrope de Saintes, à saint Mesme de Chinon, à saint Martin de Candes, à saint Clouaud de Cinais, aux reliques de Javarzay, et à mille autres bons petits saints.

Les uns mouraient sans parler, les autres criaient à haute voix : « Confession ! Confession ! *Confiteor* ! *Miserere* ! *In manus* [2] ! » La plainte des blessés fut si grande que le prieur de l'abbaye sortit avec tous ses moines. Quand ils virent tous ces pauvres gens gisant à terre, au milieu des vignes, et mortellement blessés, ils en confessèrent quelques-uns.

Mais, pendant que les prêtres s'attardaient à ces confessions, les petits moinillons coururent vers Frère Jean et lui demandèrent en quoi ils pouvaient l'aider. Il leur répondit d'égorgeter les blessés. Alors, laissant leurs grandes capes sur une treille tout près, ils se mirent à égorger et achever ceux qu'il avait déjà meurtris. Savez-vous avec quelles armes ? Avec de beaux gouvets [1], ces petits demi-couteaux que les enfants de notre pays utilisent pour cerner les noix.

---

1. *Il brûla* [...] *seul brin* : en 1532 brûla, non le Saint Suaire, tissu dans lequel le Christ aurait été enseveli, mais son reliquaire.\ **2.** *Confiteor* ! *Miserere* ! *In manus* : « Je me confesse ! Ayez pitié ! Dans tes mains (celles de Dieu) ! »

Puis, brandissant son bâton de croix, il s'élança vers la brèche faite par les ennemis dans la muraille. Quelques-uns des moinillons emportèrent les enseignes et les drapeaux pour en faire des jarretières[2]. Quand ceux qui s'étaient confessés voulurent s'enfuir par cette brèche, le moine les assomma, en disant : « Ceux-là se sont confessés, ils se repentent de leurs péchés, ils ont donc gagné leur pardon et s'en vont au Paradis droit comme une faucille ou le chemin de Faye[3] ! »

C'est ainsi que, par sa prouesse, furent déconfits tous ceux de l'armée qui étaient entrés dans le clos, jusqu'au nombre de treize mille six cent vingt-deux. Jamais Maugis l'ermite[4], armé de son bourdon[5], ne se porta aussi vaillamment au-devant des Sarrasins, ainsi qu'il est écrit dans la geste des Quatre Fils Aymon, que le moine à la rencontre des ennemis avec le bâton de la croix.

Résumé des chapitres 26 à 30 *: pendant ce temps, Picrochole s'empare du château de La Roche Clermault. Grandgousier se lamente et cherche à comprendre pourquoi son voisin et allié envahit ainsi ses terres. Il réunit ses conseillers, et écrit à son fils Gargantua. Puis il envoie un ambassadeur, Ulrich Gallet, pour ramener Picrochole à la raison. En échange de la paix, on lui offre des fouaces, de l'argent et des charrettes de provisions. Le tyran s'empare de tous ces présents mais refuse de faire la paix.*

1. *Gouvets* : mot poitevin pour désigner des petites serpes. \ **2.** *Jarretières* : cordons destinés à maintenir les bas des hommes ou des femmes sous le genou. \ **3.** *Chemin de Faye* : chemin tortueux près de Chinon, mais jeu de mots possible avec *foi*. \ **4.** *Maugis l'ermite* : personnage d'une chanson de geste célèbre, *Les Quatre fils Aymon*, plus proche d'un sorcier que d'un prêtre. \ **5.** *Bourdon* : bâton de pèlerin.

Chapitre 31

Comment certains gouverneurs de Picrochole, par leurs conseils précipités, le mirent au dernier péril

Après le vol des fouaces, le duc de Menuail, le comte Spadassin et le capitaine Merdaille comparurent devant Picrochole et lui dirent :

– Sire, aujourd'hui nous ferons de vous le plus heureux et le plus vaillant prince qui fût jamais depuis la mort d'Alexandre de Macédoine [1].

– Couvrez-vous, couvrez-vous, dit Picrochole.

– Grand merci. Sire, nous ne faisons que notre devoir. L'idée est la suivante : vous laisserez ici quelque capitaine en garnison, avec une troupe réduite pour garder la place, car elle nous semble assez forte, tant par sa situation que par les remparts que vous avez fait édifier. Et, comme vous l'avez bien sûr deviné, vous diviserez votre armée en deux.

« Une partie ira se battre contre ce Grandgousier et ses hommes, qui seront bien vite déconfits. Là, vous récupérerez pas mal d'argent. Car ce paysan en a en masse. Paysan, disons-nous, car un noble prince n'a jamais un sou. Il n'y a que les paysans qui économisent.

« L'autre partie, pendant ce temps, se dirigera vers l'Aunis, la Saintonge, l'Angoumois et la Gascogne, et puis aussi vers le Périgord, le Médoc, et les Landes. Sans rencontrer la moindre résistance, ils prendront villes, châteaux et forteresses.

1. *Alexandre de Macédoine* : Alexandre le Grand, dont il a été déjà question au chap. 13.

À Bayonne, à Saint-Jean-de-Luz et à Fontarabie, vous saisirez tous les navires puis, naviguant en direction de la Galice et du Portugal, vous pillerez tous les ports jusqu'à Lisbonne, où vous lèverez une armée digne d'un conquérant. Par le corbieu [1] ! l'Espagne capitulera, car il n'y a là que des rustres.

« Vous passerez par le détroit de Gibraltar. Là, vous érigerez deux colonnes, plus magnifiques que celles d'Hercule [2], afin qu'elles perpétuent le souvenir de votre nom. Et ce détroit sera nommé *la mer Picrocholine*. Une fois cette mer traversée, voici Barberousse [3] qui se rend et devient votre esclave.

– Je lui ferai grâce, dit Picrochole.

– Pourquoi pas, dirent-ils, du moment qu'il se fait baptiser. Puis vous attaquerez les royaumes de Tunis, de Bizerte, d'Alger, de Bône, de Cyrène, toute la Barbarie, bien hardiment ! En allant outre [4], vous prendrez Majorque, Minorque, la Sardaigne, la Corse, les autres îles du golfe de Gênes et les Baléares. En longeant la côte à gauche, vous dominerez toute la Gaule Narbonnaise, la Provence et les pays des Allobroges, Gênes, Florence, Lucques et *a Dieu sias* [5] Rome ! Le pauvre monsieur du Pape meurt déjà de peur.

– Par ma foi, dit Picrochole, je ne lui baiserai pas sa pantoufle [6].

– Une fois l'Italie prise, voici Naples, la Calabre, les Pouilles et la Sicile mises à sac. Et puis Malte aussi. Je voudrais que les plaisants chevaliers, jadis Rhodiens [7], vous résistent, pour voir un peu leur urine.

---

1. *Par le corbieu* : « Par le corps de Dieu ». \ **2.** *Deux colonnes* [...] *d'Hercule* : ces deux colonnes figuraient sur l'emblème de Charles-Quint. \ **3.** *Barberousse* : célèbre corsaire, allié de François Ier contre Charles-Quint. \ **4.** *En allant outre* : « en allant plus loin » : la devise de Charles-Quint était *Plus Outre*. \ **5.** A Dieu sias : « À Dieu », en gascon. \ **6.** *Baiser la pantoufle* : traditionnel geste d'hommage au pape. \ **7.** *Les plaisants chevaliers, jadis Rhodiens* : les chevaliers de Malte se trouvaient auparavant à Rhodes, d'où ils furent chassés en 1522 par Soliman II.

– J'irais volontiers à Lorette[1], dit Picrochole.

– Non, non, répondirent-ils, ce sera pour le retour. De là, nous prendrons la Crète, Chypre, Rhodes et les îles Cyclades, puis nous donnerons l'assaut à la Morée. Nous la tenons ! Par saint Treignan, que Dieu garde Jérusalem, car le Sultan n'est pas comparable à Votre Puissance[2] !

– Je ferai donc, dit Picrochole, bâtir le temple de Salomon.

– Non, répondirent-ils, attendez un peu, ne soyez jamais si impatient dans vos actions. Savez-vous ce que disait Auguste ? *Festina lente*[3]. Il vous faut d'abord vous emparer de l'Asie Mineure, la Carie, la Lycie, la Pamphilie, la Cilicie, la Lydie, la Phrygie, la Mysie, la Bithynie, Carrasie, Adalia, Samagarie, Kastamoun, Luga, Sébasta, jusqu'à l'Euphrate.

– Verrons-nous Babylone et le mont Sinaï ? demanda Picrochole.

– Il n'en est pas besoin pour le moment, répondirent-ils. N'est-ce pas assez de tracas d'avoir traversé la mer Caspienne, chevauché le long des deux Arménies et des trois Arabies ?

– Par ma foi, dit-il, nous sommes affolé ! Ha, pauvres gens !

– Quoi ? dirent-ils.

– Que boirons-nous au milieu de ces déserts ?

– Nous avons déjà donné des ordres pour tout. Sur la mer Syriaque, vous avez neuf mille quatorze grands navires chargés des meilleurs vins du monde. Ils arrivent à Jaffa. Là se trouvent deux millions deux cent mille chameaux et mille six cents éléphants, que vous avez capturés lors d'une chasse près de Sidjilmassa, quand vous êtes entré en Lybie. Vous avez également toute la caravane de La Mecque. Ne vous ont-ils fourni suffisamment de vin ?

1. *Lorette* : Notre-Dame-de-Lorette, lieu de pèlerinage. \ **2.** *Que Dieu* [...] *Votre Puissance* : il s'agit de reconquérir Jérusalem : la guerre de Picrochole est une nouvelle croisade. \ **3.** *Savez-vous* [...] Festina lente : Octave Auguste, empereur romain. Sa devise signifie « hâte-toi lentement ».

– C'est vrai, répondit-il, mais nous n'avons point bu frais.

– Ha ! répondirent-ils, nom d'un petit poisson ! Un preux, un conquérant, un prétendant à l'empire universel[1] ne peut toujours avoir son confort. Remercions Dieu de vous avoir conduits sains et saufs, vous et vos gens, jusqu'au fleuve du Tigre !

– Mais, dit-il, que fait pendant tout ce temps la partie de notre armée qui déconfit ce vilain ivrogne de Grandgousier ?

– Elle ne chôme pas, répondirent-ils. Nous la retrouverons bientôt. Ils vous ont envahi la Bretagne, la Normandie, les Flandres, le Hainaut, le Brabant, l'Artois, la Hollande, la Zélande. Ils ont traversé le Rhin sur le ventre des Suisses et des Lansquenets, et certains d'entre eux ont dompté le Luxembourg, la Lorraine, la Champagne, la Savoie, jusqu'à Lyon, où ils ont rejoint vos garnisons revenant de leurs conquêtes maritimes en Méditerranée. Ils se sont rassemblés en Bohême, après avoir mis à sac la Souabe, le Wurtemberg, la Bavière, l'Autriche, la Moravie et la Stirie. Puis, tous ensemble, ils ont farouchement envahi Lübeck, la Norvège, la Suède, le Danemark, la Gothie, le Groenland, les pays hanséatiques, jusqu'à la mer Arctique. Cela fait, ils ont conquis les Orcades et mis à genou l'Écosse, l'Angleterre, et l'Irlande. De là, naviguant sur la Baltique et la mer des Sarmates, ils ont vaincu et dominé la Prusse, la Pologne, la Lituanie, la Russie, la Valachie, la Transylvanie, la Hongrie, la Bulgarie, la Turquie et les voici à Constantinople.

– Rejoignons-les au plus vite, dit Picrochole, car je veux aussi être empereur de Trébizonde. Ne tuerons-nous pas tous ces chiens de Turcs et de Mahométans ?

– Diable ! Et quoi d'autre ferons-nous donc ? répondirent-ils. Vous donnerez leurs biens et leurs terres à ceux qui vous auront servi loyalement.

1. *Prétendant à l'empire universel* : encore une allusion à Charles-Quint : voir chap. 1, p. 117, note 2.

– La raison le veut, dit-il. C'est juste. Je vous donne la Caramanie, la Syrie, et toute la Palestine.

– Ha ! dirent-ils, Sire, comme vous êtes bon ! Grand merci. Que Dieu vous garde toujours prospère.

Il y avait là un vieux gentilhomme qui avait connu maintes aventures, un vrai baroudeur nommé Échéphron[1]. Lorsqu'il entendit ces propos, il prit la parole :

– J'ai bien peur que toute cette aventure ne soit semblable à la fable du pot au lait, dont un cordonnier s'enrichissait en rêve. Une fois le pot cassé, il n'avait même pas de quoi dîner. Qu'attendez-vous de ces belles conquêtes ? Quelle sera la fin de tant de peines et d'épreuves ?

– Ce sera, dit Picrochole, qu'une fois de retour, nous pourrons nous reposer à notre aise.

Alors Échéphron dit :

– Et si jamais vous n'en revenez pas ? Car le voyage est long et périlleux. Ne serait-ce pas mieux que nous nous reposions dès maintenant, sans nous exposer à tous ces dangers ?

– Oh ! dit Spadassin, par Dieu, voilà un beau crétin ! Tant que nous y sommes, allons-nous cacher au coin de la cheminée et passons-y notre vie avec les femmes, à enfiler des perles ou à tisser, comme Sardanapale [2]. Celui qui ne prend pas de risque n'obtient ni cheval ni mule, a dit Salomon.

– Celui, dit Échéphron, qui en prend trop perd son cheval et sa mule, a répondu Marcoul[3].

– Baste ! dit Picrochole, passons outre[4]. Je ne crains que ces diables des légions de Grandgousier. Quel remède proposez-vous s'ils nous frappent sur la queue pendant que nous sommes en Mésopotamie ?

---

1. *Échéphron* : d'un mot grec signifiant « prudent, raisonnable ». \ **2.** *Sardanapale* : souverain mythique, type du monarque débauché et indolent. \ **3.** *Marcoul* : au Moyen Âge, les *Dialogues de Salomon et Marcoul* mettent en scène le savant souverain et le bouffon. \ **4.** *Passons outre* : voir p. 178, note 4.

– Un très bon, répondit Merdaille. Un beau petit ordre de mobilisation, que vous enverrez aux Moscovites, vous fournira en un instant cinquante mille combattants d'élite ! Oh ! si vous me nommez votre aide de camp, je tuerai un peigne pour un mercier[1]. Je mords, je rue, je frappe, j'attrape, je tue !

– Sus, sus ! dit Picrochole, qu'on se dépêche ! Et qui m'aime me suive.

Résumé des chapitres 32 à 35 : *Gargantua envoie en reconnaissance Gymnaste, qui tue plusieurs soldats de Picrochole. Puis le géant détruit un château tenu par les ennemis. Il se débarrasse des boulets de canon qui ont atterri dans ses cheveux en se peignant. Arrivés chez Grandgousier, les Gargantuistes se voient offrir un banquet.*

1. *Je tuerai un peigne pour un mercier* : Merdaille est si fébrile qu'il inverse les mots : *tuer un mercier pour un peigne* désignait un crime commis pour un faible butin.

Chapitre 36

Comment Gargantua mangea six pèlerins en salade

Notre sujet exige que nous racontions ce qui arriva à six pèlerins venant de Saint-Sébastien, près de Nantes. Pour se protéger des ennemis, ils s'étaient dissimulés cette nuit-là dans le jardin, sur les tiges des pois, entre choux et laitues.

Gargantua, se sentant quelque peu altéré, demanda qu'on lui apporte des laitues pour se faire une salade. Lorsqu'on lui dit que se trouvaient là les plus belles et les plus grandes du pays, aussi grandes que des pruniers ou des noyers, il décida d'y aller lui-même et en ramassa dans sa main autant que bon lui sembla. Mais, ce faisant, il ramassa également les six pèlerins. Ils eurent si peur qu'ils n'osèrent ni parler ni tousser.

Pendant qu'il lavait sa salade à la fontaine, les pèlerins se disaient tout bas l'un à l'autre : « Que faire ? Nous allons nous noyer ici, parmi ces laitues. Faut-il parler ? Mais si nous parlons, il nous prendra pour des espions et nous tuera. »

Comme ils délibéraient ainsi, Gargantua les déposa avec ses laitues dans un plat de la maison, grand comme la tonne [1] de Cîteaux, et, avec de l'huile, du vinaigre et du sel, les mangea pour se rafraîchir avant de dîner. Il avait déjà engoulé [2] cinq des pèlerins et il ne restait plus que le sixième. Il était caché sous une laitue, sauf son bourdon [3] qui dépassait. En le voyant, Grandgousier dit à Gargantua :

---

1. *Tonne* : énorme cuve à vin. \ **2.** *Engoulé* : « mis dans sa gueule ». \ **3** *Bourdon* : voir chap. 25, p. 176, note 5.

– Je crois que c'est la corne d'un limaçon. Ne le mangez point.

– Pourquoi ? demanda Gargantua. Ils sont très bons ce mois-ci.

Tirant sur le bourdon, il attrapa le pèlerin et l'avala tout net. Puis il but une horrible gorgée de vin pineau et attendit qu'on prépare le dîner.

Les pèlerins ainsi dévorés se sauvèrent du mieux qu'ils purent des meules de ses dents, pensant qu'on les avait jetés en prison dans quelque trou de basse fosse. Quand Gargantua but sa longue rasade, ils crurent se noyer dans sa bouche, et le torrent de vin faillit les emporter dans le gouffre de son estomac. Toutefois, sautant avec leurs bourdons comme font les Micquelots [1], ils se mirent à l'abri à l'orée des dents.

Mais, par malheur, l'un d'eux, tâtant le terrain avec son bourdon pour savoir s'ils étaient en sûreté, frappa rudement dans le trou d'une dent creuse et toucha le nerf de la mandibule. Cela causa une très forte douleur à Gargantua, qui se mit à crier de rage. Pour soulager son mal, il fit apporter son cure-dents et, sortant vers le noyer grollier [2], vous dénicha messieurs les pèlerins. Il les attrapa, l'un par les jambes, l'autre par les épaules, l'autre par la besace, l'autre par la bourse, l'autre par l'écharpe. Quant au pauvre hère qui l'avait frappé de son bourdon, il l'accrocha par la braguette. Toutefois ce fut une chance pour lui, car il lui perça ainsi un chancre qui le martyrisait depuis qu'ils étaient passés par Ancenis. Les pèlerins ainsi dénichés s'enfuirent au galop à travers la vigne, et la douleur disparut.

À ce moment-là, Gargantua fut appelé par Eudémon pour dîner, car tout était prêt.

– Je m'en vais donc pisser mon malheur [3], dit-il.

1. *Micquelots* : pèlerins de Saint-Michel. \ **2.** *Noyer grollier* : noyer dont seuls les *grolles*, les corbeaux, peuvent casser les dures noix.\ **3.** *Pisser (s)on malheur* : expression signifiant qu'on évacue une maladie, en général vénérienne, en pissant.

Il pissa alors si copieusement que l'urine coupa le chemin aux pèlerins. Ils furent alors contraints de passer par la grande boire[1]. De là, passant par l'orée de la Touche, ils tombèrent tous, excepté Fournillier, dans une fosse qu'on avait creusée en plein milieu du chemin pour attraper les loups. Ils s'en échappèrent grâce à l'ingéniosité dudit Fournillier, qui coupa tous les nœuds et cordages du filet.

Une fois tirés d'affaire, ils couchèrent pour le reste de la nuit dans une cabane près du Coudray. Là, ils trouvèrent un réconfort à leur malheur dans les bonnes paroles d'un de leurs compagnons, nommé Lasdaller[2], qui leur démontra que cette aventure avait été prédite par David :

– *Ps. Cum exurgerent homines in nos, forte vivos deglutissent nos*[3] : c'est quand nous fumes mangés en salade avec du sel. *Cum irasceretur furor eorum in nos, forsitan aqua absorbuisset nos*[4] : c'est quand il but la grande rasade. *Torrentem pertransivit anima nostra*[5] : c'est quand nous passâmes par la grande boire. *Forsitan pertransisset anima nostra, aquam intolerabilem*[6] de son urine, qui nous coupa le chemin. *Benedictus dominus qui non dedit nos in captionem dentsibus eorum. Anima nostra sicut passer erepta est de laqueo venantium*[7] : c'est quand nous tombâmes dans la fosse. *Laqueus contritus est*[8] par Fournillier, *et nos liberati sumus. Adjutorium nostrum*[9], etc.

1. *Grande boire* : en dialecte tourangeau, un canal d'irrigation. \ **2.** *Lasdaller* : « Fatigué de marcher ». \ **3.** Ps. Cum [...] nos : « Psaume : "Quand les hommes se sont dressés contre nous, peut-être nous auraient-ils avalés vivants" ». \ **4.** Cum [...] absorbuisset nos : « Quand leur fureur s'allumait contre nous, peut-être l'eau nous aurait-elle engloutis. » \ **5.** Torrentem [...] nostra : « Notre âme a passé le torrent. » \ **6.** Forsitan [...] intolerabilem : « Peut-être notre âme aurait-elle franchi l'eau irrésistible. » \ **7.** Benedictus [...] venantium : « Béni soit le Seigneur qui n'a pas fait de nous la proie de leurs dents. Notre âme s'est échappée comme un oiseau du filet des oiseleurs. » \ **8.** Laqueus contritus est : « Le filet a été rompu. » \ **9.** Et nos [...] nostrum : « et nous sommes libérés. Notre secours, etc. »

Résumé du chapitre 37 : *apprenant les exploits de Frère Jean, Gargantua le fait venir. Le moine surprend tout le monde par son énergie, son franc parler et sa joie de vivre.*

Chapitre 38

Pourquoi les moines sont rejetés du monde et pourquoi certains ont le nez plus grand que les autres

– Foi de chrétien, dit Eudémon, j'entre en grande rêverie en considérant les qualités de ce moine. Car il nous réjouit tous ici. Comment se fait-il donc qu'on écarte les moines de toutes les bonnes compagnies en les traitant de trouble-fête, comme les abeilles chassent les frelons de leurs ruches ? *Ignavum fucos pecus*, dit Virgile, *a presepibus arcent*[1].

– Il n'y a rien de si vrai, répondit Gargantua, que le froc[2] et la cagoule attirent les opprobres, injures et malédictions de tout le monde aussi facilement que le vent nommé Cecias attire les nuées. La raison véritable est parce qu'ils mangent la merde du monde, c'est-à-dire les péchés, et c'est en tant que mache-merdes qu'on les relègue dans leurs latrines, à savoir les couvents et autres abbayes, qui sont aussi écartés de la vie publique que les latrines d'une maison.

« Et si vous comprenez pourquoi un singe est toujours moqué et ridiculisé, vous comprendrez pourquoi les moines sont rejetés de tous, des vieux comme des jeunes. Le singe ne garde point la maison comme le ferait un chien ; il ne tire pas la charrue, comme le bœuf ; il ne produit ni lait ni laine, comme la brebis ; il ne porte pas de fardeau, comme le cheval. Il ne fait que tout conchier[3] et saccager. Voilà la raison pour

---

1. Ignavum [...] arcent : « Elles chassent de leurs ruches la troupe oisive des frelons. » \ **2.** *Froc* : voir chap. 25, p. 174, note 1.\ **3.** *Conchier* : souiller d'excréments.

laquelle il est moqué et bastonné par tous. De même, un moine (je parle de ces moines inutiles et fainéants) ne laboure pas, comme le paysan ; il ne protège pas le pays, comme le soldat ; il ne guérit pas les malades, comme le médecin ; il ne prêche ni n'instruit le monde, comme un bon docteur évangélique [1] et un bon professeur ; il ne transporte pas les biens nécessaires à la société, comme le marchand. C'est pourquoi ils sont hués et abhorrés par tout le monde.

– Certes, dit Grandgousier, mais ils prient Dieu pour nous.

– Pensez-vous ! répondit Gargantua. En fait, ils assomment tout leur voisinage à force de secouer leurs cloches…

– C'est vrai, ajouta le moine : messe, matines et vêpres bien sonnées sont à moitié dites.

– … Ils marmonnent quantité de vies de saints et de psaumes auxquels ils ne comprennent rien. Ils disent force patenôtres, entrelardées de longs Ave Maria, sans rien y comprendre et sans même y penser ! J'appelle cela des « moque-Dieu », non des prières. Que Dieu les aide s'ils prient pour nous et non par peur de perdre leur pain et leurs soupes bien grasses. Tous les vrais chrétiens, de toute condition, en tout lieu, en tout temps, prient Dieu ; l'Esprit prie et intercède en leur faveur ; et Dieu les prend en grâce.

« Toutefois, notre bon Frère Jean n'est pas ainsi. C'est pourquoi chacun recherche sa compagnie. Il n'est pas bigot, il n'est pas négligé, il est honnête, joyeux, résolu, bon compagnon. Il travaille, il se donne du mal, il défend les opprimés, il réconforte les affligés, il secourt ceux qui souffrent, il protège le clos de l'abbaye.

– Je fais, dit le moine, bien davantage. Car, au chœur, tout en expédiant les matines et les services anniversaires, je tresse des cordes d'arbalète, je polis des flèches, je fabrique des pièges

1. *Docteur évangélique* : l'expression désigne celui qui prêche l'Évangile.

et des filets pour attraper les lapins. Jamais je ne suis oisif. Mais, or ça, à boire, à boire, or ça! Apporte donc le fruit! Ce sont des châtaignes du bois d'Estroc. Accompagnez-les d'un bon vin nouveau, et vous voilà compositeurs de pets [1]. Quoi? vous n'êtes pas encore émoustillés? Par Dieu, je bois à tous les gués, comme un cheval de promoteur [2].

Gymnaste lui dit alors :

– Frère Jean, ôtez donc cette roupie qui vous pend au nez!

– Ha! dit le moine, serais-je en danger de me noyer, vu que je suis dans l'eau jusqu'au nez? Non, non! *Quare? quia* [3] elle en sort bien, mais n'y entre point. Car ce nez est bien antidoté avec du pampre [4]. Oh! mon ami, celui qui aurait des bottes d'hiver faites dans un pareil cuir, il pourrait aller hardiment pêcher les huîtres, car jamais elles ne prendraient l'eau.

– Pourquoi, demanda Gargantua, est-ce que Frère Jean a un si beau nez?

– Parce que, répondit Grandgousier, Dieu l'a ainsi voulu. Il nous a donné forme et fonction selon son divin arbitre, comme un potier modèle ses vases.

– Parce qu'il fut parmi les premiers à la foire aux nez, répondit Ponocrates. Il a pris l'un des plus beaux et plus grands.

– *Trut avant* [5]! dit le moine. Selon la véritable philosophie monastique, c'est parce que ma nourrice avait les tétons mollets. En la tétant, mon nez s'y enfonçait comme dans du beurre. Là dedans, il grandissait et croissait comme la pâte dans le pétrin. Les durs tétons des nourrices, eux, font les enfants

1. *Compositeurs de pets* : le texte dit : *composeur de pets*, avec un jeu sur l'expression latine *componere pacem* (« conclure la paix »). Dans le *Pantagruel* (chap. 27), Panurge explique pourquoi les châtaignes « pètent ». \ **2.** *Promoteur* : juge ecclésiastique, équivalent d'un procureur. *Boire à tous les gués* équivaut à « manger à tous les rateliers », donc accepter toutes sortes de pots-de-vin. \ **3.** *Quare? quia* : « pourquoi? parce que ». \ **4.** *Pampre* : branche de vigne : le nez du moine est donc protégé, immunisé contre l'eau avec du vin. \ **5.** Trut avant : exclamation signifiant le refus ou le mépris.

camus. Mais, gai ! gai ! *ad formam nasi cognoscitur ad te levavi*[1]. Je ne mange jamais de confitures. Page, cours chercher à boire ! Avec des rôties[2] !

Résumé du chapitre 39 : *une fois le dîner terminé, tous s'endorment. Mais Frère Jean réveille la compagnie en chantant. Puis ils partent au combat.*

1. Ad formam [...] levavi : « à la forme du nez on connaît celle de ce que j'ai levé vers toi ». \ **2.** *Rôties* : tranches de pain grillé qu'on trempe dans le vin.

Chapitre 40

Comment le moine encourage ses compagnons, et comment il resta pendu à un arbre

TEXTE 9

Or s'en vont les nobles champions vers leurs aventures, bien décidés à ne pas confondre les occasions de se battre avec les cas où il leur faudra rester sur leurs gardes quand viendra la journée de la grande et horrible bataille. Le moine leur donne du courage en disant :

– Mes enfants, n'ayez ni peur ni doute. Je vous conduirai en sécurité. Que Dieu et saint Benoît soient avec nous ! Si j'avais autant de force que de courage, par la mort bieu [1], je vous les plumerais comme des canards. Je ne crains rien, à part l'artillerie. Je connais bien une petite prière, que m'a confiée le sous-sacristain de notre abbaye, et qui protège contre tous les canons. Mais elle ne me sera d'aucune utilité, car je n'y prête pas foi. Mon bâton de la croix, en revanche, fera diable.

« Par Dieu, celui de vous autres qui jouera à la poule mouillée, je me donne au diable si je ne le fais pas moine à ma place pour le harnacher de mon froc [2]. Car c'est un remède contre la couardise. N'avez-vous point entendu parler du lévrier de monsieur de Meurles, qui ne valait rien à la chasse ? On lui mit un froc sur le cou et, par le corps Dieu, plus aucun renard ni lièvre ne lui échappait ! Qui plus est, il couvrait toutes les chiennes du pays, lui qui auparavant

---

1. *Par la mort bieu* : voir chap. 16, p. 142, note 2. \ **2.** *Froc* : voir chap. 25, p. 174, note 1.

était complètement amorphe, voyez le chapitre *de frigidis et maleficiatis*[1].

Tout en tenant ces propos avec colère, le moine passa sous un noyer, du côté de la Saulaie, et embrocha la visière de son heaume sur l'extrémité d'une grosse branche. Malgré cela, il éperonna brusquement son cheval. Celui-ci étant chatouilleux, il bondit en avant. Le moine, voulant défaire sa visière, lâche alors la bride et, de la main, se pend aux branches pendant que le cheval se sauve.

C'est ainsi que le moine demeura pendu au noyer, criant à l'aide et au meurtre, et déclarant qu'on l'avait trahi. Eudémon l'aperçut le premier. Il appela Gargantua :

– Sire, venez et voyez Absalon pendu[2] !

Arrivé sur les lieux, Gargantua examina l'attitude du moine, et la façon dont il pendait à l'arbre. Il dit à Eudémon :

– Vous vous êtes trompé en le comparant à Absalon. Car Absalon s'est pendu par les cheveux, alors que le moine, qui est tonsuré, s'est pendu par les oreilles.

– Aidez-moi, dit le moine, par le diable ! Il est bien temps de jacasser ! Vous me faites penser aux prédicateurs décrétalistes, qui disent que quiconque verra son prochain en danger de mort doit, sous peine d'excommunication foudroyante, le confesser et le mettre en état de grâce, plutôt que de l'aider. Quand je les verrai tomber dans la rivière et sur le point de se noyer, au lieu d'aller les aider, je leur ferai un beau petit sermon *de contemptu mundi et fuga seculi*[3]. Et, quand ils seront raides morts, j'irai les repêcher.

– Ne bouge pas mon mignon, dit Gymnaste, je viens t'aider, car tu es vraiment un gentil petit moine :

1. De frigidis et maleficiatis : « des gens frigides et rendus impuissants par des maléfices » : extrait d'un célèbre ouvrage de droit médiéval. \ **2.** *Absalon pendu* : Absalon, fils du roi David, resta pendu par les cheveux à un chêne et fut alors tué par Joab. \ **3.** De contemptu mundi et fuga seculi : « sur le mépris du monde et la fuite des siècles ».

Monachus in claustro
Non valet ova duo.
Sed quando est extra,
Bene valet triginta[1].

« J'en ai vu, des pendus, plus de cinq cents. Mais jamais je n'en vis un qui eût plus belle allure que toi en pendillant. Si je pouvais avoir une telle allure, je resterais ainsi pendu toute ma vie.

– Vous avez bientôt fini avec vos sermons ? dit le moine. Aidez-moi, par Dieu, puisque vous ne voulez pas par l'autre[2] ! Au nom de l'habit que je porte, vous vous en repentirez *tempore et loco prelibatis*[3].

Alors Gymnaste decendit de son cheval et, grimpant au noyer, souleva le moine par les goussets[4] d'une main, tandis que, de l'autre, il décrochait sa visière de la branche. Une fois à terre, le moine se débarrassa de son armure et en jeta les pièces l'une après l'autre dans le champ. Puis, reprenant son bâton de la croix, il remonta sur son cheval, qu'Eudémon avait empêché de fuir.

Ainsi s'en vont-ils joyeusement, sur le chemin de la Saulaie.

Résumé des chapitres 41 et 42 : *Gargantua et ses compagnons affrontent des soldats de Picrochole. Frère Jean, trop indiscipliné, poursuit les ennemis en déroute. Il est fait prisonnier, mais parvient à s'échapper en libérant les pèlerins, capturés par les ennemis, et en faisant un prisonnier, le capitaine Touquedillon.*

1. Monachus [...] triginta : « Un moine dans un cloître ne vaut pas deux œufs mais, lorsqu'il est dehors, il en vaut bien trente. » \ **2.** *Par l'autre* : c'est-à-dire par le diable. \ **3.** Tempore et loco prelibatis : « en temps et lieu choisis ». \ **4.** *Goussets* : pièces de l'armure protégeant les aisselles.

Chapitre 43

Comment le moine ramena les pèlerins, et les bonnes paroles que leur dit Grandgousier

Cette escarmouche terminée, Gargantua se retira avec ses gens, excepté le moine, et parvint au point du jour chez Grandgousier qui, dans son lit, priait Dieu pour leur salut et leur victoire. En les voyant tous sains et saufs, il les embrassa de bon cœur et demanda des nouvelles du moine. Gargantua lui répondit que, sans aucun doute, leurs ennemis avaient le moine.

– Ils n'ont donc pas de chance, répondit Grandgousier.

Ce qui était vrai. C'est pourquoi on dit en proverbe *donner le moine à quelqu'un* [1].

Grandgousier ordonna qu'on leur prépare à déjeuner, pour qu'ils reprennent des forces. Quand tout fut préparé, on appela Gargantua. Mais il avait tant de peine pour le moine qu'il ne voulait ni boire ni manger.

Tout à coup le moine arrive et, depuis la porte de cour basse, s'écrie : « Du vin frais, du vin frais, Gymnaste, mon ami ! » Gymnaste sortit et vit que c'était Frère Jean qui ramenait cinq pèlerins [2] ainsi qu'un prisonnier, Touquedillon. Gargantua sortit à son tour. Tous lui firent le meilleur accueil qu'ils purent, puis le conduisirent auprès de Grandgousier, qui l'interrogea sur son aventure. Le moine lui raconta tout : comment

1. Donner le moine à quelqu'un : expression proverbiale signifiant « jouer un mauvais tour à quelqu'un ». \ **2.** *Cinq pèlerins* : il manque donc un pèlerin. Rabelais ne donne aucune explication.

on l'avait capturé, comment il s'était débarrassé de ses gardes, la boucherie qu'il avait faite en s'échappant, comment il avait secouru les pèlerins et emmené le capitaine Touquedillon. Ils se mirent ensuite à banqueter joyeusement tous ensemble.

TEXTE 20

Pendant ce temps, Grandgousier demandait aux pèlerins de quel pays ils étaient, d'où ils venaient et où ils allaient. Lasdaller répondit au nom de tous :

– Seigneur, je suis de Saint-Genou, en Berry. Celui-ci est de Palluau, celui-ci d'Onzay, celui-ci d'Argy, celui-ci de Villebernin. Nous venons de Saint-Sébastien[1], près de Nantes, et nous rentrons par petites étapes.

– Bon dit Grandgousier, mais qu'alliez-vous faire à Saint-Sébastien ?

– Nous allions lui faire nos vœux contre la peste.

– Oh, pauvres gens ! Pensez-vous que la peste vienne de saint Sébastien ?

– Oui, assurément, répondit Lasdaller. Nos prédicateurs l'affirment.

– Oh, dit Grandgousier, les faux prophètes vous annoncent-ils de telles absurdités ? Est-ce ainsi qu'ils blasphèment les justes et les saints de Dieu, et les rendent semblables aux diables qui ne font que du mal entre les hommes ? Ils me font penser à Homère, qui écrit que la peste fut répandue dans l'armée des Grecs par Apollon, et à ces poètes qui imaginent une multitude de vejoves[2] et autres dieux malfaisants.

« Une espèce de cafard prêchait ainsi à Cinais. Il prétendait que saint Antoine met le feu aux jambes[3], que saint Eutrope rend hydropique, saint Gildas fou et saint Genou goutteux. Mais, bien qu'il m'ait fait une réputation d'hérétique, je l'ai puni de façon si exemplaire que, depuis ce temps, plus aucun

1. *Saint-Sébastien* : lieu de pèlerinage surtout destiné aux victimes de la peste et des morsures de serpent. \ **2.** *Vejoves* : divinité latine des enfers. \ **3.** *Saint Antoine met le feu aux jambes* : voir *Pantagruel*, prologue, p. 12, note 1.

cafard n'a osé entrer sur mes terres. Car ils faut les punir plus sévèrement que ceux qui, par magie ou autre subtilité, auraient répandu la peste dans le pays. La peste ne tue que les corps, mais ces prédications diaboliques empoisonnent les âmes des gens simples et pauvres.

Pendant qu'il disait cela, le moine entra, d'un air décidé, et leur demanda :

– D'où êtes-vous, vous autres, pauvres hères ?

– De Saint-Genou, répondirent-ils.

– Et comment se porte l'abbé Tranchelion [1], le bon buveur ? Et les moines, que mangent-ils ? Par le cordieu, ils biscottent [2] vos femmes pendant que vous êtes en pèlerinage !

– Hin, hin ! dit Lasdaller, je n'ai pas peur de la mienne. Car celui qui la verra en plein jour ne risquera pas de se rompre le cou en allant lui rendre visite la nuit.

– C'est bien rentré de piques [3] ! Par Dieu, même aussi vilaine que Proserpine, elle aurait de toute façon la saccade, puisqu'il y a des moines dans les environs ! Car un bon ouvrier met indifféremment toutes pièces à l'œuvre. Que j'attrape la vérole si vous ne les trouvez engrossées à votre retour. N'oubliez pas : même l'ombre du clocher d'une abbaye est source de fécondité.

– C'est, dit Gargantua, comme l'eau du Nil en Égypte, si on en croit Strabon. Pline, livre VII, chapitre 3, signale que cette fécondité concerne la miche, les habits, et les corps [4].

Alors Grandgousier dit :

– Allez vous-en, pauvres gens, au nom de Dieu le créateur. Qu'Il soit pour vous un guide perpétuel. Dorénavant, ne vous

1. *Tranchelion* : personnage authentique, Antoine de Tranchelion fut abbé de Saint-Genou de 1512 à 1520. \ **2.** *Biscotter* : Rabelais utilise souvent ce verbe (signifiant « cuire deux fois ») dans un sens sexuel. \ **3.** *C'est bien rentré de piques* : expression tirée du jeu de cartes, signifie « dire une stupidité ». \ **4.** *Comme l'eau* [...] *corps* : Strabon et Pline disent que boire l'eau du Nil rend les Égyptiennes fécondes. *Miches* (céréales), *habits* (textile) et *corps* (nourriture) : les trois domaines où s'exerce le pouvoir de cette eau.

adonnez plus à ces voyages inutiles et bons pour les fainéants. Occupez-vous de vos familles, travaillez selon vos vocations, instruisez vos enfants et vivez comme vous l'enseigne le bon apôtre saint Paul. Ce faisant, vous serez sous la protection de Dieu, des anges et des saints ; il n'y aura plus aucune peste, plus aucun mal, pour vous nuire.

Puis Gargantua les emmena se restaurer dans la grande salle. Mais les pèlerins ne faisaient que soupirer. Ils dirent à Gargantua :

– Oh, qu'il est heureux le pays qui a pour seigneur un tel homme ! Nous voici plus édifiés et instruits par les propos qu'il nous a tenus, que par tous les sermons qui furent jamais prêchés dans notre ville.

– C'est, répondit Gargantua, ce que dit Platon au livre 5 de la *République* : les états seront heureux quand les rois philosopheront ou quand les philosophes régneront.

Puis il fit remplir leurs besaces de vivres et de bouteilles de vin. Il donna à chacun un cheval pour éviter la fatigue du chemin, ainsi que quelques carolus [1] pour vivre.

***Résumé des chapitres 44 et 45** : dans un discours plein de générosité et de noblesse, Grandgousier fait l'éloge de la paix au capitaine Touquedillon. Frère Jean, qui l'a capturé et a donc le droit d'en obtenir une rançon, refuse de réclamer son dû, l'argent ne l'intéressant pas. On renvoie Touquedillon chez Picrochole, à qui il raconte la grandeur d'âme de Grandgousier. Mais Picrochole ordonne à ses archers de le tuer : « Cet ordre fut exécuté immédiatement, si cruellement que la salle était toute couverte de sang ; puis il fit jeter le corps de Touquedillon pardessus les murailles. »*

1. *Carolus* : pièce d'argent de l'époque..

Chapitre 46

Comment Gargantua assaillit Picrochole dans La Roche-Clermault et défit l'armée dudit Picrochole

Gargantua eut la charge de toute l'armée. Son père resta au fort et, tout en les encourageant par de bonnes paroles, promit des dons importants à ceux qui accompliraient des prouesses. Puis ils se rendirent au gué de Vède où, sur des bateaux et des ponts provisoires, ils passèrent outre [1] d'une traite. Enfin, après avoir examiné la position de la ville, qui se trouvait en un lieu élevé et avantageux, on discuta durant la nuit de la tactique à adopter.

Gymnaste dit à Gargantua :

– Seigneur, les Français sont ainsi faits qu'ils n'ont de valeur qu'à la première attaque. À cet instant, ils sont plus forts que les diables. Mais, s'ils attendent, ils sont pires que des femmes. Je suis d'avis que, après avoir laissé vos gens se nourrir et se reposer un peu, vous ordonniez l'assaut dès maintenant.

Cet avis fut trouvé bon. Gargantua déploie alors ses troupes en plein champ, en laissant les réserves sur le côté. Le moine prit avec lui six enseignes [2] de fantassins et deux cents hommes d'armes. À toute vitesse, ils traversèrent les marais et rejoignirent, au-dessus du Puy, le grand chemin de Loudun.

Pendant ce temps, l'attaque continuait. Les hommes de Picrochole ne savaient s'il fallait sortir et combattre dehors, ou

---

1. *Passer outre* : l'expression signifie « traverser », « aller au-delà », mais elle renvoie ironiquement à la devise de Charles-Quint : voir p. 178, note 4.\ **2.** *Enseigne* : une enseigne est un drapeau, sous lequel se range une compagnie de soldats.

bien garder la ville sans bouger. Ce dernier fit une sortie furieuse avec une troupe d'hommes d'armes de sa garde, mais il fut reçu et festoyé à grands coups de canons, dont les boulets grêlaient depuis les coteaux. Les Gargantuistes se retirèrent alors dans la vallée pour laisser place libre à l'artillerie. Ceux qui étaient restés dans la ville se défendaient du mieux qu'ils pouvaient, mais leurs tirs passaient outre[1] par-dessus sans toucher leurs cibles.

Quelques-uns de la troupe de Picrochole, qui avaient échappé à l'artillerie, chargèrent férocement sur nos gens. En pure perte, car ils se firent tous cueillir entre nos lignes, où ils furent taillés en pièces. Voyant cela, ils cherchèrent à rebrousser chemin. Mais, pendant ce temps, le moine leur avait coupé le passage. Alors ils s'enfuirent, dans le plus complet désordre. Quelques-uns de nos hommes voulurent les poursuivre. Mais le moine les retint, craignant que, en suivant les fuyards, ils ne perdent leurs positions et que les défenseurs de la ville n'en profitent pour les attaquer. Attendant un moment, et voyant que nul ne se présentait contre eux, il envoya le duc Phrontiste[2] prévenir Gargantua d'avancer vers le coteau gauche de manière à empêcher la retraite de Picrochole.

C'est ce que fit Gargantua. Sans perdre un instant, il lança quatre légions de la compagnie de Sébaste[3]. Ils n'avaient pas atteint le sommet qu'ils tombaient nez à nez avec Picrochole et ses hommes qui s'étaient dispersés. Ils chargèrent alors sur eux avec force. Mais nombre d'entre eux furent blessés par les tirs d'artillerie des défenseurs. Gargantua courut alors les secourir de toute sa puissance. Son artillerie commença à frapper les murailles d'où venaient les tirs, si bien que tous les défenseurs de la ville se massèrent sur ce côté des remparts.

1. *Passaient outre* : voir p. 178, note 4. \ **2.** *Phrontiste* : d'un mot grec signifiant « réfléchi », « clairvoyant ». \ **3.** *Sébaste* : nom grec signifiant « respectable ».

Voyant le côté qu'il assiégeait privé de défenseurs, le moine s'élança bravement vers le fort et fit si bien qu'il escalada les murailles avec quelques-uns de ses hommes, sachant que ceux qui arrivent par surprise inspirent plus de frayeur et de crainte chez l'ennemi que ceux qui luttent avec force. Toutefois il ne produisit aucun tumulte tant que ses troupes n'avaient pas gagné les murailles, excepté deux cents hommes d'armes qu'il laissait de côté en attendant le moment favorable. Puis il poussa un horrible cri et, accompagné de ses soldats, tua sans rencontrer de résistance les gardes de la porte près de laquelle ils s'étaient postés. Alors ils ouvrirent aux hommes d'armes et, avec vaillance, s'élancèrent tous ensemble vers la porte de l'est, où avait lieu l'affrontement principal. Arrivant par derrière sur les défenseurs, ils réduisirent toutes leurs forces à néant. Les assiégés, voyant que les Gargantuistes avaient de toutes parts envahi la ville, se rendirent au moine.

Celui-ci leur fit déposer armes et armures et les enferma dans les églises, en confisquant tous les bâtons de croix et en plaçant des gens aux portes pour les empêcher de sortir. Puis il ouvrit la porte de l'est, et sortit prêter main forte à Gargantua.

Picrochole crut que ses hommes faisaient une sortie pour le secourir. Plein d'outrecuidance, il prit des risques inconsidérés, jusqu'à ce que Gargantua s'écrie : « Frère Jean, mon ami ! Frère Jean, soyez le bienvenu ! » Alors, voyant que tout était perdu, Picrochole et ses gens prirent la fuite de tous côtés. Gargantua les poursuivit jusque Vaugaudry en les tuant et les massacrant. Pis il fit sonner la retraite.

Chapitre 47

Comment Picrochole en fuite fut pris de malchance, et ce que fit Gargantua après la bataille

Picrochole, plein de désespoir, s'enfuit vers l'Île-Bouchard. Au chemin de Rivière, son cheval broncha et tomba par terre. Il en fut tellement indigné que, plein de colère, il le tua avec son épée. Puis, ne trouvant personne pour lui apporter une nouvelle monture, il voulut voler un âne au moulin qui se trouvait là. Mais les meuniers le meurtrirent de coups et le dépouillèrent de ses vêtements. Ils lui donnèrent ensuite une vilaine souquenille [1] pour se couvrir.

Ainsi s'en alla le pauvre colérique. Traversant la rivière à Port-Huault et racontant ses mésaventures, il fut prévenu par une vieille sorcière que son royaume lui serait rendu à la venue des coquecigrues [2]. Depuis, on ignore ce qu'il devenu. Toutefois, on m'a dit qu'il est à présent pauvre gagne-petit à Lyon, aussi colérique qu'auparavant, et toujours s'informant auprès des étrangers de la venue des coquecigrues. Il pense avec certitude, selon la prophétie de la vieille, retrouver un jour son royaume.

Après la retraite, Gargantua commença par compter ses gens. Il constata que peu d'entre eux avaient été tués dans la bataille, en l'occurrence quelques fantassins de la troupe du capitaine Tolmere [3], ainsi que Ponocrates, qui avait reçu un coup d'arquebuse [4] dans son pourpoint.

---

1. *Souquenille* : vêtement de paysan. \ **2.** *Coquecigrues* : animaux imaginaires. \ **3.** *Tolmere* : signifie « audacieux » en grec. \ **4.** *Qui avait reçu coup d'arquebuse* : Rabelais ne fait plus mention de cette blessure ensuite.

Gargantua ordonna que tous se restaurent, compagnie par compagnie. Il demanda à ses trésoriers que ce repas leur fût offert. Il ordonna également que l'on ne commît nul excès dans la ville, vu qu'à présent elle lui appartenait. Après le repas, tous devaient comparaître sur la place du château, pour recevoir un salaire de six mois. Ce qui fut fait. Puis il fit venir devant lui, sur ladite place, tous les survivants de l'armée de Picrochole. En présence de tous ses princes et capitaines, il leur tint le discours suivant.

Résumé des chapitres 48 et 49 *: Gargantua tient un discours juste et ferme aux vaincus. Il insiste sur l'importance des liens d'amitié entre les nations et sur la nécessité de préserver les anciennes alliances. Il décide que le royaume de Picrochole sera gouverné quelques temps par ses propres administrateurs, et que son fils sera éduqué par Ponocrates. Puis il ordonne que soient châtiés les fouaciers, surtout Marquet, responsable de la guerre, ainsi que les conseillers de Picrochole. Ensuite, il récompense ses hommes en leur offrant des terres.*

Chapitre 50

Comment Gargantua fit bâtir pour le moine l'abbaye de Thélème

Il ne restait plus qu'à récompenser le moine. Gargantua voulut le nommer abbé de Seuilly, mais il refusa. Il voulut lui donner l'abbaye de Bourgueil, ou celle de Saint-Florent, qui lui conviendrait mieux, ou même les deux si elles lui plaisaient. Mais le moine lui fit une réponse catégorique : il ne voulait diriger ni gouverner aucun moine. « Car comment, dit-il, pourrais-je gouverner autrui, alors que je ne saurais me gouverner moi-même ? S'il vous semble que je vous ai rendu un service qui vous a plu, et que je puisse recommencer à l'avenir, permettez-moi de fonder une abbaye à mon idée. »

La requête plut à Gargantua. Il lui offrit tout son pays de Thélème, le long de la Loire, à deux lieues de la grande forêt de Port-Huault. Frère Jean demanda d'instituer la règle de son ordre à l'inverse de tous les autres.

– Donc, premièrement, dit Gargantua, il ne faudra pas édifier de murailles autour, car toutes les autres abbayes sont farouchement murées.

– C'est vrai, dit le moine, et ce n'est pas sans raison : là où il y a des murs devant et derrière, il y a force murmures, jalousies, et complots silencieux.

Bien plus, vu que dans certains couvents de ce monde il est d'usage que, si une femme entre (je parle des prudes et pudiques), on nettoie les endroits où elle est passée, il fut ordonné que, si un religieux ou religieuse devait par hasard y entrer, on nettoierait soigneusement tous les lieux par lesquels ils seraient passés.

En outre, parce que dans les religions de ce monde tout est organisé, réglé et limité par les heures, il fut décrété que ne s'y trouveraient ni horloge ni cadran, et que les activités seraient réparties selon les occasions et commodités. Car Gargantua disait que la plus authentique perte de temps qu'il connût était de compter les heures – quel bien en tirer ? – tout comme la plus grande stupidité du monde était de se gouverner au son d'une cloche et non selon les lois du bon sens et de l'intelligence.

En outre, parce que en ce temps-là on ne faisait entrer en religion que les femmes borgnes, boiteuses, bossues, laides, abîmées, folles, insensées, mal formées et tarées, et seulement les hommes catarrheux, mal nés, stupides, et pénibles pour leurs familles…

– Au fait, dit le moine, une femme qui n'est ni belle ni bonne, à quoi vaut toile [1] ?

– À mettre en religion, dit Gargantua.

– Oui, dit le moine. Et à faire des chemises.

… il fut ordonné que ne seraient admises là que les femmes belles, bien formées, et de bonne nature, et les hommes beaux, bien formés et de bonne nature.

En outre, parce que dans les couvents de femmes n'entraient jamais les hommes (sauf clandestinement), il fut décrété qu'il n'y aurait des femmes qu'à la condition qu'il y aurait des hommes, qu'il n'y aurait pas d'hommes s'il n'y avait des femmes.

En outre, parce que les hommes comme les femmes, une fois admis en religion après leur année probatoire, étaient contraints

1. *À quoi vaut toile* : « à quoi vaut-elle » (jeu de mots : on prononçait *toile* comme *t-elle*).

d'y passer tout le reste de leur existence, il fut établi que tant les hommes que les femmes qui y seraient reçus en sortiraient quand bon leur semblerait, librement et entièrement.

En outre, parce que d'habitude les religieux font trois vœux, à savoir chasteté, pauvreté et obéissance, il fut décidé qu'on pourrait y être marié en tout honneur et qu'on pourrait y vivre riche et librement.

Quant à l'âge requis, les femmes y seraient reçues de dix à quinze ans, et les hommes de douze à dix-huit.

Chapitre 51

Comment fut bâtie et dotée l'abbaye de Thélème

Pour la construction et l'approvisionnement de l'abbaye, Gargantua fit verser comptant deux millions sept cent mille huit cent trente et un moutons à la grande laine[1] et, pour chaque année, jusqu'à ce que tout fût achevé, il assigna, pris sur la recette de la Dive[2], un million six cent soixante-neuf mille écus au soleil[3], et autant à l'étoile Poussinière[4]. Pour son entretien, il donna, à titre perpétuel, deux millions trois cent soixante-neuf mille cinq cent quatorze nobles à la rose[5], comme rente foncière garantie et payable chaque année à la porte de l'abbaye. Il fit établir pour cela des actes notariés.

Le bâtiment était en forme hexagonale, fait de telle façon que, à chaque angle, figurait une grande tour ronde de soixante pas de diamètre. Elles étaient toutes semblables en taille et en aspect. La Loire coulait au nord. Sur sa rive se dressait une des tours, nommée *Arctique*. En allant vers l'est, la suivante se nommait *Bel-Air*. La suivante : *Orientale*. La suivante : *Antarctique*. L'autre : *Occidentale*. Et la dernière : *Glaciale*.

Entre chaque tour il y avait un espace de trois cent douze pas. Le tout comprenait six étages, en comptant les caves. Le

1. *Moutons à la grande laine* : pièces d'or marquées d'un *Agnus Dei*. \ **2.** *La recette de la Dive* : il y avait un péage sur la Dive, rivière près de la Devinière, où vivait la famille de Rabelais. \ **3.** *Écus au soleil* : pièces marquées d'un soleil. \ **4.** *Étoile Poussinière* : monnaie imaginaire, frappée de la constellation de la Pléiade (appelée aussi *Poussinière*). \ **5.** *Nobles à la rose* : monnaie d'or anglaise, frappée d'une rose.

second étage était voûté en anse de panier. Le reste était couvert de gypse des Flandres sculpté en forme de cul-de-lampe. Le toit était couvert d'ardoise fine, avec faîtage en plomb représentant de petits personnages et animaux bien assortis et dorés. Les gouttières saillaient de la muraille, entre les fenêtres ; elles étaient peintes en diagonale d'or et azur jusqu'au sol, où elles se terminaient par de grands chéneaux se jetant tous dans la rivière au pied du bâtiment.

Ce bâtiment était cent fois plus magnifique que Bonivet [1]. Car il comptait neuf mille trois cent trente-deux chambres, chacune dotée d'une arrière-chambre, petit bureau, garde-robe, chapelle [2] et d'un accès dans une grande salle. Entre chaque tour, au milieu du corps du logis, se trouvait un escalier tournant, dont les marches étaient en partie de porphyre, en partie de marbre rouge de Numidie, en partie de marbre serpentin [3], longues de vingt-deux pieds, épaisses de trois doigts, et groupées par douze entre chaque palier. Sur ces paliers figuraient deux belles arcades à l'antique, entre lesquelles entrait la lumière. Elles donnaient accès à une petite pièce à claire-voie, de la même largeur que l'escalier. Celui-ci montait jusqu'au dessus du toit et se terminait par un pavillon. De cet escalier, on entrait de chaque côté dans une grande salle, pour passer ensuite des salles aux chambres.

Entre les tours Arctique et Glaciale se trouvaient les belles et grandes bibliothèques, avec des livres en grec, latin, hébreu, français, italien et espagnol. Elles étaient réparties parmi les divers étages, en fonction de ces langues. Au milieu de ce côté se trouvait un merveilleux escalier tournant, ouvert sur l'extérieur par un arceau large de six toises [4], et fait de telle façon que

1. *Bonivet* : célèbre château construit à l'époque près de Poitiers. \ **2.** *Chapelle* : ce mot a plusieurs significations. On pense qu'il s'agit ici de petites cuisines. \ **3.** *Serpentin* : rouge et blanc sur fond vert.\ **4.** *Toises* : voir *Pantagruel*, chap. 1, p. 13, note 4.

six hommes d'armes, la lance à la cuisse, pouvaient monter ensemble et de front jusqu'en haut de l'édifice.

Entre les tours Orientale et Antarctique étaient aménagées de belles et grandes galeries, toutes décorées de fresques représentant des exploits antiques et des épisodes de l'histoire du monde. Au milieu se trouvaient une montée et une porte semblables à celles que nous avons signalées du côté de la rivière. Sur cette porte était écrit en grandes lettres ce qui suit.

***Résumé des chapitres 52 à 54** : le chapitre 52 est un long poème dans le style de la grande rhétorique, indiquant qui est exclu de Thélème et qui y est admis. La description de l'abbaye reprend. Puis, on montre comment étaient vêtus les Thélémites.*

Chapitre 55

Comment était réglée la manière de vivre des Thélémites

Toute leur vie était organisée non selon des lois, statuts ou règles, mais selon leur volonté et libre arbitre. Ils se levaient quand bon leur semblait, buvaient, mangeaient, travaillaient, dormaient quand l'envie leur en venait. Nul ne les réveillait, nul ne les forçait ni à boire ni à manger, ni à faire quoi que ce soit. Ainsi l'avait voulu Gargantua. Ils n'avaient pour seule règle que cette clause : *Fais ce que tu voudras*. Car les gens libres, de bonne nature et bien instruits, discutant en d'honnêtes compagnies, ont par nature un instinct, un aiguillon qui les pousse toujours vers les actions vertueuses et les écarte du vice. Ils nommaient cet instinct : *honneur*. Quand une vile et contraignante sujétion les abaisse et les asservit, ils utilisent ce noble penchant, par lequel ils tendent librement vers la vertu, pour se libérer du joug de la servitude (car toujours l'homme entreprend ce qui lui est défendu et convoite ce qui lui est refusé).

Avec un louable esprit d'émulation inspiré par cette liberté, ils redoublaient d'efforts pour faire tous ce qu'ils voyaient plaire à un seul. Si l'un ou l'une disait : « Buvons », tous buvaient. Si l'on disait : « Jouons », tous jouaient. Si l'on disait : « Allons nous amuser dans les champs », tous y allaient. Si c'était pour chasser au vol, les dames, montées sur de belles haquenées, avec leur élégant palefroi, portaient chacune sur leur poing joliment ganté un épervier, un lanier ou un émerillon. Les hommes portaient les autres oiseaux de proie.

Ils étaient si bien instruits que tous savaient lire, écrire, chanter, jouer d'harmonieux instruments, parler cinq ou six langues dans lesquelles ils composaient en vers ou en prose. Jamais on ne vit ailleurs chevaliers aussi preux, galants, adroits à pied comme à cheval, vigoureux, alertes, habiles à toutes sortes d'armes. Jamais on ne vit dames aussi élégantes, mignonnes, agréables, adroites aux travaux d'aiguille et à toutes les activités convenant à toute femme noble et libre.

Aussi, quand le temps était venu de quitter l'abbaye, à la demande des parents ou pour toute autre raison, chacun emmenait l'une des dames, celle qui l'avait choisi pour fidèle ami. Puis ils se mariaient. Et, s'ils avaient bien vécu à Thélème, dans la fidélité et l'amitié, ils continuaient ainsi durant leur mariage, et s'aimaient à la fin de leur vie comme au jour de leurs noces.

Je ne veux pas oublier de vous transcrire une énigme qui fut trouvée dans les fondations de l'abbaye, sur une grande plaque de bronze. La voici telle qu'elle était.

Chapitre 56

L'énigme trouvée dans les fondations de l'abbaye des Thélémites

Pauvres humains, qui bonheur attendez [1],
Levez vos cœurs et mes dits entendez :
S'il est permis de croire fermement
Que, par les corps qui sont au firmament [2],
Humain esprit de soi puisse advenir [3]
À prononcer les choses à venir [4],
Ou si l'on peut, par divine puissance,
Du sort futur avoir la connaissance,
Tant que l'on juge en assuré [5] discours
Des ans lointains la destinée et cours [6],
Je fais savoir à qui le veut entendre
Que, cet hiver prochain, sans plus attendre,
Voire plus tôt, en ce lieu où nous sommes,
Il sortira une manière d'hommes,
Las de repos, et fâchés de séjour [7],
Qui franchement iront, et de plein jour,
Suborner gens de toutes qualités

---

1. *Pauvres humains, qui bonheur attendez*, etc. : les deux premiers vers et les dix derniers sont de Rabelais. Le reste est de Mellin de Saint-Gelais, poète à la cour. Tout le texte entretient une ambiguïté entre la description de terribles conflits apocalyptiques et celle d'une partie de jeu de paume. \ **2.** *Les corps qui sont au firmament* : les astres. \ **3.** *Advenir* : parvenir. \ **4.** *À prononcer les choses à venir* : à prédire l'avenir. \ **5.** *En assuré* : certain. \ **6.** *Et cours* : et le cours. \ **7.** *Las de repos, et fâchés de séjour* : lassés du repos et mécontents de ne rien faire.

À différends et partialités [1].
Et qui voudra les croire et écouter [2],
Quoi qu'il en doive advenir et coûter,
Ils feront mettre en débats apparents [3],
Amis entre eux et les proches parents.
Le fils hardi ne craindra l'impropre [4]
De se bander [5] contre son propre père.
Même les grands, de noble lieu saillis [6],
De leurs sujets se verront assaillis.
Et le devoir d'honneur et révérence
Perdra pour lors tout ordre et différence,
Car ils diront que chacun en son tour
Doit aller haut et puis faire retour.
Et sur ce point tant feront de mêlées,
Tant de discordes, venues et allées,
Que nulle histoire, où sont les grands merveilles,
Ne fait récit d'émotions [7] pareilles.
Lors se verra maint homme de valeur
Par l'aiguillon de jeunesse et chaleur
Et croire trop [8] ce fervent appétit,
Mourir en fleur et vivre bien petit [9].
Et ne pourra nul laisser cet ouvrage
Si une fois il y met le courage,
Qu'il n'ait empli par noises et débats [10]
Le ciel de bruit, et la terre de pas.
Alors auront non moindre autorité
Hommes sans foi que gens de vérité.

1. *Suborner* [...] *partialités* : pousser les gens de toutes conditions à des conflits. \ **2.** *Qui voudra les croire et écouter* : si on accepte de les croire et les écouter. \ **3.** *En débats apparents* : en conflits évidents. \ **4.** *L'impropre* : la honte, le reproche. \ **5.** *Se bander* : se rebeller. \ **6.** *Saillis* : issus. \ **7.** *Émotions* : bouleversements. \ **8.** *Et croire trop* : et par le fait de croire trop. \ **9.** *Mourir en fleur et vivre bien petit* : mourir jeune et vivre bien peu. \ **10.** *Qu'il n'ait empli par noises et débats* : sans avoir rempli par des conflits et des différends.

Car tous suivront la créance et étude[1]
De l'ignorante et sotte multitude,
Dont le plus lourd sera reçu pour juge[2].
Ô dommageable et pénible déluge !
Déluge, dis-je, et à bonne raison,
Car ce travail ne perdra sa saison[3]
Ni n'en sera délivrée la terre,
Jusques à temps qu'il ne sorte à grant erre[4]
Soudaines eaux, dont les plus attrempés[5]
En combattant seront pris et trempés,
Et à bon droit, car leur cœur adonné
À ce combat n'aura point pardonné
Même aux troupeaux des innocentes bêtes
Que de leurs nerfs et boyaux déshonnêtes[6]
Il ne soit fait, non aux dieux sacrifice,
Mais aux mortels ordinaire service.
Or maintenant je vous laisse penser
Comment le tout se pourra dispenser[7].
Et quels repos en noise[8] si profonde
Aura le corps de la machine ronde[9].
Les plus heureux, qui plus d'elle tiendront,
Moins de la perdre et gâter s'abstiendront,
Et tâcheront en plus d'une manière
À l'asservir et rendre prisonnière
En tel endroit[10] que la pauvre, défaite,
N'aura recours qu'à celui qui l'a faite[11].

1. *La créance et étude* : l'opinion et le jugement. \ **2.** *Dont le plus lourd sera reçu pour juge* : dont le plus stupide sera choisi pour juge. \ **3.** *Car ce travail ne perdra sa saison* : car cet effort ne prendra fin. \ **4.** *Grant erre* : rapidement. \ **5.** *Attrempés* : modérés. \ **6.** *Déshonnêtes* : vils, sales. \ **7** *Comment le tout se pourra dispenser* : comment tout cela pourra se passer. \ **8.** *Noise* : conflit. \ **9.** *La machine ronde* : la terre ou bien la balle du jeu de paume. \ **10.** *En tel endroit* : si bien. \ **11.** *Celui qui l'a faite* : Dieu (si c'est la terre) ou le fabricant (si c'est la balle), qui doit refaire la « machine ronde défaite ».

Et, pour le pis de son triste accident,
Le clair soleil, ains qu'être [1] en occident,
Lairra [2] épandre obscurité sur elle,
Plus que d'éclipse ou de nuit naturelle,
Dont en un coup perdra sa liberté,
Et du haut du ciel la faveur et clarté,
Ou pour le moins demeurera déserte.
Mais elle, avant cette ruine et perte,
Aura longtemps montré sensiblement
Un violent et si grand tremblement
Que lors Etna ne fut tant agitée,
Quand sur un fils de Titan fut jetée [3].
Ni [4] plus soudain ne doit être estimé
Le mouvement que fit Inarimé [5]
Quand Typhée si fort se dépita
Que dans la mer les monts précipita.
Ainsi sera en peu d'heures rangée
À triste état, et si souvent changée,
Que même ceux qui tenue l'auront,
En dépitant la pauvrette lairront [6].
Lors sera près le temps bon et propice
De mettre fin à ce long exercice
Car les grands eaux dont oyez deviser [7]
Feront chacun la retraite aviser [8].
Et toutefois, devant le partement [9],
On pourra voir en l'air apertement [10]
L'âpre chaleur d'une grande flamme éprise

1 *Ains qu'être* : au lieu d'être. \ **2.** *Lairra* : laissera. \ **3.** *Que lors Etna* [...] *fut jetée* : Jupiter a jeté l'Etna sur le corps de Typhée. \ **4.** *Ni* : et, de même. \ **5.** *Inarimé* : île dont les tremblements sont attribués par Virgile aux soubresauts de Typhée vaincu. \ **6.** *Lairront* : laisseront. *La pauvrette* : toujours la même ambiguïté, balle ou terre. \ **7.** *Dont oyez deviser* : dont vous entendez parler. \ **8.** *Feront chacun la retraite aviser* : feront à chacun envisager la retraite, ou la fin de la partie. \ **9.** *Devant le partement* : avant de se séparer. \ **10.** *Apertement* : manifestement.

Pour mettre à fin les eaux et l'entreprise.
Reste en après qu'iceux, trop obligés,
Peinés, lassés, travaillés, affligés,
Par le saint veuil[1] de l'éternel seigneur
De ces travaux[2] soient refaits[3] en bon heur.
Là verra l'on, par certaine science,
Le bien et fruit qui sort de patience.
Car cil qui[4] plus de peine aura souffert
Auparavant, du lot pour lors offert
Plus recevra. Ô qu'est à révérer
Cil qui pourra en fin persévérer[5].

Lorsque la lecture de ce document fut achevée, Gargantua soupira profondément et dit à ceux qui se trouvaient là :

– Ce n'est pas d'aujourd'hui que les gens revenus[6] à la foi évangélique sont persécutés. Mais bienheureux celui qui ne perdra pas la foi[7], et qui tendra toujours au but, au blanc[8], que Dieu, par son Fils aimé, nous a fixé d'avance, sans en être détourné par les tentations de la chair.

Mais le moine dit :

– Que pensez-vous que cette énigme signifie ?

– Quoi ? dit Gargantua. Elle parle du cours et du maintien de la vérité divine.

– Par saint Goderan ! dit le moine. Je pense que c'est la description du jeu de paume. La machine ronde est la balle, ces nerfs et boyaux des bêtes innocentes sont les cordes des

1. *Veuil* : volonté. \ **2.** *Travaux* : efforts pénibles. \ **3.** *Soient refaits* : soient pourvus de tous leurs biens à nouveau. Rabelais évoque la joie des Élus persécutés. \ **4.** *Cil qui* : celui qui. \ **5.** *Car cil qui* [...] *persévérer* : parole du Christ promettant la récompense au juste qui persévère malgré les obstacles. \ **6.** *Revenus* : Rabelais écrit : « revenus à la créance évangélique ». Le verbe *revenir*, dans le langage des évangéliques, signifie le fait de « ramener » les âmes aux croyances fondamentales, celles de l'Église chrétienne primitive, avant les erreurs de l'Église de Rome. \ **7.** *Celui qui ne perdra pas la foi* : le texte original dit : « celui qui ne sera scandalisé », voir *supra* l'Avis aux lecteurs, note 2. \ **8.** *Au but, au blanc* : le « blanc » est celui de la cible, donc le but.

raquettes, ces gens échauffés qui bataillent sont les joueurs. À la fin, après avoir fourni bien des efforts, ils vont se restaurer et faire bonne chère[1] !

1. *Par saint Goderan* [. . .] *bonne chère* : Dans les éditions ultérieures, Rabelais allonge la réplique du moine : « Par saint Goderan, ce n'est pas mon interprétation. Le style est de Merlin le prophète [jeu de mots avec *Mellin*, *cf.* p. 215, note 1]. Prêtez-lui des allégories et des significations aussi hautes que vous voudrez. Et rêvez là dessus avec tous les autres autant que vous vous voudrez. Pour ma part, je n'y trouve pas d'autre sens que celui d'une description du jeu de paume, caché sous des mots obscurs. Ceux qui incitent les gens à se battre sont les organisateurs des parties, qui sont en général amis ! Après les deux premiers services, celui qui était sur le terrain quitte le jeu et un autre joueur entre. On croit le premier qui dit que la balle est passée sur ou sous la corde. Les eaux sont les sueurs. Les cordes des raquettes sont faites de boyaux de moutons ou de chèvres. La machine ronde est la pelote ou la balle. Après le jeu, on se rafraîchit devant un feu clair et on change de chemise. Puis on se réunit volontiers autour d'un banquet, mais ceux qui ont gagné sont plus joyeux. Et bonne chère ! »

DOSSIER

LIRE L'ŒUVRE 223

L'ŒUVRE DANS L'HISTOIRE 225

L'ŒUVRE DANS UN GENRE 247

VERS L'ÉPREUVE 259
ARGUMENTER, COMMENTER, RÉDIGER

LIRE L'ŒUVRE

QUESTIONNAIRE DE LECTURE

LE TITRE ET LE GENRE

1. Quelles informations les titres complets des deux livres nous donnent-ils sur les personnages ? sur le genre de ces deux ouvrages ?

Pour répondre
Le titre complet du *Pantagruel* est : *Les horribles faits et prouesses épouvantables de Pantagruel, roi des Dipsodes, composés par Maître Alcofribas Nasier, abstracteur de quintessence.* Celui du *Gargantua* est : *La vie inestimable du grand Gargantua, père de Pantagruel, jadis composée par l'abstracteur de quintessence. Livre plein de pantagruélisme.*

LE REGISTRE COMIQUE

2. Relevez différentes formes de comique dans ces deux romans.

3. Quelle serait la fonction principale du comique chez Rabelais ? Justifiez vos réponses par des exemples précis.

L'ARGUMENTATION

4. Quels sont les projets exposés dans chacun des prologues ? Comparez-les : qu'en déduisez-vous ?

5. Rabelais défend le programme éducatif des humanistes. Quelles en sont les particularités ? Pour répondre, lisez le chapitre 8 du *Pantagruel* et les chapitres 23-24 du *Gargantua*.

6. Comparez les châtiments des deux tyrans, Anarche (*Pantagruel*) et Picrochole (*Gargantua*). Montrez que Rabelais s'appuie sur deux formes de culture pour dénoncer la tyrannie.

LA NARRATION

7. Comparez la situation initiale (donc, sans tenir compte des prologues) et la situation finale dans les deux romans. Que constatez-vous ?

8. Comparez pour chaque roman la situation initiale au prologue. Que remarquez-vous ?

LES PERSONNAGES

9. Gargantua n'est-il qu'un personnage romanesque accomplissant des actions héroïques ? Pour répondre, comparez les chapitres 16 et 34 du *Gargantua*.

10. Parmi les compagnons des géants, Panurge (dans le *Pantagruel*) et Frère Jean (dans le *Gargantua*) sont les plus importants. Comparez ces deux personnages. Leurs rôles sont-ils toujours secondaires ? Quelle est leur fonction ?

11. Où, dans le *Pantagruel*, le narrateur-acteur Alcofribas se manifeste-t-il le plus nettement ? pourquoi, selon vous ?

L'ŒUVRE DANS L'HISTOIRE

LA RENAISSANCE, UNE PÉRIODE DE GRANDS BOULEVERSEMENTS

Les romans de Rabelais se font l'écho des bouleversements qui marquent la Renaissance et signent la rupture avec le Moyen Âge : la découverte d'autres civilisations, l'officialisation de la langue française, l'invention de l'imprimerie et la divulgation du livre, la séparation entre les catholiques et les protestants, la diffusion de l'humanisme.

LA DÉCOUVERTE D'UN AUTRE MONDE

Les découvertes des grands navigateurs, tels Vasco de Gama (1469-1524) et Christophe Colomb (1451-1506), repoussent les limites du monde connu et en bouleversent les représentations habituelles. L'Occident entre en contact avec la civilisation indienne[1]. Comme le dit Montaigne, « notre monde vient d'en trouver un autre[2] ». Les terres « étranges » – à l'époque, *étrange* signifie à la fois « bizarre » et « étranger » – suscitent bien des questions sur le monde créé par Dieu, ses limites géographiques, sa variété, etc. Des voyageurs partent à la découverte de ces nouvelles terres et consignent leurs expériences dans des récits de voyage, comme par exemple Jean de Léry et son *Histoire d'un voyage en terre de Brésil* (1578).

Le récit de voyage n'est d'ailleurs pas un genre neuf – le Moyen Âge en avait produit d'importants, comme *Le Devisement du monde* de Marco Polo (fin du XIIIe siècle) –, mais il prend toute son ampleur à l'époque. Rabelais s'en inspirera au point de consacrer à ce genre littéraire les *Quart et Cinquième* livres, qui racontent la navigation des Pantagruélistes vers l'oracle lointain de la Dive Bouteille. Cependant, c'est dès la fin du *Pantagruel* (chap. 28) qu'il imite le récit de voyage. Alcofribas se réfugie dans

1. Colomb nomma par erreur le continent américain *Inde*, car c'est en Inde qu'il pensait débarquer. \ **2.** Dans *Les Essais*, III, 6.

la gorge du géant, où il découvre un « nouveau monde ». Il l'explore plus de six mois, pour s'apercevoir que ce monde est très semblable au nôtre : les habitants y cultivent des choux et ce sont de « bons chrétiens » (voir texte 7).

La réflexion de Rabelais sur la notion d'« ailleurs » lui permet de suggérer que nous ne sommes guère dissemblables les uns des autres. En fin de compte, l'étranger, si différent par son éloignement, peut être identique à nous. Inversement, celui qui vit à côté pourrait bien s'avérer radicalement différent et même inquiétant, comme Picrochole dont la colère meurtrière est si intense qu'elle le rend incompréhensible aux yeux de son bon voisin Grandgousier. Il y a donc du même dans l'autre, et de l'autre dans le même, telle est la grande leçon des récits de voyage du XVIe siècle.

L'INSTITUTIONNALISATION DE LA LANGUE FRANÇAISE

Autre bouleversement : en 1539, François Ier ordonne que le français soit dorénavant langue officielle. Ce faisant, non seulement il unifie administrativement le royaume, marqué à l'époque par une grande diversité dialectale, comme dans le chapitre 6 du *Pantagruel* où l'écolier parle son dialecte limousin après avoir imité le langage pédant des sorbonnards. Mais, surtout, il institutionnalise le français au détriment du latin, jusqu'alors langue officielle, juridique et scientifique. Il est d'ailleurs significatif de constater que la première grammaire du français a été écrite en latin, par Sylvius, en 1531[1].

On assiste alors à un mouvement de « défense et illustration de la langue française », pour reprendre le titre d'un célèbre ouvrage de Joachim Du Bellay publié en 1549. Nombre de grammairiens mais aussi d'écrivains travaillent à codifier et à enrichir notre langue à partir de racines latines ou grecques, ou par emprunts aux langues du terroir. Rabelais en est l'un des plus fervents artisans. Son apport au lexique, notamment, est exceptionnel : on relève dans ses œuvres plus de huit cents premières attestations de mots ou expressions : par exemple « corne d'abon-

1. Après celle, en anglais, de John Palsgrave (1530), écrite pour que les Anglais puissent apprendre notre langue. La première grammaire du français en français sera publiée en 1550 par Louis Meigret.

dance », « haltères », « imposteur », « automate », « l'appétit vient en mangeant ».

L'INVENTION DE L'IMPRIMERIE

En même temps que s'institutionnalise le français, l'invention du livre imprimé au XVe siècle permet la diffusion et la conservation des idées littéraires, scientifiques ou religieuses. Comme le dit Victor Hugo dans *Notre-Dame de Paris* (1831), « l'invention de l'imprimerie est le plus grand événement de l'histoire. C'est la révolution-mère. C'est le mode d'expression de l'humanité qui se renouvelle totalement ». Dès le XVe siècle, d'importantes bibliothèques se constituent, généralement chez des princes ou de riches particuliers, qui les mettent à la disposition des humanistes.

Dans le prologue du *Pantagruel* (voir aussi chap. 8), Alcofribas s'inquiète de l'éventuelle disparition de l'imprimerie : le livre, objet qui nous paraît aujourd'hui banalement quotidien, n'a pas encore toutes les garanties d'existence. Or c'est lui, véritable instrument de culture mais aussi d'action, qui va favoriser les autres bouleversements majeurs de l'époque : la diffusion de nouvelles idées religieuses et de l'humanisme.

LE RENOUVEAU DES IDÉES RELIGIEUSES

L'avènement du livre favorisa considérablement le renouveau des idées religieuses au début du XVIe siècle. Le livre permet en effet non seulement de lire la Bible dans sa totalité, et non d'en entendre seulement des bribes lors des sermons, mais aussi de bénéficier de commentaires.

Érasme, par exemple, rédige de petits traités pédagogiques sur le *Notre-Père* et le *Credo*. Surtout, la divulgation du livre permet de connaître les idées de la Réforme : le centre de l'imprimerie protestante est alors à Genève, qui diffuse d'innombrables bibles et catéchismes vers la France.

La Réforme protestante

À l'époque, de nombreuses voix s'élèvent pour reprocher à l'Église catholique de Rome non seulement ses interprétations partiales de la Bible et l'orgueil de ses théologiens, mais aussi son enrichissement. Sous l'impulsion de Luther (1483-1546) et de Calvin (1509-1564), naît la volonté de réformer l'Église et de proposer une nouvelle croyance, en retournant aux sources de la Bible, débarrassée des commentaires et des traductions, pas toujours fidèles, de l'Église.

Les Réformés n'admettent ainsi que le seul texte de la Bible, ils refusent donc tout ce que l'Église a pu écrire ensuite. De même, ils prônent une vision négative de l'homme, irrémédiablement corrompu par le péché originel.

Bien que les idées religieuses de Rabelais ne soient pas toujours facilement discernables, il est établi qu'il ne fut en aucun cas un réformé, ne serait-ce qu'à cause de son profond optimisme sur l'homme et la bienveillance de Dieu, comme on peut le voir lorsque Pantagruel, face au terrible Loup-Garou, s'adresse à Dieu (*Pantagruel*, chap. 25) : dans cette prière, le géant promet de faire prêcher l'évangile en cas de victoire, proclamant ainsi sa confiance dans une coopération entre Dieu et le chrétien.

L'évangélisme

Rabelais compta en revanche au nombre des évangéliques. L'évangélisme n'est pas, comme le protestantisme, une doctrine, mais une attitude religieuse, qui caractérisa de nombreux humanistes, tels que Marguerite de Navarre, Clément Marot ou Érasme. Ceux-ci espéraient que l'Église se transforme, adopte un comportement plus proche du peuple, fondé sur la charité et la compassion – la Réforme naîtra d'ailleurs de cet espoir déçu –, et effectue un retour aux sources pures des Évangiles.

Ainsi Pantagruel face à Loup-Garou promet-il à Dieu de faire prêcher l'Évangile « purement, simplement et entièrement » ; Gargantua s'indigne de voir le peuple de Paris préférer les bêtises d'un bateleur[1] aux sermons d'« un bon prédicateur évangélique » (*Gargantua*, chap. 16), etc. Les évangéliques s'accordent avec les réformés sur la nécessité de revenir aux sources de la foi, mais s'en démarquent par leur vision plus positive de l'homme.

1. *Bateleur* : saltimbanque qui apostrophe le public dans les foires

LE CONTEXTE CULTUREL : L'HUMANISME

Aujourd'hui le mot *humaniste* désigne, d'une façon large, celui qui voue une confiance, un amour général, à l'humanité, et l'*humanisme* est une position philosophique ou morale accordant à l'homme une place de premier plan dans le monde.

Cependant l'humanisme est une notion née à la Renaissance dont les principales caractéristiques apparaissent dans l'œuvre de Rabelais : promotion de la culture antique, vision positive de l'homme et de la religion, importance de la pédagogie, idées politiques pacifistes.

LE RETOUR AU SAVOIR ANTIQUE

Il faut attendre le XIXe siècle pour qu'apparaisse le mot *humanisme* mais, dès le XVe siècle, *umanista* est un terme d'argot employé dans les universités italiennes pour désigner les professeurs enseignant ce qu'on nommait en latin les *studia humanitatis*, et que nous appelons aujourd'hui les « sciences humaines » : grammaire, rhétorique, histoire, etc. Ce sens d'*humaniste* s'est plus ou moins conservé aujourd'hui pour désigner un lettré, amateur de littérature et de culture antique, pas nécessairement professeur.

L'humaniste se caractérise donc d'abord par un rapport étroit au savoir. En effet, les bouleversements de la Renaissance favorisent le sentiment, chez Rabelais et ses contemporains, de vivre une période neuve, en rupture avec le Moyen Âge. Cette rupture consiste à rechercher un accès direct au savoir. Les lettrés du Moyen Âge avaient ainsi pris l'habitude d'étudier les ouvrages anciens à l'aide de commentaires rédigés sous l'autorité de l'Église. Dès la fin du XVe siècle, les humanistes – professeurs, écrivains, médecins, juristes, etc. – reprochent à leurs prédécesseurs d'avoir oublié le savoir de l'Antiquité, de l'avoir étouffé sous des doctrines creuses et inutiles. Pantagruel assimile ainsi les traités antiques de droit alourdis de leurs gloses médiévales « à une belle robe d'or qui serait brodée de merde » (*Pantagruel*, chap. 5).

Le mot *renaissance* marque bien cette idée de rupture avec la période médiévale sentie comme néfaste pour les lettres. Il exprime le désir de restaurer un savoir perdu, grâce auquel les hommes pourront vivre une seconde naissance. L'humaniste Pierre Belon [1] parle ainsi de l'« heureuse et désirable renaissance » des « esprits des hommes qui auparavant étaient comme endormis en un profond sommeil d'ignorance et de ténèbres » (1553).

Les humanistes du XVIe siècle parlent aussi de « restauration » ou de « restitution » des connaissances : dans la lettre où il invite son fils à devenir « un abîme de science » (*Pantagruel*, chap. 8), Gargantua est heureux de constater que « maintenant toutes les disciplines sont restituées », après avoir été perdues dans les « ténèbres gothiques » et moyenâgeuses de l'ignorance.

Ce jugement à l'encontre de la culture médiévale est bien entendu sévère et injuste, mais il témoigne de la volonté de rénovation qui anime l'humanisme renaissant épris de savoir antique.

L'AFFIRMATION DE LA GRANDEUR DE L'HOMME

Ainsi, l'humaniste, à l'origine, est un savant. On est donc passé d'un sens spécialisé, désignant un savant, à un sens élargi, renvoyant, à partir du XIXe siècle, à une morale. Comment ? À la Renaissance, l'objet des *studia humanitatis* était l'étude des *bonae litterae*, les « bonnes lettres », car, pour les humanistes du XVIe siècle, l'étude des grands auteurs de l'Antiquité nous rend non seulement plus savants, mais aussi meilleurs, plus humains. Les humanistes, en se livrant à de savantes études, œuvraient donc à l'amélioration de l'humanité.

Cette entreprise généreuse tient à leur conception élevée de l'homme : lorsque Pic de la Mirandole (1463-1494), philosophe italien de la Renaissance, déclare que « l'on ne peut rien voir de plus admirable dans le monde que l'homme », c'est tout l'idéal de l'humanisme renaissant qui est exprimé. Comme le souligne Daniel Ménager :

> La Renaissance a eu un sentiment très vif de l'éminente dignité de l'homme. [...] Les humanistes chantent d'abord la position privilégiée de l'homme, dressé au milieu de la création [...]. Ils exaltent son pouvoir créateur [...]. Ils célèbrent aussi la vivacité de son intelligence, l'aisance de l'esprit à se mouvoir dans la spécu-

1. Dans *Observations de plusieurs singularités...*, 1553.

> lation et la contemplation. Tous admirent la beauté du corps humain [...] qu'il ne faut pas mépriser. [...] Enfin, l'homme, pourvu qu'il se conduise selon les règles d'une sainte raison, et reconnaisse Dieu son créateur, est la plus lumineuse image de celui-ci [1].

Ainsi, le début de la lettre de Gargantua à son fils est une véritable glorification de l'homme, doté par Dieu de « grâces et de prérogatives ». Dans cette lettre, Rabelais invite à la connaissance de l'homme autant du point de vue intellectuel que du point de vue physique et anatomique « et, par de fréquentes dissections, acquiert une connaissance parfaite de cet autre monde qu'est l'homme ».

IMPORTANCE DE LA PÉDAGOGIE

Cet idéal de grandeur humaine ne peut être atteint que par le savoir. Ainsi la lettre de Gargantua, véritable programme pédagogique à l'intention de Pantagruel, insiste-t-elle sur la gloire de l'homme. En effet, seule l'éducation peut permettre à ce dernier de retrouver sa grandeur perdue lors du péché originel. Sans cette éducation, l'homme est, selon Érasme, « inférieur aux bêtes brutes » (voir texte 3). Dans le *Gargantua* (chap. 10), le jeune géant « se vautrait dans les fanges », donc en compagnie des porcs, avant d'être éduqué.

D'une façon générale, le modèle humaniste de l'homme éduqué repose autant sur le savoir intellectuel que sur des aptitudes manuelles et physiques. C'est pourquoi l'éducation de Gargantua selon le sage Ponocrates repose non seulement sur l'acquisition d'une culture savante mais aussi sur l'éducation physique et l'observation des métiers manuels (*Gargantua*, chap. 21-22).

Notons que l'idéal de culture recherché par les humanistes se trouvant dans les textes anciens, certains négligèrent les sciences et les grandes découvertes, tournées vers l'avenir. Non que les travaux astronomiques de Copernic [2], par exemple, fussent pour eux dénués d'intérêt, mais, pour Érasme, l'étude des auteurs anciens suffisait à former les élites du royaume.

---

1. Daniel Ménager, *Introduction à la vie littéraire du XVIe siècle*, Paris, Dunod, 1997, p. 59-60.
2. *Copernic* (1473-1543) remet en question la représentation traditionnelle de l'univers : ce n'est plus la terre qui est au centre, mais le soleil.

Rabelais, de ce point de vue, fait partie des humanistes les plus ouverts : il est recommandé à Pantagruel d'apprendre « toutes les règles » de l'astronomie (*Pantagruel*, chap. 8) et Gargantua étudie la géométrie, l'astronomie (*Gargantua*, chap. 21).

L'intérêt des humanistes pour la pédagogie explique que la plupart d'entre eux furent des professeurs. Rabelais enseigna la médecine, c'est en tant que professeur et humaniste qu'il dénonce l'éducation rétrograde des scolastiques.

Cependant, si la pédagogie est importante aux yeux des humanistes, c'est aussi parce qu'elle est au cœur de leur doctrine politique.

LES IDÉES POLITIQUES

Les traités de pédagogie humanistes visent avant tout à former le roi. C'est seulement si ce dernier est bien éduqué qu'il fera preuve de sagesse et apportera le bonheur à son peuple : « Les états seront heureux quand les rois philosopheront, ou quand les philosophes régneront » (*Gargantua*, chap. 43).

Une autre caractéristique du prince humaniste est son attachement à la paix. On voit ainsi Grandgousier chercher par tous les moyens à éviter la guerre (*Gargantua*, chap. 26). L'œuvre de Rabelais fait plusieurs allusions au contexte guerrier du temps. En 1494 s'est ouverte pour la France une période belliqueuse, qui ne s'achèvera qu'en 1559. Charles VIII (roi de 1483 à 1498) entreprend la conquête de l'Italie, afin de renforcer la position du royaume en Méditerranée. Après de multiples péripéties, les Français sont chassés d'Italie en 1512. En même temps, la France doit lutter contre les prétentions hégémoniques de Charles-Quint, empereur du Saint-Empire romain germanique.

François Ier[1] va prendre une part active dans ces guerres : il s'agit à la fois d'une volonté de revanche, d'une quête de la gloire indispensable selon lui au prestige monarchique et d'une volonté de défendre la position du royaume dans le nouvel équilibre européen. Pourtant, face aux troupes des Impériaux, il est fait prisonnier à Pavie le 14 février 1525 et

1. *François Ier* : roi de France de 1515 à 1547, donc durant la période au cours de laquelle Rabelais écrit ses deux premiers romans. Il y est fait de nombreuses allusions dans les deux textes.

dix mille soldats français sont tués. La crise est grave, et Rabelais s'en fait l'écho. Le personnage de Picrochole, colérique animé du désir de dominer l'univers (*Gargantua*, chap. 31), est une allusion à Charles-Quint, qui se faisait appeler *Dominus mundi* (« maître du monde »). Comme tous les humanistes, Rabelais condamne ces rêves de conquête.

Toutefois, si les humanistes comme Érasme sont peu préoccupés par les intérêts politiques des royaumes, et restent plus attachés à une « république des lettres », une communauté intellectuelle transcendant la notion de frontières politiques et réunissant l'humanité entière, on peut constater que Rabelais fait preuve d'un certain sentiment patriotique, notamment lorsque Frère Jean déclare détester « les fuyards de Pavie » (*Gargantua*, chap. 37).

LES IDÉES RELIGIEUSES

Les idées religieuses des humanistes sont autant éloignées de celles des théologiens scolastiques, défenseurs du dogme de l'Église, que de celles des réformés.

Humanistes et réformés

Il ne faut en effet pas confondre l'humanisme et la Réforme. Réformés et humanistes ont certes en commun une volonté de restaurer l'Église primitive, en particulier par le retour au texte biblique original. Nombre de protestants sont des humanistes. Mais un humaniste comme Érasme s'oppose à l'idée défendue par les réformés de l'insuffisance de l'homme, c'est-à-dire d'un homme irrémédiablement corrompu par le péché originel (voir p. 228). Comme on l'a vu, l'homme des humanistes est doué de grandeur. Il suscite donc la bienveillance de Dieu, avec lequel il lui est possible de coopérer, comme le montre la prière de Pantagruel exaucée par la volonté divine (*Pantagruel*, chap. 25).

Humanistes et théologiens

L'importance accordée par les humanistes aux auteurs de l'Antiquité fut la source de vifs conflits avec les théologiens scolastiques. Ces derniers ne voyaient dans les auteurs antiques, donc ayant vécu avant l'avènement du Christ, que des païens. Lire Platon ouAristote ne pouvait qu'éloigner du message de Jésus. Aux yeux des théologiens, les humanistes se rendaient coupables du péché de paganisme.

En réalité, les humanistes ne font pas de différence essentielle entre les auteurs antiques et les auteurs chrétiens. Selon eux, les anciens ont préparé et annoncé le message universel du Christ : Aristote aurait été inspiré par Dieu pour délivrer les hommes de l'ignorance, et les récits mythologiques des *Métamorphoses* d'Ovide passent pour des allégories de la future Révélation chrétienne.

Érasme, dans Le *Banquet religieux* (1522), peut donc faire dire à l'un de ses personnages, Socrate, philosophe grec bien antérieur à la venue du Christ : « Saint Socrate, priez pour nous ! » Il sera suivi par Rabelais, qui semble suggérer que Socrate est inspiré par l'Esprit Saint (*Gargantua*, prologue).

De la même façon, alors que les théologiens scolastiques de la Sorbonne voient dans le grec la langue des schismatiques[1] et dans l'hébreu la langue des juifs, les humanistes étudient les langues anciennes avec passion car elles sont une clé pour une meilleure compréhension des Écritures. Gargantua invite Pantagruel à apprendre « l'hébreu, le chaldéen et le latin » afin d'étudier « les saintes Lettres », c'est-à-dire la Bible (*Pantagruel*, chap. 8). La religion des humanistes se caractérise donc, comme leur rapport au savoir, par un retour aux sources de la foi et un accès direct à la parole de Dieu.

LE CONTEXTE BIOGRAPHIQUE : LES TROIS VOCATIONS DE RABELAIS

L'ÉCRIVAIN

La biographie de Rabelais est très mal connue. La date même de sa naissance est hypothétique. Certains pensent qu'il a fait allusion à sa propre naissance en racontant celle de Gargantua. Le géant vient en effet au monde un 3 février en période de Mardi gras (*Gargantua*, chap. 5). Or le Mardi gras le plus proche du 3 février est celui du 12 février 1494, ce qui

1. *Schismatiques* : religieux qui ne reconnaissent pas l'autorité du pape de Rome.

constitue une date de naissance plausible pour Rabelais. On préfère généralement à cette hypothèse pour le moins hasardeuse la date de 1483. Mais elle n'est établie que d'après un manuscrit peu fiable du XVIIe siècle.

Retenons surtout que Rabelais devient écrivain très tard : au moment de la publication de son premier roman, le *Pantagruel* (1532), il aurait environ, selon la date de naissance retenue, quarante ou cinquante ans. En outre, alors que la publication du *Pantagruel* précède de peu celle du *Gargantua*, là aussi on hésite : 1534 ou 1535, il faut attendre plus de dix ans pour que le *Tiers Livre* soit publié (en 1546), suivi de près par le *Quart Livre* (une première version en 1548, puis une seconde, plus aboutie, en 1552), avant sa mort en 1553. En 1564 paraît le *Cinquiesme Livre*, constitué de chapitres apocryphes[1] et de brouillons remaniés par l'éditeur. On comprend donc que la vocation romanesque de Rabelais est non seulement tardive mais aussi irrégulière, marquée par de longues périodes d'interruption.

L'HOMME D'ÉGLISE

C'est que deux autres vocations se superposent à celle d'écrivain. La première est celle d'homme d'Église. Rabelais a été moine pendant au moins douze ans. On ne sait pas grand-chose de cette expérience monastique, mais il est certain que, dans sa jeunesse, il a appartenu à l'ordre franciscain, qu'il a quitté ensuite pour l'ordre bénédictin.

On peut voir dans cette rupture avec les franciscains le début de la prise de conscience humaniste de Rabelais. Cet ordre monastique était en effet hostile à l'érudition, ce qui explique les moqueries du *Gargantua* sur la fainéantise et l'ignorance des moines (chap. 38). Or le jeune Rabelais, avide de connaissances, s'était procuré des livres de grec. Cette langue apparaissait aux autorités religieuses de l'époque comme un élément de subversion : connaître le grec permettait de lire les Évangiles dans le texte original, non dans la traduction latine officielle, et plus ou moins erronée, nommée *Vulgate*. Ses supérieurs ayant confisqué ses livres de grec, Rabelais se réfugia chez les bénédictins, plus ouverts à la science.

1. *Apocryphes* : dont l'authenticité est douteuse.

Durant cette période, c'est-à-dire vers 1525, à Maillezais en Poitou, Rabelais est le secrétaire de l'évêque Geoffroy d'Estissac et se montre curieux de tout : il étudie notamment le folklore local, en particulier les légendes de la fée Mélusine (dont il fera une ancêtre des géants : *Pantagruel*, chap. 5), et fréquente un cercle de juristes humanistes. Il s'y fait remarquer par l'étendue de ses connaissances juridiques, que l'on retrouve dans tous ses romans, en particulier dans le *Pantagruel*, où abondent les allusions satiriques contre l'enseignement scolastique du droit (chap. 5, chap. 10-12).

LE MÉDECIN

Mais ses connaissances en théologie et en droit ne lui suffisent pas, il veut être médecin. On peut voir dans cette seconde vocation le prolongement de la première : après avoir soigné les âmes, Rabelais chercherait à soigner les corps, de manière à prolonger la vie donnée par Dieu. C'est d'ailleurs une des raisons pour lesquelles il écrira des romans comiques : le rire maintient en bonne santé, il combat le chagrin qui « mine et consume » l'homme (avis aux lecteurs du *Gargantua*).

Il faut aussi comprendre cette vocation médicale à la lumière de l'humanisme : à l'époque, la médecine est considérée comme une science totale, exigeant des connaissances encyclopédiques – le mot *encyclopédie* apparaît d'ailleurs pour la première fois en français dans le chapitre 18 du *Pantagruel* –, mêlant anatomie, physiologie, botanique, astronomie, rhétorique (la maîtrise de l'art de la parole est nécessaire pour s'adresser au malade), etc.

La théorie ne lui suffisant pas, Rabelais apprend la chirurgie et invente de nouveaux instruments de dissection. Mais la règle ecclésiastique interdisant à un moine de pratiquer la chirurgie – en fait d'intervenir par le fer et le feu – et de toucher une rémunération, Rabelais devient apostat [1]. Ceci ne l'empêche pourtant pas de poursuivre sa vocation ecclésiastique : ordonné prêtre, bénéficiant de la cure [2] de Meudon près de Paris, il obtient la légitimation de ses deux enfants auprès du pape, témoignant ainsi,

1. *Apostat* : celui qui renonce à une opinion, à une foi, un engagement. \ 2. *La cure* : fonction de curé, paroisse.

par son souci de la reconnaissance papale, de son respect pour les valeurs de l'Église.

La médecine, autant théorique que pratique, est si importante pour Rabelais qu'elle est un des thèmes principaux de ses romans : des descriptions comiquement détaillées de l'anatomie des « picrocholistes » massacrés par Frère Jean (*Gargantua*, chap. 25) aux « fines drogues » (médicaments) des silènes comme métaphores de la sagesse socratique (prologue du *Gargantua*), elle permet, grâce aux « livres des médecins grecs, arabes et latins [...], et par de fréquentes dissections », d'acquérir la « connaissance parfaite de cet autre monde qu'est l'homme » (*Pantagruel*, chap. 8), véritable enjeu de la philosophie humaniste.

LA RÉCEPTION DE L'ŒUVRE

Avec Rabelais, nous nous trouvons face à un paradoxe : son œuvre a toujours été abondamment lue, mais elle est restée très mal comprise. Le plus grand tort qu'elle ait eu à subir est d'avoir été associée exclusivement à la grossièreté, à la « grande bouffe » et au comique léger.

AU XVIe SIÈCLE : UN RÉEL SUCCÈS

L'œuvre de Rabelais a toujours bénéficié d'un grand succès éditorial, dès la parution du *Pantagruel*, réédité au moins huit fois en 1533 et 1534. Au XVIe siècle, ses romans furent répandus à plusieurs dizaines de milliers d'exemplaires, peut-être à plus de cent mille, ce qui est très important pour une époque où l'imprimerie est encore récente et où peu de gens savent lire.

Une œuvre si abondamment lue suscite un grand nombre de commentaires. Or, dès leur parution, les ouvrages de Rabelais suscitent une forte incompréhension. Certes, quelques-uns, comme Joachim Du Bellay, louent Rabelais d'avoir su mêler « profit avec douceur », comme on disait à l'époque (nous dirions aujourd'hui : « l'utile à l'agréable »). Étienne Pasquier, dans les *Recherches de la France* (1560), dit de Rabelais qu'il « avait plus de jugement et de savoir, que tous ceux qui écrivirent en notre langue de son temps ».

Cependant, d'une façon générale, le *Pantagruel* ne passe pas pour un livre sérieux auprès des intellectuels, qui jugent toutes ces plaisanteries indignes d'un savant. Montaigne dit des romans rabelaisiens qu'ils sont « simplement plaisants » (*Essais*, II, 10). On apprécie néanmoins la valeur satirique de ses écrits, jusqu'à se demander quel contemporain est dissimulé sous les traits de tel personnage ; ainsi Gargantua serait, pour certains, une allégorie de François Ier. L'œuvre de Rabelais subit donc, dès le XVIe siècle, deux réductions durables : on la blâme pour ses grossièretés ou on la loue pour le mordant de sa satire, mais sans l'avoir vraiment comprise.

DES MALENTENDUS SUCCESSIFS

Le XVIIe siècle voit l'avènement du classicisme : le goût dominant est marqué par les règles de bienséance, le principe de la mesure. Une œuvre réputée grossière a donc du mal à séduire les contemporains de La Bruyère, pour qui Rabelais a « semé l'ordure dans ses écrits » (voir texte 11). Au XVIIIe siècle, Rabelais est toujours en défaveur auprès des lettrés influencés par les préjugés du siècle précédent. On publie à cette époque des versions réduites de ses romans.

Le XIXe siècle bourgeois entérine le mythe d'un Rabelais ivrogne gâchant son talent : pour Henri Taine[1], « Rabelais avait la tête épique et serait le poète national par l'espèce des idées et la grandeur des conceptions, si la folie de l'imagination, l'énormité de l'ordure, et la bizarrerie de la langue ne l'avaient réduit à un auditoire d'ivrognes et d'érudits ».

Les romantiques vont imposer une nouvelle image, celle d'une œuvre « mélangée », dotée d'une sorte de double nature, à la fois basse et sublime. Ainsi naît le mythe romantique du « grotesque » rabelaisien, dont les plus célèbres formulations sont sans doute celles de Charles Nodier (voir texte 13), qui voit en Rabelais un « Homère bouffon », et de Victor Hugo, qui fait de Rabelais un « Homère du rire », un « Eschyle de la mangeaille ». Les références aux poètes antiques Homère et Eschyle élèvent bouffonnerie et gloutonnerie jusqu'au sublime. On célèbre alors une œuvre où estomac et génie fusionnent afin d'incarner le Peuple et la Révolution.

1. Dans son ouvrage, *Littérature anglaise*, 1864.

RABELAIS AUJOURD'HUI

Rabelais reste l'un des auteurs les plus commentés, par la critique universitaire surtout. Celle-ci se répartit en trois grands courants : l'étude historique, l'étude de la langue, l'étude des thèmes populaires et du folklore.

La critique historique

Un grand nombre de commentateurs de Rabelais, les plus nombreux, s'appuient sur le courant de la critique historique qui fonde les études sur le XVIe siècle. Ce sont alors la culture, les croyances, les systèmes de pensée, etc., de l'époque de Rabelais qui sont étudiés. Daniel Ménager, notamment dans *La Renaissance et le Rire*, a pu montrer tout ce que le rire rabelaisien doit à la culture antique et aux théories médicales. Cette méthode d'analyse repose sur l'érudition. Consistant à cerner de la manière la plus précise possible tous les aspects, très variés, du savoir humaniste, elle permet de réaliser des éditions savantes des œuvres complètes de Rabelais. Chaque allusion de l'écrivain, chaque fait y est expliqué et resitué dans son contexte culturel.

L'histoire de la langue et du style

Autre voie d'étude, celle qui s'appuie sur deux disciplines : l'étude du style et l'histoire de la langue.

Jusqu'en 1960, date de parution d'un article célèbre de L. Spitzer[1], les études rabelaisiennes sont donc dominées par la méthode érudite et historique, qui insiste à cette époque sur le réalisme de Rabelais. Sans totalement rejeter ce type de lecture, Spitzer et ses partisans préfèrent mettre l'accent sur la façon dont sont écrits les romans rabelaisiens. Comme le dit Spitzer, « si Rabelais décrit du concret "réel", ce n'est pas pour copier le monde extérieur », mais pour créer un univers romanesque. L'analyse stylistique va donc s'attacher surtout aux faits de langage – énumérations, images, etc. –, pour chercher la singularité de l'écrivain, avant celle de l'humaniste.

L'histoire de la langue, quant à elle, porte sur la grammaire telle qu'elle est mise en œuvre par Rabelais, à la lumière des idées grammaticales de l'époque, mais aussi des théories linguistiques modernes. Cette

1. « Rabelais et les rabelaisants », 1960, rééd. in *Études de style*, Paris, Gallimard, 1970.

approche du texte rabelaisien contribue, par exemple, à mettre en valeur la richesse créatrice de Rabelais en matière de vocabulaire.

L'étude des thèmes populaires et du folklore

Une troisième méthode a connu une grande vogue lors de la publication du célèbre ouvrage de Mikhail Bakhtine, *L'Œuvre de François Rabelais et la culture populaire au Moyen Âge et sous la Renaissance*. Elle consiste à étudier les thèmes populaires et folkloriques. Bakhtine a ainsi étudié les traces, dans les romans rabelaisiens, d'une sorte de « contre-culture » populaire, se manifestant essentiellement au cours des fêtes carnavalesques, où les valeurs officielles, politiques, religieuses, etc., sont renversées. Ce critique a ainsi montré le rôle des images d'inversion chez Rabelais : Anarche et Picrochole vaincus et ridiculisés sont les symboles du renversement des hiérarchies ; le comique grossier, surtout scatologique [1], exalte la liberté du rire populaire [2].

Mais les spécialistes actuels du folklore rabelaisien, notamment G. Demerson [3], ont montré aussi les limites de cette thèse, par exemple la méconnaissance du comique humaniste, la définition floue du « peuple » : de quel peuple est-il question, celui des villes ou celui des campagnes ? Si, Rabelais recourt souvent à des éléments de culture et de croyance populaires, c'est en fait pour mieux les critiquer. En effet, le peuple est le plus souvent décrit comme superstitieux et stupide (voir « L'œuvre dans un genre », p. 254).

À l'heure actuelle, certains de ces préjugés sont toujours vivaces dans le grand public. Le rapport de Rabelais à la « mangeaille », surtout, est devenu un cliché réducteur. Ses personnages sont entrés dans le langage courant comme synonymes de goinfrerie et de joie de vivre : l'adjectif *rabelaisien* désigne souvent une gaieté truculente, voire grossière, on dit facilement d'un repas qu'il est « gargantuesque » ou « pantagruélique », d'un gros mangeur qu'il est « un gargantua », etc.

---

1. *Scatologique* : adjectif qui désigne ce qui a rapport aux excréments. \ **2.** Voir aussi « Le rire comme argumentation », p. 260-261. \ **3.** *Rabelais*, Fayard, 1991.

GROUPEMENT DE TEXTES : L'HUMANISME

Lisez les textes ci-dessous puis répondez aux questions suivantes.

1. Précisez le but recherché par les auteurs de chacun de ces textes.

2. Analysez dans ces textes les procédés argumentatifs les plus importants.

3. Retrouvez dans ces cinq textes des thèmes humanistes employés par Rabelais.

TEXTE 1 • Jean Pic de la Mirandole, *De la dignité de l'homme* (1487)

Trad. du latin par Y. Hersant, Paris, Éditions de L'Éclat, 2002.

Très vénérables Pères, j'ai lu dans les écrits des Arabes que le Sarrasin Abdallah, comme on lui demandait quel spectacle lui paraissait le plus digne d'admiration sur cette sorte de scène qu'est le monde, répondit qu'il n'y avait à ses yeux rien de plus admirable que l'homme. Pareille opinion est en plein accord avec l'exclamation de Mercure[1] : « Ô Asclepius, c'est une grande merveille que l'être humain. » Réfléchissant au bien-fondé de ces assertions, je n'ai pas trouvé suffisante la foule de raisons qu'avancent, en faveur d'une supériorité de la nature humaine, une foule de penseurs : l'homme, disent-ils, est un intermédiaire entre les créatures, familier des êtres supérieurs, souverain des inférieurs, interprète de la nature – grâce à l'acuité de ses sens, à la perspicacité de sa raison, à la lumière de son intelligence [...]. De tels arguments sont certes de taille, mais ce ne sont pas les arguments fondamentaux, je veux dire ceux qui réclament à bon droit le privilège de la plus haute admiration. Car pourquoi ne pas admirer davantage les anges eux-mêmes et les bienheureux chœurs du ciel ? Finalement, j'ai cru comprendre pourquoi l'homme est le mieux loti des êtres animés, digne par conséquent de toute admiration, et quelle est en fin de compte cette noble condition qui lui est échue dans l'ordre de l'univers, où non seulement les bêtes pourraient l'envier, mais les astres, ainsi que les esprits de l'au-

1. Pic cite ici l'*Asclepius*, traité de magie attribué à un certain Hermès (ou Mercure) Trismégiste, réputé contemporain de Moïse, mais ayant vécu en réalité au IIe siècle.

delà. [...] Mais qu'est cette condition, Pères, veuillez l'entendre de ma bouche ; prêtez-moi une oreille bienveillante [...] : Ô suprême bonté de Dieu le Père, suprême et admirable félicité de l'homme ! Il lui est donné d'avoir ce qu'il souhaite, d'être ce qu'il veut. [...]. Mais à quoi tend cela ? À nous faire comprendre qu'il nous appartient, puisque notre condition native nous permet d'être ce que nous voulons, de veiller par-dessus tout à ce qu'on ne nous accuse pas d'avoir ignoré notre haute charge, pour devenir semblables aux bêtes de somme et aux animaux privés de raison. [...] Qu'une sorte d'ambition sacrée envahisse notre esprit et fasse qu'insatisfaits de la médiocrité, nous aspirions aux sommets et travaillions de toutes nos forces à les atteindre, puisque nous le pouvons, si nous le voulons.

TEXTE 2 • Rodolphe Agricola, *Éloge de la philosophie et des arts* (1511)

Trad. du latin par M. van der Poel, Paris, Champion, 1997.

Le mot philosophie est, de temps immémorial, traduit d'après son sens en grec, par « l'amour de la sagesse », c'est-à-dire le désir de connaître les choses divines et humaines, joint à l'ambition de mener une vie vertueuse. Il me semble que cette définition montre par elle-même clairement que tout ce qu'on peut dire ou penser de louangeux sur la philosophie est déjà contenu dans le mot même. Examinons néanmoins les différentes parties de la philosophie, étudions-la avec plus de précision en la considérant de plus près. [...] Eh bien l'homme surpasse les autres créatures avant tout sur trois points. Premièrement, il peut tout observer et examiner la nature de chaque chose, deuxièmement il peut décider de ses actes et organiser sa vie, troisièmement il peut exprimer et formuler ses pensées. Afin d'appeler chaque élément par un terme différent, notons que l'homme dispose de l'intelligence avec laquelle il observe, de la raison avec laquelle il réfléchit, du langage avec lequel il parle. La philosophie utilise trois disciplines pour chacun de ces trois éléments. La discipline qui concerne le langage, les Grecs la nomment « logique », nous « art du raisonnement » ; la discipline qui a pour sujet l'organisation de la vie, ils l'appellent « éthique », nous « morale » ; la discipline qui examine la nature des choses, nous l'appelons « philosophie de la nature », eux l'appellent « physique ». [...] Nous n'acceptons dans le domaine de la philosophie aucune éloquence qui ne soit intègre ou qui ait été ébranlée par les vils monstres de la convoitise ou de la cupidité. De même, une éloquence qui persuade de faire le mal ou qui défend des crimes, nous estimons qu'elle n'est pas digne de ce nom. Mais l'éloquence qui incite à ce qu'il y a de meilleur et qui loue les bonnes actions, nous la considérons comme la plus belle et la plus noble au monde. [...] La philosophie est si digne et si belle que non seulement on ne peut pas la glorifier efficacement en paroles mais qu'on ne peut même pas la concevoir complètement avec notre intellect. La philosophie est au-dessus de toute louange, car tout ce qui mérite louange trouve en elle son origine. Nous louons quelqu'un de son érudition : c'est la philosophie qui l'a instruit. Nous admirons l'éloquence facile de quelqu'un d'autre : il l'a acquise grâce à la philosophie. Nous révérons la sagesse du bon souverain : c'est la philosophie qui lui a indiqué la voie.

TEXTE 3 • Érasme, *Il faut donner très tôt aux enfants une éducation libérale (1529)*

Trad. du latin par J.-C. Margolin, in *Érasme*, Paris, Robert Laffont, 1992.

Les hommes primitifs, qui menaient dans les forêts, sans lois et sans règles, une vie de promiscuité et de nomadisme, ressemblaient davantage à des bêtes qu'à des êtres humains. C'est la raison qui fait l'homme, et elle n'a point de place là où tout s'accomplit au gré des passions. Si la beauté faisait l'homme, les statues elles aussi seraient comptées dans le genre humain. À certain riche rustaud qui lui demandait quelle sorte d'avantage la science apporterait à un jeune homme, Aristippe [1] fit cette piquante réponse : « Peut-être bien celui-ci : ne pas laisser au théâtre une pierre s'asseoir sur

1. *Aristippe* (v. 400 av. J.-C.) est le fondateur de l'école hédoniste, pour qui les plaisirs sont la source du bonheur.

une autre ! » C'est une jolie réponse que fit un autre philosophe, Diogène [1], si je ne m'abuse, qui se promenait sur la place publique grouillante de monde, portant en plein midi une lanterne. Comme on lui demandait ce qu'il pouvait bien chercher : « Je cherche un homme », répondit-il. Il savait bien qu'il y avait foule en ces lieux, mais une foule d'animaux, et non point d'hommes. Le même Diogène avait réuni un jour une assemblée, et de la position élevée qu'il occupait, s'écriait : « Hommes, venez ici ! » Et comme une foule compacte s'était déjà rassemblée, et qu'il ne disait rien d'autre que : « Hommes, venez ici ! », il y eut des protestations de colère : « Mais nous sommes là, nous autres hommes ! Parle, si tu as quelque chose à dire ». Alors lui : « Ce sont des hommes que je veux voir autour de moi, et non pas vous, qui êtes tout ce que l'on veut, sauf des hommes ! », et il les chassa avec son bâton. Il est très vrai, assurément, qu'un homme qui n'a reçu aucune instruction, ni en philosophie ni en aucune science, est une créature bien inférieure aux bêtes brutes. Car les animaux obéissent seulement à leurs passions naturelles, tandis que l'homme, s'il n'est formé aux lettres et aux préceptes de la philosophie, se laisse emporter par des passions plus que sauvages. Aucun animal n'est plus sauvage ou plus malfaisant que l'homme qui est mené par l'ambition, la cupidité, la colère, l'envie, l'amour des richesses ou la luxure. Dans ces conditions, tel qui n'a pas le souci immédiat d'imprégner son fils des leçons les meilleures, n'est lui-même ni homme ni fils d'homme.

TEXTE 4 • Guillaume Budé, *Philologie* (1532)

Trad. du latin par M.-M. de la Garanderie, Paris, Belles-Lettres, 2001.

Que l'étude des meilleures lettres ait été désormais convenablement instaurée, c'est ce dont, très nobles princes, je commençais, quant à moi, à me réjouir vivement. Ce m'était une raison pour me féliciter, avec une douce complaisance, de mon propre état de vie que je voyais ainsi approuvé par la presque totalité des nations dont la réputation soit parvenue jusqu'à

1. Voir le prologue du *Tiers Livre*, où Rabelais met en scène Diogène de manière analogue à Socrate dans le prologue du *Gargantua*.

nous. Oui, que l'étude des lettres grecques, pour laquelle, moi, je m'étais consumé de nombreuses années sans émule (du moins qui fût digne de quelque renommée), fleurisse abondamment et un peu partout chez nous, me faisait triompher de joie. Il me plaisait en effet d'entendre dire qu'avait été dispersée et démembrée la coalition criminelle et fatale d'un bon nombre d'hommes qui s'étaient acharnés à jeter, sur la clarté renaissante des lettres, des ténèbres cimmériennes. Mais, voyant que les choses étaient telles que ceux qui s'étaient consacrés à cette tâche avec légitime émulation et ardeur passaient pour de bons et beaux esprits plutôt que pour des gens sérieux, et que pour cette raison leur dessein n'avait guère l'approbation du vulgaire et des ordres plus élevés, j'ai commencé à craindre que cette émulation dans l'étude des bonnes lettres, après s'être étendue rapidement, n'en vînt à se résorber tout aussi vite. En effet, alors que presque toutes les activités remboursent généralement avec intérêts ce que les hommes les mieux doués et les plus énergiques y ont investi, à l'opposé il est manifeste que de nos jours l'étude des meilleures lettres – qui embrasse la somme de toutes les sciences et disciplines – réduit en fumée jusqu'au capital de qui s'y adonne avec le plus de zèle, et a de ce fait mauvaise réputation auprès de beaucoup de gens, très mauvaise même auprès de ceux qui considèrent que le soin de s'enrichir doit l'emporter sur tout autre soin. Eh ! oui – telles sont les mœurs de notre temps – c'est à l'égard de la plus noble espèce d'activité que se fait voir cette double et suprême indignité[1].

TEXTE 5 • Pierre Boaistuau, *Bref discours de l'excellence et dignité de l'homme* (1558)

Trad. en français moderne par G. Milhe Poutingon.

Homère, ce grand poète grec, appelait les hommes *Alphestas*, ce qui signifie « chercheurs » : car c'est le propre de l'homme seulement de rechercher la cause de toutes choses [...]. D'autres l'ont

1. *Cette double indignité* : le préjudice financier et le préjudice moral dus au manque de considération.

nommé, φῶs, c'est-à-dire « lumière[1] », à cause de l'incroyable désir que l'homme a naturellement de connaître toutes choses. Ce qui a fait que plusieurs philosophes anciens ont pensé que la lumière était la véritable essence de notre âme, pour la raison qu'il n'y a rien qui fuie l'ignorance et qui l'ait en plus grande horreur que l'homme, lequel est si merveilleux qu'il a en soi l'esprit céleste, la puissance des étoiles, l'influence des planètes, les qualités et les propriétés des quatre éléments et auquel, en fin de compte, toutes les créatures célestes, angéliques et terrestres obéissent. Émerveillés par cela, quelques sages d'Égypte osèrent appeler l'homme *Dieu terrestre*, être vivant divin et céleste, messager des dieux, seigneur des choses inférieures, familier des supérieures, et finalement miracle de nature.

1. En grec.

L'ŒUVRE DANS UN GENRE

On a coutume de présenter les livres de Rabelais comme des romans, ce qu'ils sont effectivement. Mais le *Pantagruel* et le *Gargantua* sont en réalité au carrefour de plusieurs genres, souvent détournés et parodiés par Rabelais afin de créer une œuvre originale propre à exprimer les idéaux de l'humanisme.

L'HÉRITAGE DU ROMAN MÉDIÉVAL

Le genre auquel le *Pantagruel* et le *Gargantua* se conforment essentiellement est celui des romans de chevalerie, qui connaissent à l'époque un vif succès. Ces romans sont des adaptations assez libres des romans médiévaux narrant les exploits des chevaliers. Ainsi, dès le prologue, le *Pantagruel* est comparé à « certains livres de haute futaie » tels que « *Orlando furioso* [*Roland furieux*], *Robert le Diable, Fierabras, Guillaume sans peur* », célèbres romans de chevalerie. De même le titre, qui annonce les « faits et prouesses épouvantables » du « roi » Pantagruel, autrement dit ses exploits, indique clairement que nous entrons dans l'univers de la chevalerie.

L'HOMMAGE AUX ROMANS DE CHEVALERIE

Manifestement soucieux de se conformer au genre en vogue à son époque, Rabelais respecte la structure traditionnelle des romans de chevalerie, presque toujours construits en trois parties.

Une structure ternaire

La première partie des romans de chevalerie expose la naissance du héros, accompagnée de prodiges et de phénomènes surnaturels, signes de son caractère exceptionnel. Conformément aux règles du genre, Gargantua naît « d'une façon bien étrange » par l'oreille de Gargamelle (*Gargantua*, chap. 5), et la naissance de Pantagruel a lieu après un cataclysme cosmique (*Pantagruel*, chap. 1-2).

La deuxième partie est consacrée à l'enfance du héros, à ses années d'apprentissage. La particularité de Rabelais est de s'attarder plus que de coutume sur cet épisode obligé. Pantagruel visite les universités de France (*Pantagruel*, chap. 5), étudie à Paris (chap. 6-7), reçoit une lettre de son père vantant les mérites d'un savoir encyclopédique (chap. 8). Quant à Gargantua, il étudie avec Thubal Holoferne et Jobelin Bridé, professeurs scolastiques de la faculté de théologie (*Gargantua*, chap. 13-14) avant d'être placé sous l'autorité du sage Ponocrates et de suivre une éducation plus proche du modèle humaniste (chap. 21-22). Rabelais innove en décrivant longuement la formation des géants, car cette étape lui permet d'exposer ses théories sur l'éducation, souci fondamental pour tout humaniste. Les codes d'un genre romanesque destiné au grand public sont donc ici modifiés au profit d'un idéal savant.

La troisième partie des romans de chevalerie est traditionnellement consacrée aux exploits guerriers du héros. Chez Rabelais les géants ont des ennemis (Anarche s'oppose à Pantagruel, Picrochole à Gargantua), des auxiliaires (Panurge, Frère Jean, etc.), ils défendent leur royaume et remportent des victoires contre leurs adversaires. Ce thème du conflit guerrier est celui qui inscrit le plus nettement les romans rabelaisiens dans le prolongement des romans médiévaux.

Le thème du conflit et de l'opposition

Dans le *Gargantua*, plus complexe que le *Pantagruel*, on notera que le thème du conflit entre adversaires ne se limite pas à la seule partie guerrière : il structure le roman tout entier, épisode après épisode. Ainsi, le prologue expose l'opposition entre le sens littéral et le « haut » sens[1]. Ensuite, l'épisode de l'enfance oppose la saleté du géant (qui « se conchiait à tout moment ») et sa propreté (signalée par l'invention du « torche-cul », chap. 12). L'épisode de l'éducation oppose l'enseignement rétrograde des scolastiques à celui des humanistes et, après la guerre, l'épisode de Thélème oppose les ordres monastiques ordinaires à celui de Frère Jean.

Si le thème du conflit donne son unité au *Gargantua*, c'est parce qu'il reflète l'engagement humaniste de Rabelais. Comme l'indique un critique contemporain, Gérard Defaux :

1. *Le sens littéral et le « haut » sens* : les théologiens distinguaient plusieurs sens dans les Écritures : le sens littéral (qui s'interprète immédiatement) et le « plus haut sens » (*altior sensus*), ou sens spirituel (qui doit faire l'objet d'une interprétation plus poussée).

Que nous propose en effet le *Gargantua,* sinon l'opposition manichéenne de deux mondes, l'un haï, l'autre espéré ? Tout le livre repose sur un jeu constant d'antithèses et de contraires [...]. Ce jeu informe le texte à tous ses niveaux : au niveau du lexique, des images, des styles, des chapitres, des thèmes, des personnages et des situations. Le monde de Picrochole est l'envers de celui de Grandgousier, l'éducation de Ponocrates est l'exact contre-pied de celle de Thubal, et Thélème [...] n'est rien d'autre qu'un anti-monastère [1].

LE DÉPASSEMENT DU ROMAN MÉDIÉVAL

Jeux de symétrie et structures cachées

Ainsi, dans le *Pantagruel* comme dans le *Gargantua*, la structure apparente d'un genre romanesque médiéval, le roman de chevalerie, devient le support d'idées nouvelles. Mais l'auteur organise aussi son propos selon une dynamique plus spécifique. En effet, Rabelais ne respecte qu'en apparence la structure ternaire du roman de chevalerie.

En effet le *Pantagruel* et le *Gargantua* sont également bâtis selon un procédé de disposition connu depuis la Bible et l'Antiquité, consistant à établir des rapports entre chapitres par des effets de symétrie et des analogies. Dans le chapitre 2 du *Pantagruel*, la terre sue à grosses gouttes ; de même, dans le chapitre 29, sortent de terre des sources thermales consécutives à la « chaude-pisse » du géant. Le chapitre 1, dans lequel le géant Hurtaly couvre l'arche, entretient un rapport de symétrie avec le chapitre 28, où Pantagruel couvre son armée. Parallèlement au chapitre 3, où Gargantua se console de la mort de Badebec, le chapitre 26 montre Panurge qui console Eusthènes de la mort d'Épistémon.

En réunissant ainsi des épisodes du *Pantagruel* éloignés, on finit par isoler un épisode central, le chapitre 14, qui n'est analogue à aucun autre chapitre, et où Panurge démontre comiquement au roi Pantagruel qu'il sera utile à son royaume. Dans le *Gargantua*, un jeu de symétrie identique met en valeur l'épisode des chapitres 39 et 40, où Frère Jean prouve qu'il est utile au moral des troupes royales. Autrement dit, au centre des

1. Introduction à *Gargantua*, Paris, Le Livre de Poche, 1994, p. 52.

deux romans figure, sur un registre comique, une idée humaniste majeure, selon laquelle l'homme doit se montrer utile à la collectivité. Le schéma ternaire de la formation du héros de chevalerie s'efface donc au profit de codes savants, lisibles par les lettrés, et destinés à promouvoir des thèmes principaux de l'humanisme.

Une parodie des romans de chevalerie

C'est en parodiant les romans de chevalerie, autrement dit en les imitant de manière caricaturale, que Rabelais fait naître le rire.

Un procédé fréquent consiste à employer certaines formules habituelles des romans de chevalerie, mais dans un contexte comique. Le chapitre 40 du *Gargantua* commence par cette citation de roman, avec son vocabulaire très stéréotypé : « Or s'en vont les nobles champions vers leurs aventures. » Et la suite montre Frère Jean voulant « plumer comme des canards » ses ennemis. Dans l'univers ordinaire de la chevalerie et des « nobles » preux, ce projet est peu digne d'un homme d'Église.

LE TRAITEMENT DU MODÈLE ÉPIQUE

Si *Pantagruel* et *Gargantua* se définissent essentiellement par rapport aux romans de chevalerie, dont ils reprennent ou détournent certaines conventions, ils s'inscrivent aussi dans le prolongement d'autres genres. La richesse de la fiction rabelaisienne tient au fait qu'elle repose sur la référence à des codes génériques variés.

Après le roman de chevalerie, le plus important des modèles dont s'inspire Rabelais est l'épopée. Ce genre poétique remonte à l'Antiquité. Il est composé à la gloire d'un héros ou d'une nation, et les exploits héroïques se mêlent souvent à des phénomènes surnaturels. Les plus célèbres des épopées sont l'*Iliade* d'Homère et l'*Énéide* de Virgile (19 avant J.-C.).

À la différence du roman de chevalerie qui, au XVIe siècle, touche un large public, l'épopée est un genre destiné aux lettrés. Le *Pantagruel* et le *Gargantua*, écrits par un savant humaniste désireux de toucher autant un public cultivé qu'un public populaire, comportent de nombreuses références au genre épique.

RABELAIS ET L'ÉPOPÉE : ENTRE PARODIE ET FIDÉLITÉ

Un sujet et des personnages épiques

Le sujet de l'épopée concerne les exploits, le plus souvent guerriers, accomplis par un héros. Ces exploits sont le fait de personnages illustres, dont la postérité a retenu le nom dans la mesure où ils incarnent les valeurs fondamentales d'une communauté. Achille dans l'*Iliade*, Énée dans l'*Énéide*, Charlemagne et Roland dans la *Chanson de Roland* incarnent respectivement l'homme grec, l'homme romain et l'homme médiéval dans toutes ses qualités. Ainsi, Pantagruel et Gargantua, dans une certaine mesure, incarnent un idéal humaniste.

Traditionnellement, le héros épique est accompagné d'un ami fidèle : dans l'*Iliade*, Patrocle est l'ami d'Achille ; dans l'*Énéide*, Achate est le compagnon dévoué d'Énée. Frère Jean et surtout Panurge jouent un rôle similaire vis-à-vis des géants, comme le souligne explicitement le texte rabelaisien. Pantagruel dit ainsi à Panurge : « Vous et moi ferons une nouvelle paire d'amitié comme celle qui fut entre Énée etAchate » (*Pantagruel*, chap. 9).

Des procédés narratifs épiques

L'épopée est traditionnellement considérée comme un genre total, capable de tout aborder. Elle est donc riche en digressions : développements sans rapport immédiat avec l'intrigue sous forme de commentaires, de descriptions... Le poète épique, savant parfait et maître de toutes les connaissances, s'écarte facilement du sujet et se laisse aller à des développements où il expose son savoir philosophique, littéraire, technique, politique, etc.

Dans l'œuvre de Rabelais le fil de la narration est fréquemment rompu par des considérations savantes, comme l'exposé sur la signification symbolique des couleurs de la livrée du géant (*Gargantua*, chap. 8-9). Les procédés narratifs du modèle épique sont eux aussi parodiés, notamment à l'aide de digressions burlesques, comme la longue liste des jeux de Gargantua (chap. 20). Lorsqu'il s'agit d'invoquer Calliope, muse de l'épopée, le narrateur Alcofribas s'adresse également à Thalie, muse des banquets : « Ma muse, ma Calliope, ma Thalie, inspire-moi maintenant » (*Pantagruel*, chap. 24). Le décalage entre le grave et le gai provoqué par le voisinage des deux muses montre bien que le genre épique est sans cesse menacé d'un détournement parodique.

GARGANTUA ET *PANTAGRUEL* : UNE ÉPOPÉE CHRISTIQUE

Rabelais a beau parodier le genre épique, il n'en demeure pas moins que son œuvre manifeste un intérêt certain pour l'épopée, dont la portée symbolique est beaucoup plus élevée que celle des romans de chevalerie proposés au public populaire.

Le critique Edwin Duval a ainsi montré que Pantagruel est un héros épique semblable à un nouveau Christ défenseur de l'Évangile. On remarquera par exemple que, dans la liste des aïeux du géant (*Pantagruel*, chap. 1), le nombre des générations séparant Adam de Pantagruel est le même (en l'occurrence soixante et une) que celui qui sépare Adam de Jésus dans la généalogie du Christ au début de l'Évangile de Matthieu. Pantagruel occupe donc la place du Christ, et il semble avoir le même rôle : rétablir la charité, c'est-à-dire l'amour parfait pour son prochain, dont l'opposé est la vanité, l'égoïsme, après le crime originel.

Ce crime, perpétré par Caïn tuant son frère Abel, figure d'ailleurs au début du chapitre 1 du *Pantagruel*, avant la naissance du géant. Le roman serait alors le premier épisode d'une épopée christique qui prendra toute sa dimension dans les *Tiers* et *Quart Livre*, une sorte de Nouveau Testament épique, relatant les exploits d'un héros combattant le Mal.

Les codes de l'épopée mettent donc en place une vision très sérieuse, voire grave, du monde, bien éloignée des clichés habituels sur les romans rabelaisiens, et plus proche des préoccupations de l'humanisme.

L'UTILISATION DES GENRES POPULAIRES

Les romans rabelaisiens comportent aussi de nombreuses références à la culture populaire. Cette culture se présente sous deux aspects : les récits folkloriques proprement dits et la littérature populaire contenue dans les livrets de colportage.

PRÉSENCE DU FOLKLORE ET DE LA LITTÉRATURE POPULAIRE

Les récits folkloriques

Ces récits relèvent d'une tradition essentiellement orale. Ils reposent sur l'ensemble des mythes et des traditions d'un pays ou d'une région, que l'on se raconte de génération en génération. Rabelais s'inspire du folklore parce qu'il présente un ensemble de récits et de situations offrant de grandes possibilités comiques. Quelques personnages rabelaisiens en sont directement issus, notamment Gargantua, dont le nom est construit sur la racine *garg-*, qui évoque la gorge dans les parlers méridionaux.

Certains thèmes folkloriques sont célèbres, comme celui de l'« avalage » : de nombreux contes issus des différents folklores régionaux ou nationaux montrent des personnages avalés par un géant puis recrachés. Ce thème figure dans le chapitre 43 du *Gargantua*, lorsque le géant « mange six pèlerins en salade » avant de les libérer, et dans le chapitre 28 du *Pantagruel*, où Alcofribas se réfugie dans la bouche du géant avant d'y découvrir un nouveau monde.

Les livrets de colportage

Ces livrets sont de petits ouvrages vendus lors des foires, tels que les almanachs ou les chroniques. Les almanachs contiennent des enseignements religieux (exposés dans des récits de vies des saints, par exemple) ainsi que des récits folkloriques. Quant aux chroniques, elles mélangent les mythes populaires et des éléments de romans médiévaux.

Les *Grandes Chroniques*, par exemple, sont un célèbre ouvrage anonyme de littérature populaire vendu par des marchands ambulants. Elles mettent en scène le géant folklorique Gargantua, le roi Arthur et Merlin l'Enchanteur. Rabelais y fait souvent allusion, notamment au début du prologue du *Pantagruel*, où Alcofribas renvoie le lecteur aux *Grandes et Inestimables Chroniques de l'énorme géant Gargantua*.

LES LIMITES DE L'INSPIRATION POPULAIRE DE RABELAIS

Indépendance vis-à-vis du folklore

Mais si les thèmes et les formes de la culture populaire sont présents dans l'œuvre de Rabelais, il ne faut toutefois pas en surestimer l'importance. Rabelais manifeste une forte indépendance à leur égard, notamment dans la manière de construire personnages et intrigues. Prenons l'exemple du géant Pantagruel : à l'époque, les lecteurs le connaissent comme un diablotin du folklore breton, qui s'amuse à jeter du sel dans la bouche des ivrognes endormis afin d'assécher leur gosier et leur donner envie de boire de nouveau. La relation au sel est conservée dans le *Pantagruel* (chap. 6 et 25), mais Rabelais a transformé ce diablotin en géant, afin de créer un personnage original.

En outre, une caractéristique forte des récits folkloriques comme les *Chroniques* est leur relative liberté de composition. À l'inverse, le roman est en principe doté d'une organisation savamment calculée, ce que confirme, on l'a vu, l'examen de la structure des romans rabelaisiens.

Dénonciation des fables

Surtout, Rabelais ne se contente pas de modifier les codes de la culture populaire. Il dénonce aussi cette culture, à cause de ses impiétés et de ses contes à dormir debout que le peuple préfère aux vérités philosophiques et historiques. Un humaniste, épris de culture savante et convaincu des hautes vérités des Évangiles, ne pouvait pas admettre certaines inepties et impiétés de la littérature populaire. Rabelais nous le fait comprendre à de nombreuses reprises. Par exemple, au moment où Épistémon veut raconter les aventures du chevalier Perceforêt et du géant Morgant, héros de littérature populaire, le sage Pantagruel lui demande de remettre cette narration « à une autre fois », montrant ainsi son peu de goût pour de telles histoires (*Pantagruel*, chap. 26).

De même, pour connaître ce qui arriva à son ancêtre Geoffroi, fils de la célèbre fée Mélusine, le géant « ne se contente pas » d'écouter les contes folkloriques qu'on lui en fait : il veut s'« en enquérir plus amplement ». Quant à Gargantua, il punit « le peuple de Paris » en lui « pissant » dessus lorsqu'il découvre combien ce peuple est « stupide » au point de préférer écouter un « bateleur » plutôt qu'« un bon prédicateur évangélique » (*Gargantua*, chap. 16) : le peuple étant puni par un procédé typique de la culture populaire, ce châtiment repose sur une ironie courante dans la littérature humaniste[1].

---

1. Dans l'*Éloge de la folie* d'Érasme, c'est dame Folie elle-même qui dénonce les folies des hommes.

On peut donc dire que les emprunts rabelaisiens à la culture populaire sont en grande partie destinés à propager la culture savante et les valeurs de l'évangélisme.

LA PRÉSENCE DE TROIS GENRES SECONDAIRES

LA POÉSIE

Les romans rabelaisiens empruntent largement au genre poétique. On y trouve d'une part de longs poèmes, constituant souvent un chapitre entier comme, dans le *Gargantua*, « les Fanfreluches antidotees » (chap. 2), l'« Inscription sur la porte de Thélème » (chap. 52) et l'« Énigme en prophétie » (chap. 56). D'autre part, Rabelais parsème ses chapitres de courts poèmes, tels que, dans le *Pantagruel*, huitain (chap. 3), quintil (chap. 6), rondeau (chap. 20), « chant de victoire » (chap. 23), quatrain (chap. 26), etc.

La présence de ces poèmes montre que Rabelais est un héritier des « grands rhétoriqueurs » du XVe et du début du XVIe siècle. En effet, ces poètes humanistes épris d'érudition antique, de mythologie et, surtout, partisans d'une grande virtuosité verbale, perpétuent les formes de la poésie médiévale en inventant toutes sortes d'effets stylistiques.

À la fin du XVIe siècle, Étienne Pasquier, dans les *Recherches de la France* (1560), dit de Rabelais que, « bien qu'il ait écrit en prose les faits héroïques de Gargantua et de Pantagruel, il était mis au rang des poètes ». La virtuosité et la richesse de sa poétique, la variété de son inspiration, font en effet de lui le dernier des poètes médiévaux, plus proche de l'esthétique de la « grande rhétorique » que de la poésie de la Pléiade (laquelle ne cherchera plus à jongler avec les mots, mais à imiter la nature).

L'ÉPISTOLAIRE

Les romans rabelaisiens comportent une part, faible mais néanmoins significative, d'épistolarité : une lettre de Grandgousier demandant de l'aide à Gargantua face à l'invasion picrocholine (*Gargantua*, chap. 27), une autre lettre, très célèbre, de Gargantua invitant Pantagruel à devenir un « abîme de science » (*Pantagruel*, chap. 8), et même un bref billet d'amour, codé, envoyé par une « dame de Paris » à Pantagruel (chap. 21).

Les traités antiques et médiévaux n'établissent pas les règles de l'épistolarité. Ce sont les humanistes de la Renaissance, notamment Érasme, qui codifient l'écriture de la lettre. Bien que soutenu, son style doit être pur et naturel, sans affectation. Surtout, on considère la lettre comme un genre rhétorique. L'invention et la disposition des arguments prennent donc beaucoup d'importance. La lettre de Grandgousier à Gargantua est ainsi parfaitement construite : rappel des événements précédents (passé), urgence de la situation (présent), confiance dans l'issue heureuse de la guerre (avenir). Celle de Gargantua à Pantagruel repose sur la même disposition chronologique. Au plan romanesque, ces deux lettres ont en outre pour fonction d'accélérer le rythme du récit : une fois leur lettre reçue, Pantagruel se hâte d'étudier, et Gargantua se précipite au secours du royaume. Ces lettres ou épîtres confèrent donc à l'action son tempo.

LA SATIRE

La satire est un genre critique ou polémique, fondé sur la dérision, visant à attaquer tout en ridiculisant. Rabelais s'inspire beaucoup du Grec Lucien de Samosate (125-192), dont les satires sur la société de son époque étaient très appréciées des humanistes pour leur sagesse philosophique empreinte de fantaisie.

Sous l'influence de Lucien, Rabelais réfléchit aux rapports entre la fiction et la vérité. Pour Lucien, poètes et romanciers ont le droit de mentir, de se laisser aller à leur imagination (contrairement aux historiens), mais ils peuvent aussi dire le vrai. Le narrateur Alcofribas, évoquant le récit qu'il s'apprête à faire, assure ainsi : « Il ne m'advint jamais de mentir ou d'assurer une chose qui ne fût véritable. J'en parle comme saint Jean de l'Apocalypse : *quod vidimus testamur* » (*Pantagruel*, prologue). Mais il va de soi que le récit qui suit, portant sur les exploits « horribles » d'un *géant*, est faux.

Dans les éditions ultérieures, l'ironie sera plus sensible : « Il ne m'est jamais arrivé de mentir, ou d'assurer quelque chose qui ne fût pas véritable. J'en parle comme un gaillard onocrotale, que dis-je même, comme un crotte-notaire des amants martyrs, et croque-notaire des amours. » Le jeu absurde sur le langage qui suit la déclaration de sincérité jette le doute sur la prétention d'Alcofribas à dire le vrai.

La fiction rabelaisienne est donc située quelque part entre mensonge et vérité. Ce mélange de vrai et de faux est la clé de l'art de l'allusion :

derrière chaque nom imaginaire, derrière chaque situation fictive, il devient possible de lire une allusion à des noms ou à des événements authentiques. Un exemple parmi bien d'autres : Picrochole, le tyran contre lequel Gargantua part en guerre, serait le portrait de Charles-Quint, critiqué pour ses prétentions à dominer le monde (chap. 31). Il faut donc interpréter le vrai, parfois dans toute sa gravité, sous les plaisants mensonges de la fiction.

UNE PLURALITÉ DE GENRES POUR UNE ŒUVRE ORIGINALE

Rabelais ne se conforme pas aux règles d'un seul genre en écrivant le *Pantagruel* et le *Gargantua*. Il mélange les références, souvent sur un mode parodique, afin de créer une œuvre originale. Le comique et le grave, les références savantes et la culture populaire coexistent. Son univers romanesque élargit ainsi considérablement l'imaginaire des genres dont il s'inspire : le roman de chevalerie s'ouvre à des réflexions philosophiques sur la pédagogie, l'épopée devient le support d'une réflexion théologique et morale sur le péché, etc.

On peut donc définir le *Pantagruel* et le *Gargantua* comme des « romans humanistes », dans la mesure où ils présentent la conjonction de genres variés, au service d'une pensée savante inspirée par de nombreux idéaux.

GROUPEMENT DE TEXTES : LES CARACTÉRISTIQUES DU ROMAN RABELAISIEN

TEXTE 6 • *Pantagruel,* chapitre 8

Très cher fils [...] de bien en mieux

LIGNES 7-52, PAGES 35-37

Le genre épistolaire

1. Qui parle ? à qui ? Étudiez, dans ce texte le système énonciatif typique du genre épistolaire.

2. Quel est, selon vous, l'argument principal de ce passage ?

3. Étudiez l'emploi des temps. Quel est le temps dominant ? Analysez ses effets de sens.

TEXTE 7 • *Pantagruel*, chapitre 28

Donc, du mieux que je pus [...] de mon maître Pantagruel.

LIGNES 27-108, PAGES 100-103

La parodie d'un récit de voyage

1. Relevez ce qui vous semble constituer les caractéristiques d'un récit de voyage.

2. Comment le décalage entre le genre et sa parodie est-il créé ?

3. Quelle leçon de sagesse se dégage de ce voyage ?

TEXTE 8 • *Gargantua*, chapitre 25

Disant cela, il ôta son grand habit [...] pour cerner les noix.

LIGNES 70-131, PAGES 173-176

La parodie du récit épique

1. Comment Frère Jean acquiert-il le statut de héros épique, défenseur de la chrétienté et de la royauté ?

2. Relevez les éléments parodiques.

3. Étudiez l'enchaînement des actions. Que remarquez-vous ?

TEXTE 9 • *Gargantua*, chapitre 40

Or s'en vont les nobles champions [...] le chemin de la Saulaie.

LIGNES 1-70, PAGES 191-193

Le récit de chevalerie, entre fidélité et distance parodique

1. Comment l'univers chevaleresque est-il suggéré dans ce texte ? Pour vous aider, étudiez en particulier le lexique.

2. Analysez l'emploi des temps, montrez comment ils structurent le récit, en mettant certaines actions en relief et d'autres au second plan.

3. Pourquoi accorder à Frère Jean une telle importance dans ce passage ? Pour vous aider, étudiez ses interventions, leurs rapports avec l'univers chevaleresque.

VERS L'ÉPREUVE

ARGUMENTER, COMMENTER, RÉDIGER

L'étude de l'argumentation dans l'œuvre intégrale privilégie deux objets :

▪ L'argumentation dans l'œuvre. *Chaque genre littéraire, chaque œuvre intégrale exprime un point de vue sur le monde. Un roman, une pièce de théâtre, un recueil de poésies peuvent défendre des thèses à caractère esthétique, politique, social, philosophique, religieux, etc. Ordonner les épisodes d'une œuvre intégrale, élaborer le système des personnages, recourir à tel ou tel procédé de style, c'est aussi, pour un auteur, se donner les moyens d'imposer un point de vue ou d'en combattre d'autres. Ce premier aspect est étudié dans une présentation synthétique, adaptée à la particularité de l'œuvre étudiée.*

▪ L'argumentation sur l'œuvre. *Après publication, les œuvres suscitent des sentiments qui s'expriment dans des lettres, des articles de presse, des ouvrages savants… Chaque réaction exprime donc un point de vue sur l'œuvre, loue ses qualités, blâme ses défauts ou ses excès, éclaire ses enjeux. Une série d'exercices permet d'analyser des réactions publiées à différentes époques, dans lesquelles les lecteurs de l'œuvre, à leur tour, entendent faire partager leurs enthousiasmes, leurs doutes ou leurs réserves.*

Quelle vision du monde, quelles valeurs une œuvre véhicule-t-elle, et comment se donne-t-elle les moyens de les diffuser ? Quelles réactions a-t-elle suscitées, et comment les lecteurs successifs ont-ils voulu imposer leurs points de vue ? L'étude de l'argumentation dans l'œuvre et à propos de l'œuvre permet de répondre à cette double série de questions.

L'ARGUMENTATION DANS LE *PANTAGRUEL* ET LE *GARGANTUA*

LE RIRE AU SERVICE DE L'ARGUMENTATION

En bon humaniste, Rabelais hait l'ignorance, l'erreur, la superstition, ainsi que la stupidité et la méchanceté qui, souvent, les accompagnent et sont autant d'obstacles au savoir. Les « bonnes paroles » de Grandgousier dénoncent sur un ton sérieux, et même grave, la superstition des pèlerins, l'ignorance des moines et la méchanceté des prédicateurs qui « empoisonnent les âmes » (*Gargantua*, chap. 43).

Mais, la plupart du temps, Rabelais choisit le registre comique : il combat la bêtise et l'obscurantisme en les ridiculisant. Le rire devient ainsi un outil argumentatif. Grâce à lui, Rabelais affirme un point de vue et défend une cause. Le chapitre consacré aux mauvais professeurs de Gargantua est un exemple de l'argumentation par le rire. « Maître Jobelin Bridé » porte le surnom réservé aux idiots dans les récits du Moyen Âge, et dans le nom de « Maître Thubal Holoferne » on trouve *tubal*, mot hébreu signifiant « confusion ». Les auteurs des manuels qu'ils font lire au jeune géant portent des noms absurdes. On y relève par exemple : « Heurtebise », « Jean le Veau », qui sont des sobriquets traditionnels ; « Billonio », qui vient de *billonner*, verbe signifiant « mettre au rebut » (chap. 13).

Le meilleur exemple de l'efficacité du rire est sans doute la métamorphose de Janotus de Bragmardo (*Gargantua*, chap. 18-19). D'abord pur produit de la faculté de théologie, ce docte scolastique imbu de sa science inepte, à la fois ridicule et effrayant, finit par se moquer de lui-même avant d'entrer en conflit avec ses anciens collègues, sans doute convaincu par le rire de Gargantua.

Un rire philosophique : une nouvelle vision du monde

Selon Bakhtine[1], ce rire irrespectueux, au point d'être injurieux, aurait pour fonction de nous libérer des carcans de la culture officielle et relèverait d'une culture populaire carnavalesque. Inspiré des fêtes de carnaval qui célèbrent le rythme des saisons au moyen d'allégories

1. Voir aussi « La réception de l'œuvre », p. 240.

comme la mort du vieux roi de Carême, ce rire annonce la disparition d'un ordre ancien et la naissance d'un monde nouveau.

Ainsi, les châtiments des tyrans Anarche (*Pantagruel*, chap. 27) et Picrochole (*Gargantua*, chap. 47), injuriés et frappés, évoquent la mise à mort du vieux roi avant l'avènement d'un ordre neuf. L'épisode des chevaliers brûlés (*Pantagruel*, chap. 22) suggère la destruction du monde féodal et le renversement des valeurs : les cloches des églises ne sont plus en haut, près du ciel, mais en bas, sous les mâchoires des mangeurs.

Un rire humaniste

Cependant, quoi que l'on puisse croire, Rabelais n'est pas hostile à la culture officielle ; il a d'ailleurs été, selon toute vraisemblance, un agent au service de la diplomatie française à Rome. Il tente seulement de remplacer cette culture dominante par une autre, d'inspiration humaniste, qui aspire elle aussi à devenir « officielle ».

De fait, le « peuple » est très rarement représenté dans l'œuvre de Rabelais, sauf pour être ridiculisé. Fêtes et processions populaires sont sévèrement jugées, elles apparaissent parfois sous un jour inquiétant. Par exemple, dans le chapitre XXX du *Quart Livre*, la statue de Manduce, le monstre des réjouissances lyonnaises, est une « effigie monstrueuse, ridicule, hideuse et terrible aux petits enfants ». L'homme, pour pouvoir rire, doit au préalable se débarrasser de ses péchés, notamment de sa vanité, thème peu « populaire » mais éminemment humaniste.

Surtout, le rire rabelaisien *n'est pas* un rire de carnaval, rire qui rassemble la foule, et ignore l'individu. Car c'est l'individu que Socrate (prologue du *Gargantua*) et Diogène (prologue du *Tiers Livre*), les deux grandes figures rabelaisiennes du rire, mettent en avant. Si leurs apparences grotesques peuvent éventuellement les rapprocher de la culture carnavalesque, ce sont avant tout des sages, représentatifs de la philosophie antique, donc de la culture savante. Et leur mot d'ordre est célèbre : « Connais-toi toi-même », une des leçons majeures des romans rabelaisiens. Ces deux sages se mêlent certes à la foule, mais pour s'en distinguer et inviter chaque individu à prendre conscience de soi [1]. Leur liberté suggère que c'est à l'individu de décider de sa conduite.

---

1. Daniel Ménager, *La Renaissance et le Rire*, Paris, PUF, 1995, p. 169.

Le rire de Socrate est donc un rire alimenté par l'ironie avec laquelle le sage considère les actions des hommes. Même si le rire du peuple existe chez Rabelais, il vaut mieux insister sur la dimension humaniste de son comique, dont la fonction est de défendre les idéaux d'une pensée savante au service de la collectivité.

Rire et bonne chère : l'éloge de la modération

D'une façon générale, rien n'a fait plus de tort à l'œuvre de Rabelais que les innombrables contresens, lieux communs et autres clichés sur la « grande bouffe » et l'ivresse carnavalesque. Pour beaucoup d'entre nous, le rire rabelaisien est un argument en faveur d'un idéal de goinfrerie. En réalité, les principes culinaires des humanistes reposaient sur la frugalité et la modération [1]. On retient habituellement que le jeune Gargantua dévore « quelques douzaines de jambons, de langues de bœuf fumées, de boutargues, d'andouilles et d'autres avant-coureurs de vin » pendant qu'on lui jette » dans la bouche, sans interruption, de la moutarde à pleines pelletées » jusqu'à ce que « le ventre lui tire » (*Gargantua*, chap. 20).

Mais on oublie que Rabelais décrit là les mœurs du géant sous l'influence des mauvais pédagogues. Le régime alimentaire prescrit ensuite par Ponocrates est bien plus équilibré : « du pain, du vin, de l'eau, du sel, des viandes, poissons, fruits, herbes, racines ». On ne passait à table que lorsque « arrivait Monsieur l'Appétit », c'est-à-dire sans gourmandise : « Car il mangeait autant qu'il lui était nécessaire pour se nourrir et s'entretenir, ce qui est le véritable régime alimentaire préconisé par la bonne et sûre médecine » (*Gargantua*, chap. 21).

Chez Rabelais, la nourriture est louée lorsqu'elle sert aux besoins du corps ou accompagne les repas entre amis. Ainsi, les « beaux propos » (*Gargantua*, chap. 37) tenus au cours du banquet sont plus importants que la nourriture elle-même. Dans le *Tiers Livre* (chap. 13), Pantagruel prescrit à Panurge un régime alimentaire modéré : « Dans toutes les circonstances on loue la modération et ici vous devrez la conserver. » Rabelais pousse très loin la dénonciation de la gourmandise dans le *Quart Livre*, lorsqu'il qualifie les gloutons adorateurs du dieu Gaster, qui signifie

1. Voir M. Jeanneret, *Des mets et des mots*, Paris, Corti, 1987 ; J.-C. Margolin et R. Sauzet, *Pratiques et discours alimentaires à la Renaissance*, Paris, Maisonneuve et Larose, 1982.

« Estomac », ces « Gastrolâtres » dont la devise est « Tout pour la tripe », d'« ennemis de la Croix du Christ » (chap. 58).

Contrairement à ce que l'on croit souvent, la puissance argumentative du rire rabelaisien n'a pas pour objet l'éloge de la bonne chère et de la gourmandise, mais bien la défense de l'idéal humaniste de la modération.

LA RHÉTORIQUE AU SERVICE DE L'ARGUMENTATION ?

La rhétorique est une autre clé pour comprendre les idées défendues par Rabelais. C'est de cet art de l'éloquence, né en Sicile au ve siècle avant notre ère puis enseigné et enrichi au cours des siècles, que sont issues nombre des techniques de l'argumentation. Le philosophe Aristote (384-322 avant J.-C.), puis l'homme politique et orateur Cicéron (106-43 avant J.-C.) et Quintilien (30-100 après J.-C.), considéré à son époque comme le représentant officiel de l'éloquence, l'ont constitué en une véritable discipline.

Dès le Moyen Âge, elle figurait parmi les arts « libéraux », l'équivalent du programme d'enseignement secondaire de l'époque, en compagnie notamment de la grammaire et des mathématiques. Rabelais l'a apprise lorsqu'il était collégien, tout comme Pantagruel, qui avait « fort bien étudié les sept arts libéraux » (*Pantagruel*, chap. 7). Avant d'être réduite à une simple technique d'embellissement du discours, la rhétorique a été un instrument de persuasion, essentiellement perçu comme tel à l'époque.

Les dangers de la rhétorique

Pour les humanistes, inspirés sur ce point par Platon dont des traités comme le *Gorgias* constituent des mises en garde contre les dangers de la rhétorique, les mauvais rhéteurs, ou « sophistes [1] », sont nuisibles dans la mesure où il leur est facile de se faire admirer, de manipuler les gens, de les persuader au moyen de belles paroles. Ce danger est dénoncé par Rabelais, comme par tous les humanistes, qui cherchent à transmettre des connaissances, non à se rendre « glorieux [2] ». Abondent ainsi dans

1. *Sophistes* : initialement, le mot a désigné les maîtres de rhétorique, puis il s'est appliqué à ceux qui utilisent des arguments volontairement erronés. \ 2. Voir G. Defaux, *Pantagruel et les sophistes*, La Haye, M. Nijhoff, 1973.

son œuvre des personnages ridicules, dont la virtuosité rhétorique n'est qu'un verbiage masquant une pauvreté morale ou intellectuelle. Janotus, argumentant afin que Gargantua rende les cloches de Notre-Dame, utilise des termes de rhétorique, tel « baralipton », sonnant creux (*Gargantua*, chap. 17). Rabelais parodie ainsi les discours rhétoriques bien construits et riches en termes savants mais vides de sens.

Le danger est surtout personnifié par Panurge, expert en art de persuader et de convaincre, qui ne déploie ses talents que pour parvenir à des fins égoïstes et cruelles. C'est d'ailleurs au moment d'exhiber son habileté rhétorique que Panurge dévoile « son visage de fourbe » (*Pantagruel*, chap. 19). Ainsi Rabelais suggère qu'un mauvais usage de la rhétorique aboutit non à défendre des idées nouvelles, mais à endoctriner. Dès lors, les hommes n'échangent plus leurs idées, ils se font abuser par de beaux et vains discours.

Les règles de l'échange

Rabelais ne condamne pas pour autant la rhétorique. On relève en effet dans le *Pantagruel* et le *Gargantua* plusieurs passages où des personnages porteurs de valeurs positives se livrent à des discours rhétoriques bien ordonnés, qui reflètent tout un art de se comporter.

- Une rhétorique bien ordonnée

Au tout début du chapitre 13 du *Gargantua*, Grandgousier affiche sa volonté de confier l'éducation de son fils à Thubal Holoferne et Jobelin Bridé, affirmant qu'il « ne regardera pas à la dépense ». Face à « ses gouvernantes », il défend son point de vue au moyen d'un discours argumentatif construit selon les règles rhétoriques de la « disposition » ou *dispositio*.

Les arguments d'un bon discours argumentatif doivent être disposés en quatre parties précises :
– en premier lieu, l'« exorde » (l'introduction) vise à « capter » l'attention de l'auditoire (*captatio benevolentiae*). La phrase initiale (« Philippe, roi de Macédoine [...] un cheval ») est un exorde. Grandgousier éveille l'attention de l'auditoire en annonçant un exploit d'Alexandre le Grand ;
– puis la « narration » expose les faits à partir desquels on va argumenter. C'est donc la partie narrative du discours argumentatif. Dans le texte, elle est constituée par le récit d'Alexandre domptant un cheval furieux ;

– la « confirmation » est ensuite la partie dialectique, du grec *dialektikê* qui signifie « discussion », où l'on envisage les divers arguments. Dans le discours de Grandgousier, elle occupe presque tout le second paragraphe (« Mais je vous dis [...] bien instruit »). On notera que les éventuels arguments adverses sont évacués, car c'est la parole d'un roi s'adressant à ses sujets qui se fait entendre ici ;
– enfin, la « péroraison » est une conclusion. En principe, elle récapitule les principaux arguments tout en suscitant l'émotion dans l'auditoire. Ici, elle est brève (« Par conséquent [...] à la dépense »). Cette brièveté s'explique par le fait que la narration était courte (une seule anecdote), et surtout par le fait que le roi n'a pas à fournir de gros efforts pour persuader ses « gouvernantes ». En revanche, elle suscite l'émotion : la phrase finale (« Et je ne regarderai pas à la dépense ») met en avant la générosité de Grandgousier.

Le caractère argumentatif de ce discours est également visible dans le recours à l'anecdote exemplaire ou *exemplum* d'Alexandre, utilisée, conformément aux règles rhétoriques, comme un modèle d'action puisé dans le passé en vue d'élaborer une décision tournée vers l'avenir. Nous avons affaire ici au premier type d'exemple inventorié par la rhétorique antique : l'exemple historique, particulièrement efficace sur un plan argumentatif car il s'appuie sur des faits avérés.

• La rhétorique ou l'art de bien se comporter

Pour un humaniste, l'homme acquiert sa dignité s'il se montre capable de transmettre sa pensée au moyen d'une parole mesurée et bien ordonnée. C'est la raison pour laquelle les géants et leurs amis sont souvent réunis en conversations et autres joyeux « propos » (*Gargantua*, chap. 5 et 37). Le débat amical, l'échange d'idées, sont des témoignages de la bonne rhétorique, celle qui réunit les êtres, et qui ne cherche pas à les endoctriner ou à les éblouir.

Lorsque, après avoir suivi les cours catastrophiques des maîtres sophistes, Gargantua rencontre le jeune page Eudémon (chap. 14), l'enfant âgé de douze ans maîtrise l'art de la rhétorique de façon si parfaite que son discours, modèle d'ordre, de politesse et de langage « fleuri », fait pleurer le géant.

Rabelais montre ainsi que la maîtrise de la bonne rhétorique doit aboutir à l'art de bien se comporter, autrement dit à une courtoisie parfaite dans les rapports humains. Le jeune Gargantua pleure parce qu'il réalise que l'enseignement des mauvais professeurs l'empêchera d'accéder à cette perfection. Le versant positif de la rhétorique est donc une clé pour communiquer pleinement, échanger des points de vue, et ainsi s'humaniser.

UNE DÉFENSE ET ILLUSTRATION DE L'HUMANISME

Une œuvre militante

- L'importance de l'éducation

Le *Pantagruel* et le *Gargantua* proposent une défense et illustration de l'humanisme du XVIe siècle qui, nous l'avons vu [1], se caractérise par un certain nombre d'idéaux.

L'éducation est centrale aux yeux des humanistes, qui privilégient non l'apprentissage « par cœur » mais la réflexion. Ainsi, la critique du système éducatif scolastique est développée dans le *Gargantua*. Le jeune géant, d'abord écrasé sous le poids d'un savoir inutile (chap. 13), est ensuite confié au sage Ponocrates, qui s'applique au contraire à éveiller la pensée de son disciple.

L'importance accordée par les humanistes à l'éducation s'explique par le fait que, selon eux, l'homme n'acquiert sa dignité que s'il se montre utile à la collectivité en la guidant. Cet idéal d'utilité explique leur intérêt pour le droit, car les études juridiques ont précisément pour fonction de maintenir justice et harmonie au sein de la communauté. Toutefois, les humanistes reprochent aux ouvrages juridiques scolastiques de n'être que d'incompréhensibles commentaires en mauvais latin obscurcissant les traités antiques de droit. Ils réclament un retour aux textes originaux allégés de tous leurs commentaires.

Rabelais critique souvent la conception médiévale du droit, en particulier dans le *Pantagruel* dont la couverture se présente sous la forme d'un traité de droit parodique. Le voyage universitaire du géant est une quête comique du savoir juridique : il se rend à la faculté de droit de Bourges,

1. Voir plus haut, « L'œuvre dans l'histoire », p. 229-234

mais les traités ornés de commentaires scolastiques lui font penser « à une belle robe d'or brodée de merde » (*Pantagruel*, chap. 5).

• Une réflexion politique et religieuse

Toujours pour se montrer utiles à la cité, les humanistes réfléchissent aux théories politiques. Pour eux, la justice du roi et sa façon de gouverner dépendent de sa vertu, de son aptitude à respecter l'autre. C'est pourquoi le roi Grandgousier se montre si clément et généreux envers son ennemi, Picrochole (*Gargantua*, chap. 30). À l'image de son père, le prince Gargantua se montre tout aussi généreux en offrant du vin, des saucisses et des vêtements au très stupide Janotus, représentant de l'université scolastique (chap. 19).

Enfin, le souci de revenir aux textes originaux débarrassés des commentaires scolastiques, déjà perceptible dans la pensée juridique, est au cœur de la conception humaniste de la religion. Il est en effet essentiel de lire la Bible dans le texte, non dans la traduction latine plus ou moins fidèle que l'Église romaine a imposée. C'est la raison pour laquelle Gargantua pousse Pantagruel à apprendre les langues anciennes comme l'hébreu, le grec et l'arabe, utiles pour lire directement l'Écriture sainte (*Pantagruel*, chap. 8).

De même, le sage Ponocrates pousse son disciple à la prière en lui faisant lire une page de la Bible : c'est la parole de Dieu uniquement qui doit servir de support à la prière, non un quelconque ouvrage de piété écrit par un moine (*Gargantua*, chap. 21). On le voit, d'une façon générale, ce sont les idéaux humanistes d'authenticité et de pureté que les romans rabelaisiens propagent.

Des romans ambigus

Notons toutefois que *Pantagruel* et *Gargantua* ne sont pas entièrement des romans à thèse. Frère Jean et Panurge sont en effet des personnages trop indépendants, ils posent sur le monde un regard trop détaché, trop ironique, pour que la fiction rabelaisienne puisse être associée avec certitude à un seul message clair : la défense et la promotion de l'humanisme.

À la fin du *Gargantua*, le géant déchiffre dans une « énigme » poétique un message caché sur les persécutions subies par les humanistes évangéliques (chap. 56, l. 111-115). Mais Frère Jean rejette cette interprétation, n'y voyant que la description du jeu de paume (ancêtre du tennis) : il refuse donc l'idée qu'une argumentation implicite, un point de vue humaniste, se cache sous la fable poétique. De même, à la fin du *Pantagruel*, Alcofribas reproche à ses lecteurs d'avoir perdu du temps à lire de telles balivernes.

Autrement dit, si le narrateur et les personnages participent en général à la défense de l'humanisme, ils affichent aussi un détachement vis-à-vis des thèses humanistes, créant ainsi des zones de sens floues dans lesquelles il est parfois difficile de situer la pensée de Rabelais. Non seulement le *Pantagruel* et le *Gargantua* sont souvent ambigus, mais leurs fins posent la question du sens tout en restant fondamentalement *ouvertes*.

GROUPEMENT DE TEXTES : JUGEMENTS CRITIQUES

TEXTE 10 • Pierre de Ronsard, « Épitaphe de François Rabelais » (1554)

Contrairement à ce que l'on a longtemps cru, la célèbre épitaphe de Rabelais par Ronsard (1524-1585) n'est ni malveillante, ni satirique, mais humoristique. C'est un simple badinage sur la tradition d'un Rabelais buveur et bon enfant déjà bien implantée de son vivant et à laquelle Ronsard entend contribuer.

Si d'un mort qui, pourri, repose
Nature engendre quelque chose,
Et si la génération
Se fait de la corruption,
Une vigne prendra naissance
De l'estomac et de la pance
Du bon Rabelais, qui buvait
Toujours [...].
Jamais le soleil ne l'a vu,
Tant fût-il matin, qu'il n'eût bu,
Et jamais au soir la nuit noire,
Tant fut tard, ne l'a vu sans boire.
[...]
Mais la mort qui ne buvait pas

Tira le buveur de ce monde,
Et ores le fit boire en l'onde
Qui fuit, trouble, dans le giron
Du large fleuve d'Achéron.
Or toi, quiconque sois, qui passes
Sur sa fosse reprends des tasses,
[...]
Des cervelas et des jambons,
Car si encor dessous la lame [1]
Quelque sentiment a son âme,
Il les aime mieux que des lys,
Tant soient-ils fraîchement cueillis.

1. L'épitaphe est un poème faisant l'éloge d'un défunt. Relevez les marques de la louange dans cette épitaphe.

2. Analysez le thème de la nourriture (vocabulaire, images, etc.). Ce thème vous semble-t-il aller de soi dans un genre en principe destiné à méditer sur la mort ? Quelle peut être son utilité ici ?

TEXTE 11 • La Bruyère, *Les Caractères* (1688)

Jean de La Bruyère (1645-1696) se montre représentatif du « bon goût », attaché aux bienséances, de l'époque classique (XVIIe siècle). Il associe Rabelais et Clément Marot (1496-1544) dans sa dénonciation.

Marot et Rabelais sont inexcusables d'avoir semé l'ordure dans leurs écrits : tous deux avaient assez de génie et de naturel pour pouvoir s'en passer, même à l'égard de ceux qui cherchent moins à admirer qu'à rire dans un auteur. Rabelais surtout est incompréhensible : son livre est une énigme, quoi qu'on veuille dire, inexplicable ; c'est une chimère, c'est le visage d'une belle femme avec des pieds et une queue de serpent, ou de quelque autre bête plus difforme ; c'est un monstrueux assemblage d'une morale fine et ingénieuse, et d'une sale corruption : où il est mauvais, il passe bien loin au-delà du pire ; c'est le charme de la canaille ; où il est

1. *La lame* : la pierre tombale.

bon, il va jusqu'à l'exquis et à l'excellent, il peut être le mets des plus délicats.

1. Quel reproche La Bruyère fait-il à Rabelais ?

2. Quelle figure de style revient de façon permanente dans ce jugement ? Quel est son rôle dans l'argumentation ?

TEXTE 12 • Voltaire, *Lettres philosophiques* (1733)

Voltaire (1694-1778), dont le goût doit beaucoup à l'esthétique classique du XVIIe siècle, se montre très sévère à l'égard du comique rabelaisien, dont il ne saisit pas les enjeux.

Rabelais, dans son extravagant et inintelligible livre, a répandu une extrême gaieté et une plus grande impertinence ; il a prodigué l'érudition, les ordures et l'ennui ; un bon conte de deux pages est acheté par des volumes de sottises. Il n'y a que quelques personnes d'un goût bizarre qui se piquent d'entendre et d'estimer tout cet ouvrage ; le reste de la nation rit des plaisanteries de Rabelais et méprise le livre. On le regarde comme le premier des bouffons ; on est fâché qu'un homme qui avait tant d'esprit en ait fait un si misérable usage ; c'est un philosophe ivre qui n'a écrit que dans le temps de son ivresse.

1. Quel est le reproche adressé par Voltaire à Rabelais ?

2. Commentez l'expression « un philosophe ivre qui n'a écrit que dans le temps de son ivresse ». Quelle est son utilité dans l'argumentation ?

3. Quels arguments pourrait-on opposer à ce jugement ?

TEXTE 13 • Charles Nodier, « Miscellannées, variétés de philosophie, d'histoire et de littérature » (1830)

L'écrivain Charles Nodier (1780-1844), qui joua un rôle important dans la vie littéraire parisienne, contribua beaucoup à la réhabilitation de l'œuvre de Rabelais au XIXe siècle.

Rabelais, né dans un temps de développement et d'effervescence sociale, où le monde semblait sortir une seconde fois du chaos, avait en lui-même toute la sève d'un esprit créateur, mais disposé à voir les choses sous ce côté ridicule qui ne manque à aucune des choses de la terre. [...] Ce qui domine dans Rabelais, c'est une hilarité effrénée, et je n'ai pas d'autre expression pour la définir. [...] Il est évident que Rabelais a voulu se mettre tout à fait en dehors du monde connu, pour se donner le droit d'en juger avec une liberté sans bornes, et c'est pour cela qu'il a emprunté aux vieux conteurs une fable fantastique. [...] Rabelais force l'homme à s'égarer hors de lui-même, [il] entraîne son lecteur dans le labyrinthe immense de nos vanités et de nos folies, à force d'illusions riantes qui lui font perdre de vue le point d'où il est parti, et dédaigner le point encore plus incertain où il doit aboutir.

1. Montrez comment Nodier fait l'éloge de Rabelais.

2. Comparez le jugement de Nodier sur l'œuvre de Rabelais à ceux de La Bruyère (texte 11) et de Voltaire (texte 12) qui faisaient de l'œuvre rabelaisienne une « chimère », un « monstre », un roman « bizarre ».

TEXTE 14 • Louis-Ferdinand Céline, « Rabelais, il a raté son coup » (1959)

Article paru dans *Le Meilleur Livre du mois* en 1959 et réédité in *Le Style contre les idées*, Bruxelles, Éditions Complexe, 1987.

Dans cet article, Céline (1894-1961) modifie la pensée de Rabelais pour défendre ses propres idées sur la langue et la société. Il convient de souligner que Rabelais n'était pas un écrivain subversif : il s'en prend aux théologiens scolastiques au pouvoir, mais il est un défenseur de l'autorité royale.

Voyez-vous, avec Rabelais, on parle toujours de ce qu'il faut pas. On dit, on répète partout : « C'est le père des lettres françaises »[...] Le père des lettres françaises, ah là là ! C'est pas si simple. En vérité Rabelais, il a raté son coup. Oui, il a raté son coup. Il a pas réussi. Ce qu'il voulait faire, c'était un langage pour tout le monde, un vrai. Il voulait démocratiser la langue. Une vraie bataille. La Sorbonne, il était contre, les docteurs et tout ça. Tout ce qui était reçu et établi, le roi, l'Église, le style, il était contre. Non, c'est pas lui qui a gagné. C'est Amyot[1],

---

1. *Jacques Amyot* (1513-1593). Le style de ses traductions de Plutarque était considéré comme un modèle de beau langage.

le traducteur de Plutarque : il a eu, dans les siècles qui suivirent, beaucoup plus de succès que Rabelais. C'est sur lui, sur sa langue, qu'on vit encore aujourd'hui. Rabelais avait voulu faire passer la langue parlée dans la langue écrite : un échec. Tandis qu'Amyot, les gens maintenant veulent toujours et encore de l'Amyot, du style académique. Ça, c'est écrire de la m... : du langage figé. Les colonnes d'un grand quotidien du matin, qui se flatte d'avoir des rédacteurs qui écrivent bien en est plein. Ça donne un cloaque à verbe bien filé, à phrases bien conduites, avec, à la fin de l'article, une petite astuce innocente. Pas dangereuse, pas trop forte, pour ne pas effrayer le public. C'est ça l'échec de Rabelais, c'est ça l'héritage d'Amyot.

1. D'après Céline, Rabelais privilégie le langage « parlé », relâché. Montrez au contraire que la rhétorique classique joue un rôle important dans les romans rabelaisiens.

2. Relevez dans cet article quelques particularités du langage célinien. Les retrouve-t-on chez Rabelais ?

3. Sur quel procédé stylistique majeur Céline appuie-t-il son argumentation ?

4. Relevez quelques éléments du style rabelaisien qui semblent confirmer la thèse de Céline.

TEXTE 15 • Mikhaïl Bakhtine, *L'Œuvre de François Rabelais et la culture populaire au Moyen Âge et sous la Renaissance* (1970)

Trad. par Andrée Robel, Paris, Gallimard, coll. « Tel », 1985.

Bakhtine (1895-1975), professeur et historien de la littérature, analyse l'œuvre de Rabelais à la lumière des fêtes populaires et du carnaval. Il retrouve l'esprit comique des « places publiques » du Moyen Âge dans le prologue du *Gargantua*.

Les injures familières, affectueuses ou sans détours, organisent la dynamique verbale de tout le prologue et déterminent son style. Dans le premier paragraphe, Rabelais présente le personnage de Socrate dépeint par Alcibiade dans *le Banquet* de Platon. À l'époque de Rabelais, les humanistes comparaient volontiers

Socrate aux silènes[1], c'est ce que fait [...] Érasme dans trois de ses œuvres, dont l'une (*Sileni Alcibiadis*[2]) a apparemment servi de source à Rabelais (bien qu'il connût *le Banquet* de Platon). Néanmoins, Rabelais a [...] souligné avec plus de vigueur l'association des louanges et des injures [...]. On ne voit pas ici[3] grands écarts par rapport au prototype (c'est-à-dire Platon et Érasme), mais [...] le choix des termes et expressions dans la peinture du physique de Socrate, leur accumulation même rapprochent ce portrait de la litanie injurieuse, de l'amoncellement proprement rabelaisien d'injures ; nous sentons derrière cette litanie la dynamique latente des injures et des grossièretés. La peinture des qualités intérieures de Socrate est, elle aussi, outrée dans le registre élogieux : c'est une accumulation de superlatifs et nous sentons de même derrière elle la dynamique latente des louanges de la place publique. [...] Signalons un détail extrêmement significatif : d'après Platon (*le Banquet*), les silènes se vendent dans les boutiques des sculpteurs et, si on les ouvre, on y trouve l'effigie du dieu. Rabelais déménage les silènes dans les boutiques des apothicaires que, nous le savons, aimait à fréquenter le jeune Gargantua pour étudier la vie de la rue, et à l'intérieur de ces figurines, on trouve toutes sortes de drogues [...] L'énumération de ces drogues prend alors le caractère de la réclame criée à tue-tête par les apothicaires et charlatans sur la place publique si courante à l'époque de Rabelais.

1. Lisez les premières phrases du prologue du Gargantua et relevez des expressions pouvant être entendues sur une « place publique ».

2. Bakhtine fait allusion au chapitre 24 du *Gargantua*. Il pense que Gargantua « aime » la vie de la rue. Relevez dans le chapitre 17 les propos du géant suggérant au contraire une méfiance pour la culture de la « place publique ». En vous souvenant des principes de la pédagogie humaniste (voir p. 231-232), proposez une autre analyse.

3. Relevez un procédé employé par Bakhtine pour impliquer le lecteur et ainsi conforter sa thèse.

1. *Silènes* : voir p. 111, 7-15. \ **2.** *Sileni Alcibiadis* : « Les silènes d'Alcibiade » \ **3.** *On ne voit pas ici* : Bakhtine fait allusion au chapitre 22 du *Gargantua*.

TEXTE 16 • Daniel Ménager, *Rabelais en toutes lettres* (1989)

Paris, Bordas.

Daniel Ménager, professeur à l'université de Paris X-Nanterre, propose une autre analyse du langage « populaire » des prologues rabelaisiens.

On a souvent souligné le caractère oral de l'œuvre de Rabelais. Les prologues ont été une pièce essentielle de cette démonstration. C'est là en particulier que triompherait l'oralité. En seraient signes les interpellations, exclamations, interjections, onomatopées qui les émaillent. [...] Pour M. Bakhtine, ces prologues sont traités « dans le style de la place publique » auquel on doit en particulier les injures et les louanges, les paris et les obscénités devant lesquels Alcofribas ne recule pas quand il s'adresse à son public. Il n'y a rien à reprendre à cette démonstration. Elle oublie cependant un point qui change presque tout : c'est que ce style oral, nous le rencontrons dans une œuvre écrite, et par le plus savant des humanistes. Ce qui veut dire, en clair, que le style écrit est capable d'imiter le discours oral, même le plus populaire. Il serait donc plus juste de parler d'« effets d'oralité », rendus possibles par une maîtrise impressionnante de la langue écrite. C'est la rhétorique, en fin de compte, qui permet d'écrire les prologues du *Pantagruel* et du *Gargantua*.

1. Reformulez les thèses respectives de Mikhaïl et de Daniel Ménager. Quelles sont, selon ces chercheurs, les deux manières de traiter le langage populaire chez Rabelais ?

2. Quelles seraient les caractéristiques fondamentales de l'écriture rabelaisienne selon Daniel Ménager ?

SUJETS

INVENTION ET ARGUMENTATION

Sujet 1

Pantagruel décide d'attaquer les Almyrodes. En l'absence d'Alcofribas réfugié dans la bouche du géant, vous racontez l'attaque de la cité des Almyrodes par l'armée de Pantagruel. Vous imiterez un récit épique, en veillant à respecter les caractéristiques de tout récit, en particulier l'emploi du passé simple et de l'imparfait. Vous réglerez le problème du point de vue en choisissant un narrateur le plus proche possible d'Alcofribas.

Sujet 2

Après avoir reçu une lettre de son père l'enjoignant à étudier, Pantagruel fait la connaissance de Panurge, qui le distrait de ses études. Imaginez une lettre de Pantagruel à Gargantua, où le jeune géant essaye de rassurer son père… Vous développerez trois idées : les raisons pour lesquelles Pantagruel juge nécessaire de se conformer au programme éducatif dicté par son père, le bilan de ce qu'il est en train d'apprendre grâce à ce programme, les impressions produites par Panurge. Vous respecterez les contraintes formelles de l'écriture épistolaire.

Sujet 3

Vous rédigez le portrait élogieux de Ponocrates d'après les qualités que lui prête Rabelais tout au long du roman : travailleur (c'est le sens de son nom, en grec), savant, patient, à l'écoute de son élève, d'un esprit ouvert, mais aussi courageux. Vous décrirez son apparence physique. Vous veillerez à respecter les contraintes du discours d'éloge, par exemple en suivant l'ordre chronologique, à partir des ancêtres de Ponocrates, et du descriptif, en particulier l'emploi des caractérisations : adjectifs qualificatifs, subordonnées relatives, etc.

Sujet 4

On considère souvent que le *Pantagruel* est « meilleur » que le *Gargantua*. Par exemple, Raoul Morçay et Armand Müller, dans l'ouvrage intitulé

La Renaissance[1], estiment que « les éléments très variés qui composent cette épopée en prose sont fondus dans une unité parfaite. Le *Gargantua* est le chef-d'œuvre de Rabelais ». Vous rédigerez un dialogue polémique entre deux lecteurs de Rabelais, l'un défendant ce point de vue, l'autre le contestant.

Sujet 5 : lecture d'image (page 277)

Étudiez l'illustration de Gustave Doré (1832-1883) représentant Picrochole entouré de ses conseillers (*Gargantua*, chap. 31). Vous déterminerez en particulier quel aspect de sa personnalité l'image met en scène, quels rapports il entretient avec ses conseillers, et dans quelle mesure cette illustration est fidèle au texte.

Pour répondre

Examinez l'attitude de Picrochole. Observez aussi l'attitude et le nombre de ses conseillers. Demandez-vous si Gustave Doré a ajouté des éléments absents du texte.

1. Publié à Paris, Del Duca, 1960.

« Picrochole entouré de ses conseillers », gravure de Gustave Doré (1832-1883)
ph© collection Kharbine Tapabor

Sujet 6 : lecture d'image (p. 279)

Étudiez le portrait d'Érasme par Holbein le Jeune (1497-1543). Examinez son attitude générale et ce qu'elle suggère sur ce célèbre humaniste.

Indications pour traiter le sujet

Vous pourrez vous poser les questions suivantes : comment Érasme est-il habillé ? que fait-il ? quel est le rôle des couleurs et du fond ?, etc.

COMMENTAIRES

Sujet 7

TEXTE 17 • *Gargantua*, chapitre 13

Je trouve chez les anciens [...] une bonne gorge chaude

LIGNES 1-43, PAGES 25-26

Après avoir répondu aux questions suivantes, vous rédigerez un commentaire de cet extrait.

Indications pour traiter le sujet

Vous pourrez notamment étudier les caractéristiques du récit, la présence du narrateur ainsi que le rôle du folklore.

1. Analysez l'alternance entre passé simple et imparfait, et relevez des connecteurs liant les actions entre elles.

2. Montrez comment les interventions du narrateur semblent se moquer des récits de fiction.

3. Comment les éléments de culture savante sont-ils ici dominés par la culture folklorique ?

Sujet 8

TEXTE 18 • *Pantagruel*, chapitre 25

Alors que Loup-Garou approchait [...] le gosier, le nez et les yeux

LIGNES 51-84, PAGES 89-90

Après avoir répondu aux questions suivantes, vous rédigerez un commentaire de cet extrait.

Portrait d'Érasme (1466-1536) par Holbein le Jeune (1497-1543), musée du Louvre.
ph© Giraudon/ Bridgeman Art Library

Indications pour traiter le sujet

Vous pourrez par exemple étudier les caractéristiques formelles et thématiques de la prière de Pantagruel à Dieu.

1. Quels sont les procédés stylistiques utilisés dans la prière ?

2. Pour un humaniste comme Rabelais, il est possible que l'homme et Dieu coopèrent. Comment cette idée de coopération est-elle indiquée ?

Sujet 9

TEXTE 19 • *Gargantua*, chapitre 13

Ainsi, on lui recommanda [...] enfourné de pareils.

LIGNES 24-54 PAGES 134-135

Après avoir répondu aux questions suivantes, vous rédigerez un commentaire de cet extrait.

Indications pour traiter le sujet

Vous montrerez comment la satire (dénonciation fondée sur la moquerie) sert à ridiculiser la mauvaise pédagogie des précepteurs de Gargantua.

1. Étudiez le rôle de la temporalité dans ce texte : comment permet-elle de suggérer le caractère passéiste, rétrograde, de l'enseignement dispensé au géant ?

2. Étudiez les formes et les fonctions de l'exagération dans ce passage.

3. Comment les professeurs de Gargantua sont-ils ridiculisés dans ce texte ? Analysez les marques lexicales de l'irrespect.

4. Montrez comment les personnages semblent perdre leur identité d'êtres humains et devenir ainsi des machines ou des robots, des « automates ».

Sujet 10

TEXTE 20 • *Gargantua*, chapitre 43

Pendant ce temps, [...] quelques carolus pour vivre.

LIGNES 25-95, PAGES 196-198

Après avoir répondu aux questions suivantes, vous rédigerez un commentaire de cet extrait.

1. À quel registre appartiennent les propos de Grandgousier ? Justifiez votre réponse.

2. Comment l'erreur superstitieuse des pèlerins est-elle dénoncée ?
3. Montrez comment le court dialogue entre le pèlerin et Frère Jean entre dans la stratégie de dénonciation des pèlerinages. Soyez notamment attentif au registre comique.

DISSERTATIONS

Sujet 11

Pantagruel et *Gargantua* sont constitués de genres très divers. En vous appuyant sur des exemples tirés de vos lectures, indiquez quels sont, selon vous, les buts recherchés par les romanciers qui élaborent leurs œuvres sur une telle diversité.

Sujet 12

Les romans rabelaisiens accordent une place importante à la mythologie antique. En vous appuyant sur des exemples tirés de genres variés (romans, pièces de théâtre, essais, recueils poétiques, etc.) indiquez quels sont, selon vous, les buts recherchés par les auteurs qui élaborent leurs œuvres sur une telle tradition

Sujet 13

Rabelais, dans ces deux romans, dénonce de nombreux abus et vanités, et propose des conceptions humanistes de l'homme et de la société. Comment, selon vous, la littérature peut-elle refléter et améliorer la société où nous vivons ? Vous puiserez des exemples dans le *Gargantua* et dans le *Pantagruel* ainsi que dans vos lectures personnelles.

EXTRAITS
du *PANTAGRUEL*
et du *GARGANTUA*
EN FRANÇAIS ANCIEN

Les chapitres les plus célèbres des deux œuvres sont reproduits dans leur version originale, en français ancien du XVIe (orthographe partiellement modernisée).

PANTAGRUEL

Chapitre 8 • Chapitre 28

Chapitre 8

Comment Pantagruel étant à Paris reçut lettres de son père Gargantua, et la copie d'icelles

Pantagruel étudioit fort bien comme assez entendez, et profitoit de même, car il avoit l'entendement à double rebras et capacité de mémoire à la mesure de douze oyres et botes d'olif. Et, comme il étoit ainsi là demourant, reçut un jour lettres de son Père en la manière que s'ensuit.

Très cher fils, Entre les dons, grâces et prérogatives, desquelles le souverain plasmateur Dieu tout puissant a endouairé et orné l'humaine nature à son commencement, celle me semble singulière et excellente, par laquelle elle peut en état mortel acquérir espèce de immortalité, et en décours de vie transitoire perpétuer son nom et sa semence. Ce que est fait par lignée issue de nous en mariage légitime. Dont nous est aucunement instauré ce que nous fut tollu par le péché de nos premiers parents, esquels fut dit, que parce qu'ils n'avoient été obéissants au commandement de Dieu le créateur, ils mourroient ; et par mort seroit réduite à néant cette tant magnifique plasmature, en laquelle avoit été l'homme créé. Mais par ce moyen de propagation séminale demoure es enfants ce que étoit déperdu es parents, et es neveux ce que dépérissoit es enfants, et ainsi successivement jusques à l'heure du jugement final, quand Jésuchrist aura rendu à Dieu le père son Royaume pacifique hors tout danger et contamination de péché : car alors cesseront toutes générations et corruptions, et seront les éléments hors de leurs transmutations continues, vu que la paix tant désirée sera consummée, et parfaite, et que toutes choses seront réduites à leur fin et période.

Donc, non sans juste et équitable cause, je rends grâces à Dieu mon conservateur, de ce qu'il m'a donné pouvoir voir mon antiquité chanue refleurir en ta jeunesse. Car quand par le plaisir de lui qui tout régit et modère, mon âme laissera cette habitation humaine, je ne me réputerai totalement mourir, ains passer d'un lieu en autre, attendu que en toi et par toi je demeure en mon image visible en ce monde, vivant, voyant, et conversant entre gens de honneur et mes amis comme je soulois; laquelle mienne conversation a été, moyennant l'aide et grâce divine, non sans péché, je le confesse (car nous péchons tous, et continuellement requérons à dieu qu'il efface nos péchés), mais sans reproche. Parquoi, ainsi comme en toi demeure l'image de mon corps, si pareillement ne reluisoient les mœurs de l'âme, l'on ne te jugeroit point être garde et thésor de l'immortalité de notre nom; et le plaisir que prendrois ce voyant, seroit petit, considérant que la moindre partie de moi, qui est le corps, demoureroit, et que la meilleure, qui est l'âme, et par laquelle demeure notre nom en bénédiction entre les hommes, seroit dégénérante et abâtardie. Ce que je ne dis par défiance que je aie de ta vertu, laquelle m'a été jà par ici devant éprouvée, mais pour plus fort te encourager à profiter de bien en mieux.

A laquelle entreprise parfaire et consommer, il te peut assez souvenir comment je n'ai rien épargné; mais ainsi te y ai secouru comme si je n'eusse autre thésor en ce monde, que de te voir une fois en ma vie absolu et parfait, tant en vertu, honnêteté, et prudhommie, comme en tout savoir libéral et honnête, et tel te laisser après ma mort comme un mirouoir représentant la personne de moi ton père, et sinon tant excellent, et tel de fait comme je te souhaite, certes bien tel en désir.

Mais encore que mon feu père de bonne mémoire Grand Gousier eût adonné tout son étude à ce que je profitasse en toute perfection et savoir politique, et que mon labeur et étude correspondît très bien, voire encore outrepassât son désir, toutefois, comme tu peux bien entendre, le temps n'étoit tant idoine ni commode es lettres comme il est de présent, et n'avois copie de tels précepteurs comme tu as eu. Le temps était encore ténébreux et sentant l'infélicité et calamité des Goths, qui avoient mis à destruction toute bonne littérature. Mais, par la bonté divine, la lumière et dignité a été de mon âge rendue es lettres, et y vois tel amendement, que de présent à difficulté serois-je reçu en la première classe des petits grimauds, qui en mon âge viril étois (non à tort) réputé le plus savant du dit siècle. Ce que je ne dis par jactance vaine, encore que je le puisse louablement faire en t'écrivant, comme tu as l'autorité de Marc Tulle en son livre de vieillesse, et la sentence de Plutarche on livre intitulé comment on se peut louer sans envie : mais pour te donner affection de plus haut tendre.

Maintenant toutes disciplines sont restituées, les langues instaurées : Grecque, sans laquelle c'est honte que une personne se die savant ; Hébraïque, Chaldaïque, Latine. Les impressions tant élégantes et correctes en usance, qui ont été inventées de mon âge par inspiration divine, comme à contrefil l'artillerie par suggestion diabolique. Tout le monde est plein de gens savants, de précepteurs très doctes, de librairies très amples, qu'il m'est avis que ni au temps de Platon, ni de Cicéron, ni de Papinian, n'étoit telle commodité d'étude qu'on y voit maintenant. Et ne se faudra plus dorénavant trouver en place ni en compagnie, qui ne sera bien expoli en l'officine de Minerve. Je vois les brigands, les bourreaux, les aventuriers, les palefreniers de maintenant, plus doctes que les docteurs et prêcheurs de mon temps. Que dirai-je ? Les femmes et filles ont aspiré à cette louange et manne céleste de bonne doctrine. Tant y a que en l'âge où je suis, j'ai été contraint de apprendre les lettres Grecques, lesquelles n'avois contemné comme Caton, mais je n'avois eu loisir de comprendre en mon jeune âge. Et volontiers me délecte à lire les Moraulx de Plutarque, les beaux Dialogues de Platon, les Monuments de Pausanias, et Antiquités de Atheneus, attendant l'heure qu'il plaira à dieu mon créateur me appeler et commander issir de cette terre.

Parquoi, mon fils, je te admoneste que employes ta jeunesse à bien profiter en étude et en vertus. Tu es à Paris, tu as ton précepteur Epistemon, dont l'un par vives et vocales instructions, l'autre par louables exemples te peut endoctriner. J'entends et veux que tu apprennes les langues parfaitement. Premièrement la Grecque, comme le veut Quintilian. Secondement la Latine. Et puis l'Hébraïque pour les saintes Lettres, et la Chaldaïque et Arabique pareillement. Et que tu formes ton style, quant à la Grecque, à l'imitation de Platon ; quant à la Latine, à Cicéron. Qu'il n'y ait histoire que tu ne tiennes en mémoire présente : à quoi te aidera la Cosmographie de ceux qui en ont écrit. Des arts libéraux, Géométrie, Arithmétique et Musique, je t'en donnai quelque goût quand tu étois encore petit en l'âge de cinq à six ans ; poursuis la reste, et de Astronomie saches-en tous les canons. Laisse-moi l'Astrologie divinatrice, et l'art de Lullius, comme abus et vanités. Du droit Civil, je veux que tu saches par cœur les beaux textes, et me les confère avec philosophie. Et quant à la connaissance des faits de nature, je veux que tu te y adonnes curieusement ; qu'il n'y ait mer, rivière, ni fontaine, dont tu ne connoisses les poissons ; tous les oiseaux de l'air, tous les arbres, arbustes et fructices des forêts, toutes les herbes de la terre, tous les métaux cachés on ventre des abîmes, les pierreries de tout Orient et Midi, rien ne te soit inconnu. Puis soigneusement revisite les livres des médecins, Grecs, Arabes, et Latins, sans contemner les Thalmudistes et Cabalistes ; et par fréquentes anatomies acquiers-toi parfaite connaissance de l'autre monde, qui est l'homme. Et par quelques heures du jour, commence à visiter les saintes Lettres. Premièrement en Grec, le nouveau testament et Epîtres des apôtres. Et puis en Hébreu le vieux testament. Somme que je voie un abîme de science. Car dorénavant que tu deviens homme et te fais grand, il te faudra issir de cette tranquillité et repos d'étude, et apprendre la chevalerie et les armes pour défendre ma maison, et nos amis secourir en tous leurs affaires contre les assauts des malfaisants. Et veux que, de bref, tu essayes combien tu as profité : ce que tu ne pourras mieux faire que tenant conclusions en tout savoir, publiquement, envers tous et contre tous. Et hantant les gens lettrés, qui sont tant à Paris comme ailleurs.

Mais parce que selon le sage Salomon Sapience n'entre point en âme malivole, et science sans conscience n'est que ruine de l'âme, il te convient servir, aimer et craindre Dieu, et en lui mettre toutes tes pensées, et tout ton espoir. Et, par foi formée de charité, être à lui adjoint, en sorte que jamais n'en sois désemparé par péché. Aie suspects les abus du monde. Ne mets ton cœur à vanité : car cette vie est transitoire, mais la parole de Dieu demeure éternellement. Sois serviable à tous tes prochains, et les aime comme toi-même. Révère tes précepteurs. Fuis les compagnies des gens esquels tu ne veux point ressembler. Et les grâces que Dieu te a données, icelles ne reçois en vain. Et quand tu connoîtras que auras tout le savoir de par delà acquis, retourne vers moi, afin que je te voie et donne ma bénédiction devant que mourir.

Mon fils, la paix et grâce de notre seigneur soit avec toi. Amen. De Utopie, ce dix-septième jour du mois de Mars. Ton père GARGANTUA.

Ces lettres reçues et vues, Pantagruel prit nouveau courage et fut enflammé à profiter plus que jamais ; en sorte que, le voyant étudier et profiter, eussiez dit que tel était son esprit entre les livres comme est le feu parmi les brandes, tant il l'avoit infatigable et strident.

Chapitre 28

Comment Pantagruel de sa langue couvrit toute une armée. Et de ce que l'auteur vit dedans sa bouche.

Ainsi que Pantagruel avec toute sa bande entrèrent es terres des Dipsodes, tout le monde en étoit joyeux, et incontinent se rendirent à lui, et de leur franc vouloir lui apportèrent les clefs de toutes les villes où il alloit, excepté les Almyrodes, qui voulurent tenir contre lui, et firent réponse à ses hérauts qu'ils ne se rendroient, sinon à bonnes enseignes. Et quoi ? dit Pantagruel ; en demandent-ils meilleures que la main au pot, et le verre au poing ? Allons, et qu'on me les mette à sac. Adonc tous se mirent en ordre, comme délibérés de donner l'assaut.

Mais au chemin, passant une grande campagne, furent saisis d'une grosse ousée de pluie. A quoi ils commencèrent se trémousser et se serrer l'un l'autre. Ce que voyant Pantagruel leur fit dire par les capitaines que ce n'étoit rien, et qu'il voyoit bien au dessus des nuées que ce ne seroit qu'une petite ousée. Mais à toutes fins, qu'ils se missent en ordre, et qu'il les vouloit couvrir. Lors se mirent en bon ordre, et bien serrés. Adonques Pantagruel tira sa langue seulement à demi, et les en couvrit comme une géline fait ses poulets.

Cependant, je, qui vous fais ces tant véritables contes, m'étois caché dessous une feuille de Bardane[6], qui n'étoit moins large que l'arche du pont de Monstrible[7]. Mais, quand je les vis ainsi bien couverts, je m'en allai à eux rendre à l'abri. Ce que je ne pus, tant ils étoient ; comme l'on dit, au bout de l'aune faut le drap. Donc, le mieux que je pus, montai par dessus, et cheminai bien deux lieues sur sa langue, tant que je entrai dedans sa bouche.

Mais ô dieux et déesses, que vis-je là ? Jupiter me confonde de sa foudre trisulque si j'en mens. Je y cheminois comme l'on fait en Sophie à Constantinople, et y vis de grands rochiers, comme les monts des Danois – je crois que c'étoient ses dents –, et de grands prés, de grandes forêts, de fortes et grosses villes non moins grandes que Lyon ou Poitiers. Le premier que y trouvai, ce fut un bonhomme qui plantoit des choux –. Dont, tout ébahi, lui demandai :

– Mon ami, que fais-tu ici ?

– Je plante (dit-il) des choux.

– Et à quoi ni comment ? dis-je.

– Ha, monsieur (dit-il), chacun ne peut avoir les couillons aussi pesants qu'un mortier, et ne pouvons être tous riches. Je gagne ainsi ma vie ; et les porte vendre au marché en la cité qui est ici derrière.

– Jésus (dis-je), il y a ici un nouveau monde ?

– Certes (dit-il) il n'est mie nouveau. Mais l'on dit bien que hors d'ici y a une terre neuve où ils ont et Soleil et Lune et tout plein de belles besognes : mais cestui-ci est plus ancien.

– Voire mais (dis-je), mon ami, comment a nom cette ville où tu portes vendre tes choux ?

– Elle a nom (dit-il) Aspharage, et sont Christians, gens de bien, et vous feront grande chère.

Bref, je délibérai d'y aller. Or en mon chemin, je trouvai un compagnon qui tendoit aux pigeons. Auquel je demandai :

– Mon ami, dont vous viennent ces pigeons ici ?

– Cyre (dit-il), ils viennent de l'autre monde.

Lors je pensai que quand Pantagruel bailloit, les pigeons à pleines volées entroient dedans sa gorge, pensant que fût un colombier. Puis entrai en la ville, laquelle je trouvai belle, bien forte, et en bel air. Mais à l'entrée, les portiers me demandèrent mon bulletin ; de quoi je fus fort ébahi, et leur demandai :

– Messieurs, y a il ici danger de peste ?

– O Seigneur (dirent-ils), l'on se meurt ici auprès tant que le chariot court par les rues.

– Jésus (dis-je), et où ?

A quoi me dirent que c'était en Laringues et Pharingues, que sont deux grosses villes telles comme Rouen et Nantes, riches et bien marchandes. Et la cause de la peste a été pour une puante et infecte exhalation qui est sortie des abîmes depuis n'a guères. Dont ils sont morts plus de vingt et deux cent soixante mille personnes, depuis huit jours.

Lors je pensai et calculai, et trouvai que c'étoit une puante haleine qui étoit venue de l'estomac de Pantagruel alors qu'il mangea tant d'aillade, comme nous avons dit dessus.

De là partant, passai par entre les rochers, qui étoient ses dents, et fis tant que je montai sus une, et là trouvai les plus beaux lieux du monde, beaux grands jeux de paume, belles galeries, belles prairies, force vignes, et une infinité de cassines à la mode Italique par les champs pleins de délices. Et là demouray bien quatre mois, et ne fis onques telle chère que pour lors. Puis descendis par les dents du derrière pour venir aux baulièvres. Mais en passant je fus détroussé des brigands par une grande forêt qui est vers la partie des oreilles. Puis trouvai une petite bourgade à la dévallée – j'ai oublié son nom –, où je fis encore meilleure chère que jamais, et gagnai quelque peu d'argent pour vivre. Savez-vous comment ? à dormir ; car l'on loue les gens à journée pour dormir, et gagnent cinq et six sols par jour ; mais ceux qui ronflent bien fort gagnent bien sept sols et demi. Et contois aux sénateurs comment on m'avoit détroussé par la vallée. Lesquels me dirent que pour tout vrai les gens de delà les dents étoient mal vivants et brigands de nature. A quoi je connus que, ainsi comme nous avons les contrées de deçà et de delà les monts, aussi ont-ils deçà et delà les dents. Mais il fait beaucoup meilleur deçà, et y a meilleur air. Là commençai penser qu'il est bien vrai ce que l'on dit, que la moitié du monde ne sait comment l'autre vit. Vu que nul avoit encore écrit de ce pays-là, on quel sont plus de XXV royaumes habités, sans les déserts, et un gros bras de mer. Mais j'en ai composé un grand livre intitulé L'Histoire des Guorgias. Car ainsi les ai-je nommés, parce qu'ils demourent en la gorge de mon maître Pantagruel.

Finablement voulus retourner, et, passant par sa barbe, me jetai sur ses épaules, et de là me dévale en terre et tombe devant lui. Quand il me aperçut, il me demanda : Dont viens-tu, Alcofrybas ? Je lui réponds :

– De votre gorge, monsieur.

– Et depuis quand y es-tu ? dit-il.

– Depuis (dis-je) que vous alliez contre les Almyrodes.

– Il y a (dit-il) plus de six mois. Et de quoi vivois-tu ? que beuvois-tu ?

Je réponds :

– Seigneur, de même vous, et des plus friands morceaux qui passoient par votre gorge, j'en prenois le barrage.

– Voire mais (dit-il), où chiois-tu ?

– En votre gorge, monsieur, dis-je.

– Ha, ha, tu es gentil compagnon (dit-il). Nous avons, avec l'aide de dieu, conquesté tout le pays des Dipsodes. Je te donne la châtellenie de Salmigondin.

– Grand merci (dis-je), monsieur. Vous me faites du bien plus que n'ai desservi envers vous.

GARGANTUA

Prologue • Chapitre 25 • Chapitre 31
Chapitre 43 • Chapitre 46
Chapitre 50 • Chapitre 55

Prologue de l'auteur

Beuveurs tresillustres, et vous Verolés tresprecieux (car à vous, non à autres, sont dédiés mes escriptz), Alcibiade on dialogue de Platon, intitulé Le Banquet, louant son précepteur Socrates, sans controverse prince des philosophes : entre autres paroles le dit estre semblable es Silenes. Silenes étaient jadis petites boîtes, telles que voyons de présent es boutiques des apothecaires, peintes au-dessus de figures joyeuses et frivoles, comme de Harpies, Satyres, oisons bridés, lièvres cornus, canes bâtées, boucs volants, cerfs limoniers, et autres telles peintures contrefaites à plaisir pour exciter le monde à rire. Quel fut Silene maistre du bon Bacchus. Mais au dedans l'on réservoit les fines drogues, comme Baulme, Ambre gris, Amomon, Musc, zivette, pierreries : et autres choses precieuses. Tel disoit être Socrates : par ce que le voyant au dehors, et l'estimant par l'exteriore apparence, n'en eussiez donné un coupeau d'oignon : tant laid il étoit de corps et ridicule en son maintien, le nez pointu, le regard d'un taureau, le visage d'un fol ; simple en mœurs, rustique en vêtements, pauvre de fortune, infortuné en femmes, inepte à tous offices de la république ; toujours riant, toujours beuvant d'autant à un chacun, toujours se guabelant, toujours dissimulant son divin savoir. Mais ouvrant cette boîte, eussiez au dedans trouvé une celeste et impreciable drogue : entendement plus que humain, vertu merveilleuse, courage invincible, sobresse non pareille, contentement certain, asseurance parfaite, deprisement incroyable de tout ce pourquoi les humains tant veillent, courent, travaillent, naviguent et bataillent.

A quel propos, en votre avis, tend ce prelude, et coup d'essai ? Par autant que vous, mes bons disciples, et quelques autres fols de séjour, lisant les joyeux titres d'aucuns livres de notre invention, comme Gargantua, Pantagruel, Fessepinthe, La dignité des braguettes, Des pois au lard cum commento, etc., jugez trop facilement ne être au dedans traité que mocqueries, folateries, et menteries joyeuses : veu que l'enseigne exteriore (c'est le titre), sans plus avant enquérir, est communément reçue à dérision et gaudisserie. Mais par telle légèreté ne convient estimer les œuvres des humains. Car vous mêmes dites que l'habit ne fait point le moine ; et tel est vêtu d'habit monachal, qui au dedans n'est rien moins que moine ; et tel vêtu de cappe Hispanole, qui en son courage nullement affiert à Hispane. C'est pourquoi faut ouvrir le livre : et soigneusement peser ce que y est deduit. Lors connaîtrez que la drogue dedans contenue est bien d'autre valeur que ne promettoit la boîte. C'est-à-dire que les matières ici traitées ne sont tant folâtres, comme le titre au dessus prétendoit.

Et posé le cas qu'on sens littéral vous trouvez matières assez joyeuses et bien correspondantes au nom, toutefois pas demeurer là ne faut, comme au chant des Sirenes : ains à plus hault sens interpreter ce que par adventure cuidiez dit en gaîté de cœur.

Crochetâtes-vous oncques bouteilles ? Caisgne ! Réduisez à mémoire la contenance qu'aviez. Mais vîtes-vous oncques chien rencontrant quelque os medullare ? C'est, comme dit Platon lib. ii. De rep. la bête du monde plus philosophe. Si vu l'avez, vous avez pu noter de quelle dévotion il le guette ; de quel soin il le garde, de quelle ferveur il le tient, de quelle prudence il l'entomme, de quelle affection il le brise, et de quelle diligence il le suce. Qui l'induit à ce faire ? Quel est l'espoir de son étude ? Quel bien prétend-il ? Rien plus qu'un peu de mouelle. Vrai est que ce peu, plus est délicieux que le beaucoup de toutes autres, pource que la mouelle est aliment élabouré à perfection de nature, comme dit Galen. iii. Facu. natural. et xi. de Usu parti.

A l'exemple d'icelui, vous convient être sages, pour fleurer, sentir et estimer ces beaux livres de haulte gresse, legiers au prochas, et hardis à la rencontre. Puis, par curieuse leçon, et meditation frequente, rompre l'os, et sucer la substantificque mouelle – c'est-à-dire ce que j'entends par ces symboles Pythagoriques –, avec espoir certain d'être fait escors et preux à la dite lecture. Car en icelle bien autre goût trouverez, et doctrine plus absconce, que vous revelera de tresaults sacrements et mysteres horrificques, tant en ce que concerne notre religion, que aussi l'état politique et vie œconomique.

Croyez-vous en votre foi qu'onques Homere écrivant l'Iliade et Odyssée, pensât es allegories, lesquelles de lui ont beluté Plutarche, Heraclides Ponticq, Eustatie, et Phornute, et que d'iceux Politian a dérobé ?

Si le croyez : vous n'approchez ne de pieds ny de mains à mon opinion, qui decrete icelles aussi peu avoir été songées d'Homere, que d'Ovide en ses Metamorphoses les sacrements de l'Evangile : lesquels un frere Lubin, vrai croquelardon, s'est efforcé demonstrer, si d'aventure il rencontroit gens aussi fols que lui et (comme dit le proverbe), couvercle digne du chaudron.

Si ne le croyez : quelle cause est, pourquoi autant n'en ferez de ces joyeuses et nouvelles chroniques ? Combien que les dictant n'y pensasse en plus que vous, qui par aventure buviez comme moi. Car à la composition de ce livre seigneurial, je ne perdis ny employai oncques plus ny autre temps, que celui qui étoit établi à prendre ma refection corporelle : savoir est, buvant et mangeant. Aussi est-ce la juste heure, d'écrire ces haultes matieres et sciences profondes. Comme bien faire savoit Homere, paragon de tous philologues, et Ennie, pere des poëtes latins, ainsi que témoigne Horate, quoiqu'un malautru ait dit que ses carmes sentoient plus le vin que l'huile.

Autant en dit un Tirelupin de mes livres, mais bren pour lui ! L'odeur du vin ô combien plus est friand, riant, priant, plus celeste, et delicieux que d'huile ! Et prendrai autant à gloire qu'on die de moi que plus en vin ai dépendu que en huile, que fit Demosthenes, quand de lui on disoit, que plus en huile que en vin dépendoit.

A moi n'est que honneur et gloire d'être dit et réputé bon gaultier et bon compagnon : et en ce nom suis bien venu en toutes bonnes compagnies de Pantagruelistes. A Demosthenes fut reproché par un chagrin que ses Oraisons sentoient comme la serpillère d'un hord et sale huilier. Pourtant, interprétez tous mes faits et mes dits en la perfectissime partie ; ayez en reverence le cerveau caseiforme qui vous paît de ces belles billevezées ; et, à votre pouvoir, tenez-moi toujours joyeux.

Or ébaudissez-vous, mes amours, et gayement lisez le reste, tout à l'aise du corps et au profit des reins. Mais escoutaz vietzdazes – que le maulubec vous trousque ! –, vous souvienne de boire à my pour la pareille, et je vous plegerai tous ares metys.

Chapitre 25

Comment un moyne de Seuillé sauva le clos de l'abbaye du sac des ennemis

Tant firent et tracassèrent en pillant et larronnant qu'ils arrivèrent à Seuillé, et détroussèrent hommes et femmes, et prirent ce qu'ils purent : rien ne leur fut ni trop chaud ni trop pesant. Combien que la peste y fut par la plus grande part des maisons, ils entroient par tout, et ravissoient tout ce qu'était dedans, et jamais nul n'en prit danger. Qui est cas assez merveilleux. Car les curés, vicaires, prêcheurs, medicins, chirurgiens et apothecaires, qui alloient visiter, panser, guérir, prêcher, et admonester les malades, étoient tous morts de l'infection, et ces diables pilleurs meurtriers oncques n'y prirent mal. Dont vient cela, messieurs ? Pensez-y, je vous prie.

Le bourg ainsi pillé, se transportèrent en l'abbaye avecques horrible tumulte, mais la trouvèrent bien resserrée et fermée. Dont l'armée principale marcha outre vers le gué de Vède, exceptés sept enseignes de gens de pied et deux cents lances, qui là restèrent et rompirent les murailles du clos, afin de gâter toute la vendange.

Les pauvres diables de moines ne savoient auquel de leurs saints se vouer. A toutes aventures firent sonner ad capitulum capitulantes. Là fut décrété qu'ils feroient une belle procession, renforcée de beaux prêchans et letanies contra hostium insidias, et beaux responds pro pace.

En l'abbaye étoit pour lors un moine claustrier nommé frère Jan des entommeures, jeune, galant, frisque, de hayt, bien adextre, hardi, aventureux, délibéré, hault, maigre, bien fendu de gueule, bien advantagé en nez, beau dépêcheur d'heures, beau débrideur de messes, beau décrotteur de vigiles, pour tout dire, un vrai moine si oncques en fut depuis que le monde moinant moina de moinerie. Au reste, clerc jusques es dents en matière de bréviaire.

Icelui entendant le bruit que faisoient les ennemis par le clos de leur vigne, sortit hors pour voir ce qu'ils faisoient. Et advisant qu'ils vendangeoient leur clos, on quel était leur boyte de tout l'an fondée, retourne au cœur de l'église où étoient les autres moines tous étonnés comme fondeurs de cloches, lesquels voyant chanter Im/im/pe/e/e/e/e/e/tum/um/in/i/ni/imi/co/o/o/o/o/o/rum/um : C'est, dit-il, bien chien chanté ! Vertus dieu, que ne chantez-vous, Adieu paniers, vendanges sont faites ? Je me donne au diable s'ils ne sont en notre clos, et tant bien coupent ceps et raisins qu'il n'y aura par le corps dieu de quatre années que halleboter dedans. Ventre saint Jacques, que boirons-nous cependant, nous autres pauvres diables ? Seigneur dieu, da mihi potum. Lors dit le prieur claustral : Que fera cet ivrogne ici ? Qu'on me le mène en prison. Troubler ainsi le service divin ! Mais (dit le moine) le service du vin, faisons tant qu'il ne soit troublé, car vous même, monsieur le prieur, aimez boire du meilleur ; si fait tout homme de bien. Jamais homme noble ne hait le bon vin. Mais ces responds que chantez ici ne sont par dieu point de saison. Pourquoi sont nos heures en temps de moisson et vendanges courtes, et en l'advent et tout hiver tant longues ? Feu de bonne mémoire frère Macé Pelosse, vrai zélateur, ou je me donne au diable, de notre religion, me dit, il m'en souvient, que la raison étoit afin qu'en cette saison nous fassions bien serrer et faire le vin et qu'en hiver nous le humons. Ecoutez, messieurs, vous autres : qui aime le vin, le corps dieu, si me suive ! Car hardiment que saint Antoine me arde si ceux tâtent du piot qui n'auront secouru la vigne ! Ventre dieu, les biens de l'église ! Ha, non ! non ! Diable, saint Thomas l'Angloys voulut bien pour iceux mourir, si je y mourois ne serais-je pas saint de même ? Je n'y mourrai jà pourtant, car c'est moi qui le fais es autres.

Ce disant, mit bas son grand habit, et se saisit du bâton de la croix, qui étoit de cœur de cormier, long comme une lance, rond à plein poing, et quelque peu semé de fleurs de lys toutes presque effacées. Ainsi sortit en beau sayon et mit son froc en écharpe. Et de son bâton de la croix donna si brusquement sus les ennemis qui, sans ordre ni enseigne, ni trompette ni tabourin, parmi le clos vendangeoient – car les porteguidons et portenseignes avoient mis leurs guidons et enseignes l'orée des murs, les tabourineurs avoient défoncé leurs tabourins d'un côté pour les emplir de raisins, les trompettes étoient chargées de moussines ; chacun étoit desrayé –, il choqua doncques si roidement sus eux sans dire gare, qu'il les renversoit comme porcs, frappant à tort et à travers à la vieille escrime.

Es uns escarbouilloit la cervelle, es autres rompoit bras et jambes, es autres deslochoit les spondyles du cou, es autres démoulloit les reins, avalloit le nez, pochoit les yeux, fendoit les mandibules, enfonçoit les dents en la gueule, descrouloit les omoplates, sphaceloit les grèves, desgondoit les ischies, débezilloit les faucilles. Si quelqu'un se vouloit cacher entre les ceps plus épais, à icelui freussoit toute l'arête du dos, et l'érénoit comme un chien. Si aucun sauver se vouloit en fuyant, à icelui faisoit voler la tête en pièces par la commissure lambdoïde. Si quelqu'un gravoit en une arbre, pensant y être en sûreté, icelui de son bâton empaloit par le fondement. Si quelqu'un de sa vieille connaissance lui crioit : Ha, frère Jan, mon ami, frère Jan je me rends ! Il t'est (disoit-il) bien force ! Mais ensemble tu rendras l'âme à tous les diables ! Et soudain lui donnoit dronos. Et si personne tant fut épris de témérité qu'il lui voulût résister en face, là montroit-il la force de ses muscles. Car il leur transperçoit la poitrine par le mediastine[28] et par le cœur. A d'autres, donnant sus la faute des côtes, leur subvertissoit l'estomac, et mouroient soudainement. Es autres tant fièrement frappoit par le nombril qu'il leur faisoit sortir les tripes. Es autres parmi les couillons perçoit le boyau cullier. Croyez que c'étoit le plus horrible spectacle qu'on vit oncques.

Les uns crioient sainte Barbe, les autres saint Georges, les autres sainte Nytouche, les autres Notre Dame de Cunault, de Laurette, de bonnes nouvelles, de la Lenou, de Rivière. Les uns se vouoient à saint Jacques, les autres au saint Suaire de Chambéry, mais il brûla trois mois après, si bien qu'on n'en put sauver un seul brin ; les autres à Cadouyn, les autres à saint Jean d'Angely, les autres à saint Eutrope de Xaintes, à saint Mesmes de Chinon, à saint Martin de Candes, à saint Clouaud de Sinays, es reliques de Javresay, et mille autres bons petits saints.

Les uns mouroient sans parler, les autres crioient à haulte voix : Confession ! Confession ! Confiteor ! Miserere ! In manus ! Tant fut grand le cri des navrés que le prieur de l'abbaye avecques tous ses moines sortirent. Lesquels quand aperçurent ces pauvres gens ainsi rués parmi la vigne et blessés à mort, en confessèrent quelques-uns. Mais cependant que les prêtres se amusoient à confesser, les petits moinetons coururent au lieu on étoit frère Jean, et lui demandèrent en quoi il vouloit qu'ils lui aidassent ? A quoi répondit qu'ils égorgetassent ceux qui étoient portés par terre. Adoncques laissant leurs grandes capes sus une treille au plus près, commencèrent esgorgeter, et achever ceux qu'il avoit déjà meurtris. Savez-vous de quels ferrements ? A beaux gouvets, qui sont petits demi-couteaux dont les petits enfants de notre pays cernent les noix.

Puis à tout son bâton de croix gagna la brèche qu'avoient fait les ennemis. Aucuns des moinetons emportèrent les enseignes et guidons en leurs chambres, pour en faire des jartiers. Mais quand ceux qui s'étoient confessés voulurent sortir par icelle brèche, le Moine les assommoit de coups, disant ceux-ci sont confes et repentants, et ont gagné les pardons : ils s'en vont au Paradis aussi droit comme une faucille, et comme est le chemin de Faye ! Ainsi par sa prouesse furent déconfits tous ceux de l'armée qui étoient entrés dedans le clos jusques au nombre de treize mille six cent vingt et deux. Jamais Maugis hermite ne se porta si vaillamment à tout son bourdon contre les Sarrasins, desquels est écrit es gestes des quatre fils Aymon, comme fit le moine à l'encontre des ennemis avec le bâton de la croix.

Chapitre 31

Comment certains gouverneurs de Picrochole, par conseil précipité, le mirent on dernier péril

Les fouaces détroussées, comparurent davant Picrochole les duc de Menuail, comte Spadassin, et capitaine Merdaille, et lui dirent : Cyre, aujourd'hui nous vous rendons le plus heureux et plus chevaleureux prince qui oncques fut depuis la mort de Alexandre Macedo. Couvrez, couvrez-vous, dit Picrochole. Grand merci (dirent-ils). Cyre, nous sommes à notre devoir. Le moyen est tel : vous laisserez ici quelque capitaine en garnison avec petite bande de gens, pour garder la place, laquelle nous semble assez forte : tant par nature, que par les remparts faits à votre invention. Votre armée partirez en deux, comme trop mieux l'entendez. L'une partie ira ruer sur ce Grandgousier et ses gens. Par icelle sera de prime abordée facilement déconfit. Là recouvrerez argent à tas. Car le vilain en a du content. Vilain, disons-nous, parce que un noble prince n'a jamais un sou. Thésauriser est fait de vilain. L'autre partie, cependant, tirera vers Onys, Saintonge, Angoûmois et Gascogne, ensemble Périgord, Médoc, et Elanes. Sans résistance prendront villes, châteaux, et forteresses. A Bayonne, à Saint Jean de Luc, et Fontarabie, saisirez toutes les naufs, et côtoyant vers Galice, et Portugal, pillerez tous les lieux maritimes jusques à Ulisbone, où aurez renfort de tout équipage requis à un conquérant. Par le corbieu, Hespagne se rendra, car ce ne sont que Madourrez. Passerez par l'étroit de Sybille, et là érigerez deux colonnes plus magnifiques que celles de Hercule, à perpétuelle mémoire de votre nom. Et sera nommé cestui détroit la mer Picrocholine. Passée la mer Picrocholine, voici Barberousse qui se rend votre esclave. Je (dit Picrochole) le prendrai à merci. Voire (dirent-ils), pourvu qu'il se fasse baptiser. Et oppugnerez les royaumes de Tunis, de Hippes, hardiment toute Barbarie. En passant outre retiendrez en votre main Majorque, Minorque, Sardaine, Corsicque, et autres îles de la mer Ligusticque et Baleare. Côtoyant à gauche, dominerez toute la Gaule Narbonicque, Provence, et Allobroges, Genes, Florence, Lucques, & à dieu seas Rome ! Le pauvre monsieur du pape meurt déjà de peur (Par ma foi, dit Picrochole, je ne lui baiserai jà sa pantoufle.) Prise Italie, voilà Naples, Calabre, Apoulle et Sicile toutes à sac, et Malte avec. Je voudrois bien que les plaisants chevaliers jadis Rhodiens vous résistassent, pour voir de leur urine. Je irois (dit Picrochole) volontiers à Laurette. Rien, rien dirent-ils, ce sera au retour.

De là prendrons Candie, Cypre, Rhodes et les îles Cyclades, et donnerons sus la Morée. Nous la tenons ! Saint Treignan, dieu garde

Hierusalem ! car le Soubdan n'est pas comparable à votre puissance ! Je (dit-il) ferai doncques bâtir le temple de Solomon. Non, dirent-ils, encore. Attendez un peu : ne soyez jamais tant soudain à vos entreprises. Savez-vous que disoit Octavien Auguste ? Festina lente. Il vous convient premièrement avoir l'Asie mineure, Carie, Lycie, Pamphilie, Cilicie, Lydie, Phrygie, Mysie, Betune, Charazie, Satalie, Samagarie, Castamena, Luga, Savasta, jusques à Euphrate. Verrons-nous, dit Picrochole, Babylone, et le mont Sinaï ? Il n'est, dirent-ils, jà besoin pour cette heure. N'est-ce pas assez tracassé de avoir transfreté la mer Hircane, chevauché les deux Arménies, et les trois Arabies ? Par ma foi, dit-il, nous sommes affolés ! Ha, pauvres gens ! Quoi ? dirent-ils. Que boirons-nous par ces déserts ? Nous (dirent-ils) avons jà donné ordre à tout. Par la mer Siriace vous avez neuf mille quatorze grands naufs chargées des meilleurs vins du monde. Elles arrivent à Japhes. Là se sont trouvés vingt et deux cent mille chameaux, et seize cents Elephants, lesquels avez pris à une chasse environ Sigeilmes, lorsque entrâtes en Lybie, et d'abondant eûtes toute la Caravane de La Mecha. Ne vous fournirent-ils de vin à suffisance ? Voire mais, dit-il, nous ne beûmes point frais. Ha ! dirent-ils, par la vertu non pas d'un petit poisson, un preux, un conquérant, un prétendant et aspirant à l'empire univers ne peut toujours avoir ses aises. Dieu soit loué que êtes venu, vous et vos gens, saufs et entiers jusques au fleuve du Tigre. Mais, dit-il, que fait ce pendant la part de notre armée qui déconfit ce vilain humeux Grandgousier ?

Ils ne chôment pas (dirent-ils), nous les rencontrerons tantôt. Ils vous ont pris Bretagne, Normandie, Flandres, Hainault, Barband, Artoys, Hollande, Selande ; ils ont passé le Rhin par sus le ventre des Suices et Lansquenets, et part d'entre eux ont dompté Luxembourg, Lorraine, la Champaigne, Savoye jusques à Lyon, auquel lieu ont trouvé vos garnisons retournant des conquêtes navales de la mer Méditerranée. Et se sont reassemblés en Bohême, après avoir mis à sac Soueve, Vurtemberg, Baviere, Autriche, Moravie et Stirie. Puis ont donné fièrement ensemble sur Lubek, Norwege, Sweden Richz, Dace, Gotthie, Eugroneland, les Estrelins, jusques à la Mer Glaciale. Et, ce fait, conquestèrent les îles Orchades, et subjuguèrent Ecosse, Angleterre, et Irlande. De là naviguant par la Mer sabuleuse, et par les Sarmates, ont vaincu et dominé Prussie, Polonie, Litwanie, Russie, Valache, la Transsylvane et Hongrie, Bulgarie, Turquie, et sont à Constantinople. Allons nous, dit Picrochole, rendre à eux le plus tôt, car je veux être aussi empereur de Thebizonde. Ne tuerons-nous pas tous ces chiens Turcs et Mahumetistes ? Que diable, dirent-ils, ferons-nous doncques ? Et donnerez leurs biens et terres à ceux qui vous auront servi honnêtement. La raison (dit-il) le veut. C'est équité. Je vous donne la Carmaigne, Surie, et toute Palestine. Ha, dirent-ils, Cyre, c'est du bien de vous : grand merci ! Dieu vous fasse bien toujours prospérer.

Là présent étoit un vieux gentilhomme éprouvé en divers hasards, et vrai routier de guerre, nommé Echephron, lequel, oyant ces propos, dit : J'ai grand peur que toute cette entreprise sera semblable à la farce du pot au lait, duquel un cordouannier se faisoit riche par rêverie; puis le pot cassé n'eut de quoi dîner. Que prétendez-vous par ces belles conquêtes ? Quelle sera la fin de tant de travaux et traverses ? Ce sera, dit Picrochole, que nous retournés reposerons à nos aises. Dont dit Echephron : Et si par cas jamais n'en retournez ? Car le voyage est long et périlleux. N'est-ce mieux que dès maintenant nous reposons, sans nous mettre en ces hasards ? Ô, dit Spadassin, par dieu, voici un bon rêveux ! Mais allons nous cacher on coing de la cheminée : et là passons avec les dames notre vie, et notre temps, à enfiler des perles, ou à filer comme Sardanapalus ! Qui ne se adventure, n'a cheval ni mule, ce dit Salomon. Qui trop (dit Echephron) se adventure, perd cheval et mule, répondit Malcon, Baste ! dit Picrochole, passons outre. Je ne crains que ces diables de légions de Grandgousier. Cependant que nous sommes en Mesopotamie, s'ils nous donnoient sus la queue, quel remède ? Très bon, dit Merdaille, une belle petite commission, laquelle vous envoirez es Moscovites, vous mettra en camp, pour un moment, cinquante mille combattants d'élite. Ô ! si vous me y faites votre lieutenant, je tuerois un pigne pour un mercier. Je mords, je rue, je frappe, je attrape, je tue ! Sus, sus, dit Picrochole, qu'on dépêche tout ! Et qui me aime, si me suive !

Chapitre 43

Comment le Moyne amena les pelerins, et les bonnes paroles que leur dit Grandgousier

Cette escarmouche perachevée, se retira Gargantua avecques ses gens, excepté le Moyne, et sus la pointe du jour se rendirent à Grandgousier, lequel en son lit prioit dieu pour leur salut et victoire. Et les voyant tous saufs et entiers, les embrassa de bon amour, et demanda nouvelles du moyne. Mais Gargantua lui répondit que sans doute leurs ennemis avoient le moyne. Ils auront (dit Grandgousier) doncques male encontre. Ce que avoit été bien vrai. Pourtant encore est le proverbe en usage, de bailler le moyne à quelqu'un.

Adoncques commanda qu'on apprêtât très bien à déjeuner, pour les rafraîchir. Le tout apprêté, l'on appela Gargantua. Mais tant lui grevait de ce que le moyne ne comparoit aucunement, qu'il ne vouloit ni boire, ni manger.

Tout soudain le Moyne arrive, et dès la porte de la basse cour s'écria : Vin frais, vin frais, Gymnaste, mon ami ! Gymnaste sortit, et vit que c'était frère Jean qui amenoit cinq pelerins et Toucquedillon prisonnier. Dont Gargantua sortit au davant, et lui firent le meilleur recueil que purent, et le menèrent davant Grandgousier, lequel l'interrogea de toute son aventure. Le moyne lui disoit tout : et comment on l'avoit pris, et comment il s'étoit défait des archers, et la boucherie qu'il avoit faite par le chemin, et comment il avoit secous les pelerins, et amené le capitaine Toucquedillon. Puis se mirent à banqueter joyeusement tous ensemble.

Cependant, Grandgousier interrogeoit les pelerins, de quel pays ils étoient, dont ils venoient, et où ils alloient. Lasdaller pour tous répondit : Seigneur, je suis de Saint Genou en Berry ; cestui-ci est de Paluau ; cestuy-ci est de Onzay ; cestui-ci est de Argy ; et cestui-ci est de Villebrenin. Nous venons de saint Sebastian[9] près de Nantes, et nous en retournons par nos petites journées. Vraye mais (dit Grandgousier), qu'alliez-vous faire à saint Sebastian ? Nous allions (dit Lasdaller) lui offrir nos votes contre la peste. Ô (dit Grandgousier), pauvres gens, estimez-vous que la peste vienne de Saint Sebastian ? Oui vraiment (répondit Lasdaller), nos prêcheurs nous l'afferment. Ô (dit Grandgousier) les faux prophetes vous annoncent-ils tels abus ? Blasphèment-ils en cette faczon les justes et saints de dieu, qu'ils les font semblables aux diables, qui ne font que mal entre les humains ? Comme Homere écrit que la peste fut mise en l'oust des Gregeois par Apollo, et comme les Poetes feignent un grand tas de Vejoves et dieux malfaisants ? Ainsi prêchoit à Sinays un Caphart, que saint Antoine mettoit le feu es jambes, et saint Eutrope faisoit les hydropicques, et saint Gildas les fous, saint Genou les gouttes. Mais je le punis en tel exemple, quoi qu'il me appelât héréticque, que depuis ce temps Caphart quiconque n'est osé entrer en mes terres. Et m'ébahis si votre roi les laisse prêcher par son royaume tels scandales. Car plus sont à punir, que ceux qui par art magicque ou autre engin auroient mis la peste par le pays. La peste ne tue que le corps : mais ces prédications diabolicques infectionnent les âmes des pauvres et simples gens.

Lui disant ces paroles, entra le Moyne tout délibéré, et leur demanda : Dont êtes-vous, vous autres, pauvres hères ? De Saint

Genou, dirent-ils. Et comment (dit le Moyne) se porte l'abbé Tranchelion, le bon beuveur ? Et les moynes, quelle chère font-ils ? Le cor dieu, ils biscotent vos femmes, ce pendant que êtes en romivage. Hin, hen ! (dit Lasdaller) je n'ai pas peur de la mienne. Car qui la verra de jour, ne se rompra pas le col pour l'aller visiter la nuit ! C'est (dit le Moyne) bien rentré de picques ! Elle pourroit être aussi laide que Proserpine, elle aura, par dieu, la saccade, puisqu'il y a moynes autour. Car un bon ouvrier met indifféremment toutes pièces en œuvre. Que j'aie la vérole, en cas que ne les trouviez engrossées à votre retour. Car seulement l'ombre du clocher d'une abbaye est féconde. C'est (dit Gargantua) comme l'eau du Nile en Egypte, si vous croyez Strabo, et Pline, lib.. VII., chap.. III.. Advisez que c'est de la miche, des habits, et des corps.

Lors dit Grandgousier :

Allez-vous-en, pauvres gens, on nom de dieu le créateur, lequel vous soit en guide perpetuelle. Et dorénavant, ne soyez faciles à ces ocieux et inutiles voyages. Entretenez vos familles, travaillez chacun en sa vacation, instruez vos enfants, et vivez comme vous enseigne le bon Apôtre saint Paul. Ce faisant, vous aurez la garde de dieu, des anges, et des saints avecques vous ; et n'y aura peste ni mal qui vous porte nuisance.

Puis les mena Gargantua prendre leur réfection en la salle. Mais les pelerins ne faisaient que soupirer, et dirent à Gargantua : Ô que heureux est le pays qui a pour seigneur un tel homme ! Nous sommes plus édifiés et instruits en ces propos qu'il nous a tenus, qu'en tous les sermons que jamais nous furent prêchés en notre ville. C'est (dit Gargantua) ce que dit Platon, lib..V. de rep. : que lors les republicques seroient heureuses, quand les rois philosopheraient, ou les philosophes regneroient.

Puis leur fit emplir leurs besaces de vivres, leurs bouteilles de vin, et à chacun donna cheval pour soi soulager au reste du chemin, et quelques carolus pour vivre.

Chapitre 46

Comment Gargantua assaillit Picrochole dedans La Roche Clermaud, et défit l'armée du dit Picrochole

Gargantua eut la charge totale de l'armée. Son père demoura en son fort, et, leur donnant courage par bonnes paroles, promit grands dons à ceux qui feroient quelques prouesses. Puis gagnèrent le gué de Vède, et par bateaux et ponts légèrement faits passèrent outre d'une traite. Puis, considérant l'assiette de la ville, que étoit en lieu hault et avantageux, délibéra celle nuit sur ce qu'étoit de faire.

Mais Gymnaste lui dit : Seigneur, telle est la nature et complexion des Français, que ils ne valent que à la première pointe. Lors, ils sont plus que diables. Mais s'ils séjournent, ils sont moins que femmes. Je suis d'avis que à heure présente, après que vos gens auront quelque peu respiré et repu, fassiez donner l'assaut.

L'avis fut trouvé bon. Adoncques produit toute son armée en plein camp, mettant les subsides du côté de la montée. Le Moyne prit avec soi six enseignes de gens de pied, et deux cents hommes d'armes, et en grande diligence traversa le marais, et gagna au-dessus le Puy jusques au grand chemin de Loudun.

Cependant l'assaut continuoit. Les gens de Picrochole ne savoient si le meilleur étoit sortir hors et les recevoir, ou bien garder la ville sans bouger. Mais furieusement sortit avecques quelque bande d'hommes d'armes de sa maison : et là fut reçu et festoyé à grands coups de canon qui grêloient devers les côteaux, dont les Gargantuistes se retirèrent au val, pour mieux donner lieu à l'artillerie. Ceux de la ville défendoient le mieux que pouvoient, mais les traits passoient outre par dessus, sans nul férir. Aucuns de la bande, sauvés de l'artillerie, donnèrent fièrement sus nos gens, mais peu profitèrent, car tous furent reçus entre les ordres, et là rués par terre. Ce que voyant se vouloient retirer, mais cependant le Moyne avoit occupé le passage. Parquoi se mirent en fuite sans ordre ni maintien. Aucuns vouloient leur donner la chasse, mais le Moyne les retint, craignant que, suivant les fuyants, perdissent leurs rangs, et que sus ce point ceux de la ville chargeassent sus eux. Puis attendant quelque espace, et nul ne comparant à l'encontre, envoya le duc Phrontiste pour admonester Gargantua à ce qu'il avançât pour gagner le côteau à la gauche, pour empêcher la retraite de Picrochole par celle porte. Ce que fit Gargantua en toute diligence, et y envoya quatre légions de la compagnie de Sebaste. Mais si tôt ne purent gagner le hault, qu'ils ne rencontrassent en barbe. Picrochole et ceux qui avecques lui s'étoient épars. Lors chargèrent sus roidement. Toutefois grandement furent endommagés par ceux qui étoient sus les murs en coups de traits et artillerie. Quoi voyant, Gargantua en grande puissance alla les secourir, et commencza son artillerie à heurter sus ce quartier de murailles, tant que toute la force de la ville y fut évoquée.

Le Moyne, voyant celui côté lequel il tenoit assiégé, dénué de gens et gardes, magnanimement tira vers le fort et tant fit qu'il monta sus lui et aucuns de ses gens, pensant que plus de crainte et de frayeur donnent ceux qui surviennent à un conflit, que ceux qui lors à leur force combattent. Toutefois ne fit oncques effroi, jusques à ce que tous les siens eussent gagné la muraille, excepté les deux cents hommes d'armes qu'il laissa pour les hasards. Puis s'écria horriblement, et les siens ensemble, et sans résistance tuèrent les gardes d'icelle porte, et la ouvrirent es hommes d'armes qui en toute fierté coururent ensemble vers la porte de l'Orient, où étoit le désarroi. Et par derrière renversèrent toute leur force. Voyant les assiégés de tous côtés et les Gargantuistes avoir gagné la ville, se rendirent au Moyne à merci.

Le Moyne leur fit rendre les bâtons et armes, et tous retirer et resserrer par les églises, saisissant tous les bâtons des croix, et commettant gens es portes pour les garder de issir. Puis ouvrant celle porte orientale, sortit au secours de Gargantua. Mais Picrochole pensoit que le secours lui venoit de la ville, et par outrecuidance se hasarda plus que devant jusques à ce que Gargantua s'écria, Frère Jean, mon ami ! Frère Jean, en bonheur soyez venu !

Adoncques, connoissant Picrochole et ses gens que tout étoit désespéré, prirent la fuite en tous endroits. Gargantua les poursuivit jusques près Vaugaudry, tuant et massacrant, puis sonna la retraite.

Chapitre 50

Comment Gargantua fit bâtir pour le Moyne l'abbaye de Theleme

Restoit seulement le Moyne à pourvoir. Lequel Gargantua vouloit faire abbé de Seuillé : mais il le refusa. Il lui voulut donner l'abbaye de Bourgueil, ou de Saint Florent, laquelle mieux lui duiroit, ou toutes deux, s'il les prenoit à gré. Mais le Moyne lui fit réponse péremptoire, que de moynes il ne vouloit charge ni gouvernement. Car comment (disoit-il) pourrois-je gouverner autrui, qui moi-même gouverner ne saurois ? Si vous semble que je vous ai fait, et que puisse à l'avenir faire service agréable, octroyez-moi de fonder une abbaye à mon devis.

La demande plut à Gargantua, et offrit tout son pays de Theleme jouxte la rivière de Loyre, à deux lieues de la grande forêt du Port Huault. Et requit à Gargantua qu'il instituât sa religion au contraire de toutes autres.

Premièrement doncques (dit Gargantua), il n'y faudra jà bâtir murailles au circuit : car toutes autres abbayes sont fièrement murées. Voire, dit le Moyne. Et non sans cause : où mur y a et davant et darrière, y a force murmur, envie, et conspiration mutue.

Davantage, vu que en certains convents de ce monde est en usance que si femme aucune y entre (j'entends des prudes et pudicques), on nettoie la place par laquelle elles ont passé, fut ordonné que si religieux ou religieuse y entroit par cas fortuit, on nettoieroit curieusement tous les lieux par lesquels auraient passé.

Et parce que es religions de ce monde tout est compassé, limité et réglé par heures, fut décrété que là ne seroit horologe ni cadran aucun. Mais selon les occasions et opportunités seroient toutes les œuvres dispensées. Car (disoit Gargantua) la plus vraie perte du temps qu'il sût étoit de compter les heures – quel bien en vient-il ? –, et la plus grande rêverie du monde étoit soi gouverner au son d'une cloche, et non au dicté de bon sens et entendement.

Item, parce que en icelui temps on ne mettoit en religion des femmes, sinon celles qui étoient borgnes, boiteuses, bossues, laides, défaites, folles, insensées, maléfices, et tarées ; ni les hommes, sinon catarrhés, mal nés, niais, et empêchés de maison – A propos (dit le Moyne), une femme qui n'est ni belle ni bonne, à quoi vaut toille ? A mettre en religion, dit Gargantua. Voire, dit le Moyne, et à faire des chemises –, fut ordonné que là ne seraient reçues sinon les belles femmes, bien formées et bien naturées, et les beaux, bien formés et bien naturés.

Item, parce que es couvents des femmes ne entroient les hommes, sinon à l'emblée, et clandestinement, fut décrété que jà ne seroient là les femmes on cas que n'y fussent les hommes, ni les hommes on cas que n'y fussent les femmes.

Item, parce que tant hommes que femmes, une fois reçus en religion après l'an de probation, étoient forcés et astreints y demeurer perpétuellement leur vie durante, fut établi que tant hommes que femmes là reçus sortiroient quand bon leur semblerait, franchement et entièrement.

Item, parce que ordinairement les religieux faisaient trois vœux, savoir est de chasteté, pauvreté et obedience, fut constitué que là honorablement on peut être marié, que fût riche, et vécût en liberté.

Au regard de l'âge légitime, les femmes y étoient reçues depuis dix jusques à quinze ans. Les hommes, depuis douze jusques à dix et huit.

Chapitre 55

Comment étoient réglés les Thelemites à leur manière de vivre

Toute leur vie étoit employée non par loix, statuts, ou règles, mais selon leur vouloir et franc arbitre. Se levoient du lit quand bon leur sembloit ; beuvoient, mangeoient, travailloient, dormoient, quand le désir leur venoit. Nul ne les éveilloit, nul ne les parforçoit ni à boire, ni à manger, ni à faire chose autre quelconque. Ainsi l'avoit établi Gargantua. En leur règle n'étoit que cette clause : FAIS CE QUE VOUDRAS. Parce que gens liberes, bien nés et bien instruits, conversant en compagnies honnêtes, ont par nature un instinct et aiguillon qui toujours les pousse à faits vertueux, et retire de vice : lequel ils nommoient honneur. Iceux, quand par vile subjection et contrainte sont déprimés et asservis, détournent la noble affection par laquelle à vertu franchement tendoient, à déposer et enfreindre ce joug de servitude. Car nous entreprenons toujours choses défendues, et convoitons ce que nous est dénié.

Par cette liberté entrèrent en louable émulation de faire tous ce que à un seul voyoient plaire. Si quelqu'un ou quelqu'une disoit : Beuvons, tous beuvoient. Si disoit : Jouons, tous jouoient. Si disoit : Allons à l'ébat es champs, tous y alloient. Si c'étoit pour voler ou chasser, les dames, montées sus belles haquenées avecques leur palefroi guorrier, sus le poing mignonnement engantelé portoient chacune ou un Epervier, ou un Laneret, ou un Emerillon. Les hommes portoient les autres oiseaux.

Tant noblement étoient appris qu'il n'étoit entre eux celui ni celle qui ne sût lire, écrire, chanter, jouer d'instruments harmonieux, parler de cinq et six langages, et en icelles composer tant en carme que en oraison solue. Jamais ne furent vus chevaliers tant preux, tant galants, tant dextres et à pied et à cheval, plus verts, mieux remuants, mieux maniant tous bâtons, que là étoient. Jamais ne furent vues dames tant propres, tant mignonnes, moins fâcheuses, plus doctes à la main, à l'aiguille, à tout acte muliebre honnête et libere, que là étoient.

Par cette raison, quand le temps venu étoit que aucun d'icelle abbaye, ou à la requête de ses parents, ou pour autres causes, voulût issir hors, avecques soi il emmenoit une des dames, celle laquelle l'auroit pris pour son dévot ; et étoient ensemble mariés. Et si bien avoient vécu à Theleme en dévotion et amitié : encore mieux la continuoient-ils en mariage, et autant se entreaimoient-ils à la fin de leurs jours comme le premier de leurs noces.

Je ne veux oublier vous décrire un énigme qui fut trouvé on fondement de l'abbaye, en une grande lame de bronze. Tel étoit comme s'ensuit.

BIBLIOGRAPHIE

Ouvrages généraux sur Rabelais

BARAZ Michel, *Rabelais et la Joie de la liberté*, Paris, Corti, 1983.

BUTOR Michel et HOLLIER Denis, *Rabelais, ou c'était pour rire*, Paris, Larousse, 1972.

COOPER Richard, *Rabelais et l'Italie*, Genève, Droz, 1991.

DEFAUX Gérard, *Rabelais agoniste*, Genève, Droz, 1999.

DEMERSON Guy, *Rabelais*, Paris, Fayard, 1991.

DIEGUEZ Manuel de, *Rabelais par lui-même*, Paris, Seuil, 1960.

LARMAT Jean, *Le Moyen Age dans le Gargantua de Rabelais*, Paris, Belles Lettres, 1973.

LAZARD Madeleine, *Rabelais l'humaniste*, Paris, Hachette, 1993.

MÉNAGER Daniel, *Rabelais en toutes lettres*, Paris, Bordas, 1989.

MILHE POUTINGON Gérard, *François Rabelais. Bilan critique*, Paris, Nathan, 1996.

NAYA Emmanuel, *Rabelais. Une anthropologie humaniste des passions*, Paris, PUF, 1998.

POUILLOUX Jean-Yves, *Rabelais : le rire est le propre de l'homme*, Paris, Gallimard, 1993.

RIGOLOT François, *Les Langages de Rabelais*, Genève, Droz, 1972.

SAULNIER Louis-Verdun, *Rabelais dans son enquête*, Paris, SEDES, 1983.

SCREECH Michael, *Rabelais*, Paris, Gallimard, 1979 (rééd. 1992).

ZAERCHER Véronique, *Gargantua*, Paris, Bréal, 2003.

Rabelais dans la cité

ARONSON Nicole, *Les Idées politiques de Rabelais*, Paris, Nizet, 1973.

DESROSIERS-BONIN, *Rabelais et l'humanisme civil*, Genève, Droz, 1992.

Rabelais et l'humanisme chrétien

DEFAUX Gérard, *Pantagruel et les sophistes*, La Haye, Martinus Nijhoff, 1973.

FEBVRE Lucien, *Le Problème de l'incroyance au XVIe siècle. La religion de Rabelais*, Paris, Albin Michel, 1942.

Rabelais et le folklore

BAKHTINE Mikhaïl, *L'Œuvre de François Rabelais et la culture populaire*, Paris, Gallimard, 1970.

GAIGNEBET Claude, *À plus hault sens*, Paris, Maisonneuve et Larose, 1986.

PILLARD G.-E., *Le Vrai Gargantua. Mythologie d'un géant*, Paris, Imago, 1987.

La langue de Rabelais

TÉTEL Marcel, *Étude sur le comique de Rabelais*, Florence, Olschki, 1964.

HUCHON Mireille, *Rabelais grammairien*, Genève, Droz, 1981.

MOREAU François, *Les Images dans l'œuvre de Rabelais*, Paris, SEDES, 1982.

RIGOLOT François, *Les Langages de Rabelais*, Genève, Droz, 1972.

L'humanisme et la Renaissance

CÉARD Jean, *La Nature et les Prodiges*, Genève, Droz, 1996 (sur les conceptions de la nature au XVIe siècle).

DELUMEAU Jean, *La Civilisation de la Renaissance*, Paris, Arthaud, 1984 (1967).

DEMONET Marie-Luce, *Les Voix du signe*, Paris, Champion, 1992 (sur les théories du langage au XVIe siècle).

DUBOIS Claude-Gilbert, *L'Imaginaire de la Renaissance* Paris, PUF, 1985.

FUMAROLI Marc, *L'Âge de l'éloquence*, Genève, Droz, 1980 (sur la rhétorique à la Renaissance et à l'âge classique).

JEANNERET Michel, *Des mets et des mots*, Paris, Corti, 1987 (sur l'imaginaire culinaire dans la littérature du XVIe siècle).

JOUANNA Arlette, *La France du XVIe siècle*, Paris, PUF, 1996.

MATORE Georges, *Le Vocabulaire et la Société du XVIe siècle*, Paris, PUF, 1988.

MÉNAGER Daniel, *Introduction à la vie littéraire du XVIe siècle*, Paris, Dunod, 1997.

COLLECTION CLASSIQUES & CIE

6	Abbé Prévost	**Manon Lescaut**
11	Balzac	**Histoire des Treize (Ferragus - La Duchesse de Langeais - La Fille aux yeux d'or)**
3	Balzac	**La Peau de chagrin**
20	Baudelaire	**Les Fleurs du mal**
15	Beaumarchais	**Le Mariage de Figaro**
2	Corneille	**L'Illusion comique**
17	Flaubert	**Madame Bovary**
4	Hugo	**Le Dernier Jour d'un condamné**
21	Hugo	**Ruy Blas**
8	Jarry	**Ubu roi**
5	Laclos	**Les Liaisons dangereuses**
14	Lafayette (Mme de)	**La Princesse de Clèves**
12	Marivaux	**Le Jeu de l'amour et du hasard**
18	Maupassant	**Nouvelles**
27	Maupassant	**Pierre et Jean**
1	Molière	**Dom Juan**
19	Molière	**L'École des femmes**
25	Molière	**Le Misanthrope**
9	Molière	**Le Tartuffe**
10	Musset	**Lorenzaccio**
26	Rabelais	**Pantagruel - Gargantua**
22	Racine	**Bérénice**
23	Racine	**Britannicus**
7	Racine	**Phèdre**
16	Rousseau	**Les Confessions**
13	Voltaire	**Candide**
24	Voltaire	**L'Ingénu**

PAPIER À BASE DE
FIBRES CERTIFIÉES

Hatier s'engage pour
l'environnement en réduisant
l'empreinte carbone de ses livres.
Celle de cet exemplaire est de :
950 g éq. CO_2
Rendez-vous sur
www.hatier-durable.fr

IMPRIM'VERT

Achevé d'imprimer par Grafica Veneta à Trebaseleghe - Italie
Dépôt légal : 96222-6/05 - Janvier 2017